GEORGE PELECANOS nació en Washington en 1957. Es autor de quince novelas negras situadas en su ciudad natal, de las que B ha publicado, además de *El jardinero nocturno*, *Música de callejón* (Los Angeles Times Book Prize 2004), *Revolución en las calles* y *Drama City*. Además, es periodista, productor de cine independiente y ha producido, escrito y editado importantes series de televisión, como *The Wire*, lo que le ha valido una nominación a los Emmy. La obra de Pelecanos ha sido distinguida con los premios Raymond Chandler, Falcon y Grand Prix Du Roman Noir.

www.georgepelecanos.com

D0731682

Título original: *The Night Gardener*
Traducción: Sonia Tapia
1.ª edición: junio, 2013

© George P. Pelecanos, 2006
© Ediciones B, S. A., 2013
   para el sello B de Bolsillo
   Consell de Cent, 425-427 - 08009 Barcelona (España)
   www.edicionesb.com
   Publicado por acuerdo con Little, Brown and Company, Nueva York (EE UU)

Printed in Spain
ISBN: 978-84-9872-812-5
Depósito legal: B. 13.770-2013

Impreso por NOVOPRINT
           Energía, 53
           08740 Sant Andreu de la Barca - Barcelona

El jardinero nocturno

GEORGE PELECANOS

Para Reagan Arthur

1985

1

El escenario del crimen se encontraba entre las calles Treinta y tres y E, al borde de Fort Dupont Park, en un barrio conocido como Greenway, en la sección del Distrito Seis de Southeast D.C. Una chica de catorce años yacía en el césped de un jardín comunitario, en una zona oculta a la vista de los vecinos, cuyos patios daban a un bosque cercano. Llevaba cuentas de colores en el pelo trenzado. Parecía haber muerto de una herida de bala en la cabeza. Un agente de Homicidios de mediana edad, con una rodilla clavada en el suelo junto a ella, la miraba como esperando que despertara. Era el sargento T. C. Cook. Llevaba veinticuatro años en el cuerpo de policía. Y estaba pensando.

Sus pensamientos no eran optimistas. Ni en la chica ni en los alrededores se apreciaban manchas de sangre, a excepción de la que se había coagulado en los orificios de entrada y salida de la bala. No había sangre en la blusa, en los tejanos ni en las zapatillas deportivas, todo lo cual parecía recién estrenado. Era de suponer que después de asesinarla la desnudaron para ponerle ropa nueva, y que habían trasladado su cuerpo para dejarlo allí tirado.

Cook tenía el estómago encogido y advirtió, con cierta mala conciencia, que también se le había acelerado el pulso, lo que indicaba, si no agitación, al menos una honda implicación en el caso. La identificación del cadáver lo confirmaría, pero Cook sospechaba que era como los otros. La chica era una de ellos.

Había llegado la policía científica. Los técnicos seguían el procedimiento habitual, pero sus movimientos reflejaban una cierta apatía y un aire general de derrota. El cadáver había sido trasladado desde el lugar del crimen, lo cual quería decir que habría pocas pistas forenses. Además había llovido. Entre la policía científica se decía que cuando llovía el asesino reía.

Al borde de la escena del crimen había una ambulancia y varios coches patrulla que habían respondido a la llamada de socorro. También se habían congregado un par de docenas de espectadores. La zona se hallaba acordonada con cinta amarilla y los agentes se encargaban ahora de mantener a raya a los mirones y los medios de comunicación para que no estorbaran en el trabajo de investigadores y técnicos. El superintendente Michael Messina y el capitán de Homicidios Arnold Bellows habían atravesado la cinta policial y hablaban entre ellos. El sargento Cook estaba solo. El oficial de relaciones públicas, un estadounidense de origen italiano que aparecía con frecuencia en televisión, le soltaba el rollo de siempre a un periodista del Canal 4, un hombre de pelo sospechosamente abundante cuya especialidad era un discurso entrecortado con pausas efectistas entre frase y frase.

Dos de los agentes de uniforme aguardaban junto a su coche. Eran Gus Ramone y Dan Holiday. Ramone era de altura y complexión medias. Holiday, algo más alto, estaba más flaco que un palo. Ambos habían abandonado los estudios, ambos estaban solteros, ambos eran blancos y tenían poco más de veinte años. En su segundo año en el cuerpo, ya no se podía decir que fueran unos novatos, pero aún no se habían curtido. Aunque ya desconfiaban de los oficiales por encima del rango de sargento, todavía no estaban desengañados del trabajo.

—Míralos —comentó Holiday, señalando con el afilado mentón al superintendente Messina y al capitán Bellows—. Ni siquiera hablan con T. C.

—Es que le dejan que se concentre.

—Los jefazos le tienen miedo, eso es lo que pasa.

T. C. Cook era un hombre de tamaño medio y raza negra. Llevaba una gabardina marrón con forro, sobre una chaqueta de pata de gallo y un sombrero Stetson, de color marrón claro, con una banda chocolate que sujetaba una pequeña pluma multicolor. El sombrero, algo torcido, le cubría una cabeza calva con mechones de payaso a los lados, de pelo negro salpicado de canas. Tenía la nariz bulbosa y un poblado bigote castaño. Sus labios casi nunca sonreían, pero en sus ojos brillaba a veces una chispa de risa.

—Es el señor Misión Cumplida —dijo Holiday—. A los jefes no les cae bien, pero ya se cuidan de no tocarle los cojones. El tío resuelve el noventa por ciento de sus casos. Puede hacer lo que le dé la gana.

«Así es Holiday —pensó Ramone—. Obtén resultados y todo se puede perdonar. Produce, y haz lo que te salga de los huevos.»

Ramone tenía sus propias reglas: «sigue el protocolo, no te arriesgues, cumple tus veinticinco años en el cuerpo y a otra cosa». No perdía el culo por Cook ni por ninguno de los otros inconformistas, llaneros solitarios y demás leyendas vivas del cuerpo de policía. Por mucho que se idealizara el trabajo, no dejaría de ser lo que era. Aquello era un curro, no una vocación. Holiday, en cambio, estaba viviendo un sueño, todo le salía a pedir de boca, y lo que más le motivaba era el salmo veintitrés.

Holiday había empezado patrullando a pie la calle H en Northeast, un hombre blanco solo en una zona negra de la ciudad. Se lo había montado bien y ya era bastante conocido. Holiday recordaba los nombres de individuos a los que sólo había visto una vez, piropeaba por igual a jovencitas y abuelas, podía hablar de la liga estudiantil, de los Redskins y los Bullets con la gente sentada en sus porches o los que pasaban el rato en la puerta de las bodegas, hasta podía enrollarse con los chavales que iban de cabeza al arroyo. Los ciudadanos, tanto la gente de bien como los delincuentes, veían que Holiday era un capullo y un fantasma, y a pesar de todo les caía bien. Con su entusiasmo y su talento natural para el trabajo probablemente llegaría más lejos que Ramone en la policía. Bueno, eso si el demonio que llevaba sentado en el hombro no acababa antes con él.

Ramone y Holiday habían estado juntos en la academia, pero no eran amigos. Ni siquiera eran compañeros. Compartían el coche porque en la comisaría del Distrito Seis de pronto faltaban vehículos. Sólo llevaban seis horas de su turno de cuatro a doce de la noche, y Ramone ya estaba harto de la voz de Holiday. A algunos agentes les gustaba contar con el refuerzo de un compañero, por capullo que fuera. Ramone prefería ir solo.

—¿Te he hablado de la chica con la que salgo? —preguntó Holiday.

—Sí —contestó Ramone. No era un sí interrogativo, sino con un punto final, en plan «fin de la cuestión».

—Es una Redskinette. Una de esas animadoras del RFK Stadium.

—Ya sé lo que es una Redskinette.

—¿Te he hablado de ella?

—Creo que sí.

—Tendrías que ver qué culo tiene, Giuseppe.

La madre de Ramone, cuando estaba enfadada o se ponía sentimental, era la única que le llamaba por su nombre de pila. Esto es, hasta que Holiday le vio el carnet de conducir. También le llamaba de vez en cuando «el Ramone», después de haber echado un vistazo a su colección de discos en la única ocasión en que Ramone le dejó entrar en su casa. Aquello había sido un error.

—Y qué melones... —prosiguió Holiday, haciendo el gesto con las manos—. Y unas... ¿cómo se llaman...? Aureolas enormes.

Holiday se volvió, con el reflejo en la cara de las luces estroboscópicas de los coches patrulla que iluminaban la escena. Sonreía mostrando su larga hilera de dientes blancos, y sus ojos azul hielo destellaban. La placa de identidad de su pecho rezaba «D. Holiday», de manera que al instante había recibido el apodo de «Doc» en el departamento. Y es que además era tan flaco y anguloso como Doc Holyday, el pistolero tuberculoso. Los agentes más veteranos decían que parecía un joven Dan Duryea.

—Ya me lo has dicho —dijo Ramone por tercera vez.

—Vale, pero escucha. La semana pasada estábamos en un bar, el Constable, en la Octava...

—Lo conozco. —Ramone había ido al Constable muchas veces antes de ingresar en la policía, en el año que él consideraba «de transición». Allí podías pillarle coca al camarero, oír música en vivo, los Tiny Desk Unit o los Insect Surfers o quien fuera, o sentarte bajo las estrellas en el patio, beber birra, pillar algún cigarrito de la risa y charlar con las chicas, en aquellos tiempos en que todas llevaban maquillaje a saco y medias de malla. Eso fue después de su cuarto y último semestre en Maryland, cuando asistió a las clases de Criminología y pensó que ya no necesitaba tanto rollo académico, que se podía tirar ya a la piscina. Pero antes de entrar en el cuerpo se dedicó a rondar por los bares, a fumar hierba y meterse algo de perico, a perseguir a las chicas de las medias de malla. La sensación que tenía entonces era de ir dando tumbos. Pero esa noche, con el uniforme, la placa y la pistola, junto a un tipo del que se habría burlado unos años atrás y que ahora era su compañero, la sensación que le producían aquellos recuerdos era de libertad.

—... y va y me suelta la bomba. Me dice que le gusto y todas esas chorradas, pero que también está saliendo con uno de los Redskins.

—¿Joe Jacoby? —preguntó Ramone, mirándole de reojo.

—No, esa bestia no.

—Entonces, ¿quién?

—Un receptor. Y no es Donnie Warren, no sé si me entiendes.

—Me estás diciendo que sale con un receptor negro.

—Con uno de ellos. Y ya sabes cómo les molan las blancas.

—Y a quién no —replicó Ramone.

Sobre el crepitar de las radios de los coches oyeron la voz de Cook. Le pedía a uno de sus hombres que mantuviera apartado del cadáver al periodista del Canal 4, que intentaba colarse bajo la cinta policial.

—Es el que consiguió que mataran a aquella testigo en Congress Park —comentó Cook lo bastante alto como para que el reportero lo oyera—. Al cabrón no se le ocurre otra cosa que soltar en directo que una joven estaba a punto de testificar...

—La verdad es que la tía me dejó mosqueado —prosiguió Holiday, mirando a Cook pero centrado en su historia.

—Porque es negro.

—Para qué te voy a mentir. No se me iba de la cabeza que se habían enrollado. Cuando estaba en la cama con ella, quiero decir.

—¿Por qué? ¿Es que te entró complejo o algo?

—Nos ha jodido. Un jugador de fútbol profesional, un negrata... —Holiday se puso la mano a treinta centímetros de la entrepierna—. Fijo que la tiene así.

—Es un requerimiento para entrar en la liga.

—¿Eh?

—También les miran los dientes.

—Joder, yo soy un tío normal. Ahí abajo, digo. A ver, no te equivoques, cuando se pone dura es un pedazo de tranca, pero así en frío...

—¿Adónde quieres llegar?

—Pues nada, que supongo que ahora que sé que la chica ha estado colgada del rabo de ese tío, ya no me hace gracia.

—Y entonces, ¿qué? ¿La vas a dejar?

—No, con el pedazo de culo que tiene no pensaba dejarla. Ni hablar.

Una mujer había atravesado la cinta policial mientras ellos charlaban, y en cuanto se acercó al cuerpo de la niña vomitó profusamente en el césped. El sargento Cook se quitó el sombrero, pasó un dedo por el ala y respiró hondo. Volvió a ponerse el Stetson en la cabeza, se lo colocó bien y escrutó con la vista el perímetro del lugar. Luego se volvió hacia el hombre que tenía al lado, un detective blanco llamado Chip Rogers, y señaló a Ramone y a Holiday.

—Dile a esos blanquitos que hagan su trabajo. Aquí la gente vomitando y jodiéndome la escena del crimen... Si no pueden mantener a raya al personal, me buscas a alguien que pueda. Y no es coña.

Ramone y Holiday se plantaron de inmediato junto a la cinta asumiendo una pose autoritaria. Holiday abrió las piernas y enganchó los pulgares en el cinturón, sin inmutarse por las palabras de Cook. Ramone tensó la mandíbula, como furioso porque le hubieran llamado «blanquito». Lo había oído de vez en cuando, habiéndose criado fuera de D.C., y muchas veces cuando jugaba al béisbol y al baloncesto en la ciudad. Y no le gustaba. Sabía que lo decían con ánimo de joder y que se suponía que se lo tenía que tragar, y eso todavía le molestaba más.

—¿Y tú? —preguntó Holiday.

—¿Yo qué?

—Que si has estado pillando o qué.

Ramone no contestó. Le tenía echado el ojo a una mujer en concreto, una policía, que Dios le ayudara. Pero había aprendido a no dejar que Holiday se inmiscuyera en su vida personal.

—Venga, hermano —insistió Holiday—. Yo te he enseñado el mío, ahora te toca enseñarme el tuyo. ¿Tienes puesta la mira en alguien?

—En tu hermana pequeña.

Holiday abrió la boca. Sus ojos llamearon.

—Mi hermana murió de leucemia cuando tenía once años, hijo de puta.

Ramone apartó la vista. Por un momento sólo se oyeron los siseos y chirridos de las radios de policía y los murmullos de conversación entre los espectadores. Hasta que Holiday lanzó una carcajada y le dio un palmetazo en la espalda.

—Que te estoy tomando el pelo, Giuseppe. ¡Ay, Dios, cómo te lo has tragado!

La descripción de la víctima se había cotejado con una lista de adolescentes desaparecidos en la zona. Media hora más tarde llegó un hombre para identificarla. En cuanto miró el cadáver, el angustiado aullido de un padre llenó la noche.

La víctima se llamaba Eve Drake. En el pasado año habían asesinado a otros dos adolescentes negros, ambos residentes de las zonas más pobres de la ciudad, y ambos descubiertos de manera similar en jardines comunitarios, poco antes del amanecer. Los dos habían recibido un tiro en la cabeza y tenían restos de semen en el recto. Se llamaban Otto Williams y Ava Simmons. Igual que con Otto y Ava, el nombre de pila de Drake, Eve, se escribía igual al derecho que al revés. La prensa había establecido la relación y había titulado los casos como «los Asesinatos Palíndromos». Dentro del departamento, algunos comenzaban a referirse al asesino como el Jardinero Nocturno.

Al otro lado de la ciudad, al mismo tiempo que un padre lloraba sobre el cadáver de su hija, otros jóvenes de Washington veían en sus casas *Corrupción en Miami*, y se metían rayas de coca contemplando las andanzas de dos policías infiltrados en el mundo del narcotráfico. Otros leían best sellers de Tom Clancy, John Jakes, Stephen King y Peter Straub, o charlaban en bares de las menguantes posibilidades que tenían los Washington Redskins de llegar a la final liderados por Jay Schroeder. Otros veían cintas de vídeo, *Superdetective en Hollywood* y *Código de silencio*, las más populares esa semana en Erol's Video Club, o apenas sudaban con el *En forma* de Jane Fonda, o habían salido al cine a ver la nueva película de Michael J. Fox en el Circle Avalon, o *Calígula* en Georgetown. Mr. Mister y Midge Ure estaban en la ciudad, tocando por los clubes.

Y mientras los de la generación Reagan se entretenían al oeste de Rock Creek Park y en las zonas residenciales, detectives y técnicos trabajaban en el escenario del crimen entre la calle Treinta y tres y E, en el barrio de Greenway, en Southeast D.C. No podían saber que ésa sería la última víctima del Asesino Palíndromo. De momento sólo se trataba de una adolescente muerta más, uno de tres casos sin resolver, y alguien ahí fuera, en alguna parte, perpetraba los asesinatos.

Una noche fría y lluviosa de diciembre de 1985, dos jóvenes policías uniformados y un detective de Homicidios, de mediana edad, estaban en la escena del crimen.

2005

2

El hombrecillo nervudo, hundido en la silla de la sala de interrogatorios, era William Tyree. Frente a él se sentaba el detective Paul *Bo* Green. En la mesa rectangular entre ellos había una lata de Coca-Cola y un cenicero lleno de colillas de Newport. La sala apestaba a nicotina y al sudor de crack de Tyree.

—¿Esas zapatillas llevabas? —preguntó Green, señalando el calzado de Tyree—. ¿Eran esas mismas?

—Éstas son las Huarache —contestó Tyree.

—¿Me estás diciendo que las zapatillas que llevas ahora mismo no te las pusiste ayer?

—Pues no.

—Dime una cosa, William, ¿qué número usas?

Tyree tenía en el pelo bolillas de pelusa, y bajo el ojo izquierdo se veía un pequeño corte con una costra.

—Éstas son un cuarenta y tres. Pero mi número es el cuarenta y cuatro. Es que las Nike las hacen grandes.

El sargento detective Gus Ramone, que veía el interrogatorio en un monitor desde una sala adyacente, se permitió la primera sonrisa del día. Incluso cuando está detenido por asesinato, incluso bajo las luces fluorescentes del interrogatorio, casi todo el mundo siente el impulso de mentir sobre su talla de zapato, o al menos dar explicaciones.

—Muy bien. —Green entrelazó las manos sobre la mesa—. Así que esas Nike que llevas ahora... ¿me estás diciendo que no las llevabas ayer?

—Llevaba unas Nike. Pero no éstas, no.

—¿Y qué zapatillas llevabas, William? Quiero decir, concretamente, ¿qué modelo de Nike llevabas cuando fuiste ayer a ver a tu ex mujer a su casa?

Tyree arrugó el entrecejo, pensativo.

—Eran unas Twenties.

—¿Ah, sí? Mi hijo las tiene.

—Los chavales las llevan mucho.

—¿Las Twenties negras?

—Sí. Yo tengo las blancas y azules.

—Entonces, si fuéramos a tu casa, ¿encontraríamos unas Twenties blancas del número cuarenta y tres?

—Ya no están en mi casa.

—¿Dónde están?

—Las metí en una bolsa con otras cosas.

—¿Qué otras cosas?

—Los vaqueros y la camiseta que llevaba ayer.

—¿Los vaqueros y la camiseta que llevabas cuando fuiste a ver a tu ex mujer?

—Ajá.

—¿Cómo era la bolsa?

—Una de esas bolsas del Safeway.

—Una bolsa de supermercado. ¿Tiene el logo del Safeway?

Tyree asintió con la cabeza.

—Una de las bolsas de plástico esas que tienen.

—¿Y metiste algo más en la bolsa?

—¿Además de la ropa y las zapatillas?

—Sí, William.

—También metí un cuchillo.

El detective Anthony Antonelli, sentado junto a un impasible Ramone en la sala de vídeo, se inclinó hacia delante. Bo Green, en el box, hizo lo mismo. William Tyree no se apartó cuando Green invadió su espacio. Llevaba ya varias horas allí con Green y se había acostumbrado a su presencia.

Green había empezado poco a poco, charlando con Tyree y dando vueltas en torno al asesinato de Jacqueline Taylor sin llegar a abordarlo. Green y Tyree habían ido al mismo instituto, el Ballou, aunque no en la misma época. Green había conocido al hermano mayor de Tyree, Jason, un jugador de baloncesto bastante bueno de la liga estudiantil, que ahora trabajaba en correos. Charlaron del antiguo barrio, y de dónde tenían los mejores bocadillos en los años ochenta, comentaron que la música era entonces más positiva, y que los padres vigilaban más de cerca a sus hijos, y si no podían, los vecinos les echaban una mano.

Green, un hombretón de ojos dulces, siempre se tomaba su tiempo y, por su experiencia en aquel distrito y las muchas familias a las que había llegado a conocer con los años, se ganaba al final la confianza de muchos sospechosos a los que interrogaba, sobre todo los de cierta generación. Se convertían en amigos y confidentes. Ramone era quien llevaba el caso de Jacqueline Taylor, pero había dejado que Green realizara el interrogatorio crucial. Por lo visto Green estaba a punto de concluirlo.

—¿Qué clase de cuchillo, William?

—Un cuchillo grande que tenía en la cocina, de esos de cortar carne.

—¿Como un cuchillo de carnicero?

—Más o menos.

—Y pusiste el cuchillo y la ropa en la bolsa...

—Porque el cuchillo tenía sangre —contestó Tyree, como si le estuviera explicando algo obvio a un niño.

—¿Y la ropa y las zapatillas?

—También tenían sangre.

—¿Y dónde metiste la bolsa?

—¿Sabes el Popeye ese que hay ahí en Pennsylvania Avenue, cerca de Minnesota?

—Sí...

—Pues hay una bodega enfrente...

—Penn Liquors.

—Ésa no, más abajo. La que tiene un nombre judío.

—¿Saul's?

—Ésa. Anoche.

Green asintió con la cabeza como si nada, como si acabaran de contarle el resultado de un partido o le dijeran que se había dejado las luces del coche encendidas.

Ramone abrió la puerta de la sala de vídeo y le pegó un grito al detective Eugene Hornsby, que tenía el culo pegado a una mesa, medio sentado medio de pie, junto a la detective Rhonda Willis. Ambos estaban en la gran zona de oficinas de la VCB, la unidad de Delitos Violentos.

—Lo tenemos —dijo Ramone, y tanto Hornsby como Rhonda se enderezaron—. Gene, ¿conoces la bodega Saul's, en Pennsylvania?

—¿Al lado de Minnesota? —preguntó Hornsby, un hombre totalmente anodino de unos treinta y ocho años, que venía de la infame zona de Northeast conocida como Simple City.

—Sí. Aquí el señor Tyree dice que tiró un cuchillo de carnicero y su ropa en el contenedor de atrás. Y también dejó allí unas Nike Twenties blancas y azules, del número cuarenta y tres. Está todo en una bolsa del Safeway.

—¿De papel o de plástico? —quiso saber Hornsby, con una sonrisa apenas detectable.

—De plástico. Tiene que estar allí.

—Si no se han llevado todavía la basura —apuntó Rhonda.

—Esperemos que no —dijo Ramone.

—Mando a algunos hombres ahora mismo. —Hornsby cogió un juego de llaves de su mesa—. Y ya me encargo de que los novatos no la caguen.

—Gracias, Gene. ¿Cómo va esa orden del juez, Rhonda?

—En marcha. Nadie va a entrar ni a salir de casa de Tyree hasta que la tengamos. Tengo un coche patrulla aparcado en la puerta ahora mismo.

—Muy bien.

—Buen trabajo, Gus —dijo Rhonda.

—Todo gracias a Bo —contestó Ramone.

Bo Green se levantaba de su silla en ese instante. Miró a Tyree, que se había incorporado un poco. Parecía que acabara de subirle la fiebre.

—Tengo sed, William. ¿Tú no tienes sed?

—Me vendría bien un refresco.

—¿Qué te apetece, lo mismo?

—¿Me pueden traer un Slice esta vez?

—No tenemos. Sólo hay Mountain Dew.

—Vale.

—¿Tienes bastante tabaco?

—Sí.

El detective Green se miró el reloj y luego miró la cámara montada arriba en la pared.

—Tres cuarenta y dos —dijo antes de salir.

La luz sobre la puerta de la sala de interrogatorios seguía verde, lo que indicaba que la cinta seguía grabando. En la sala de vídeo, Antonelli leía la página deportiva del *Post*, echando algún que otro vistazo al monitor.

Ramone y Rhonda Willis saludaron a Bo Green.

—Genial —le felicitó Ramone.

—Tyree tenía ganas de hablar.

—El teniente ha dicho que vuelvas cuando tengas algo —informó Rhonda—. El fiscal también quería... ¿cómo ha dicho...? «Tomar contacto.»

—Por lo visto nos ha tocado Littleton.

—Pues estamos buenos —saltó Green.

Gus Ramone se acarició el negro bigote.

3

Dan Holiday le hizo una seña al camarero, trazando un gran círculo con el índice sobre los vasos que no estaban del todo vacíos pero sí lo bastante.

—Lo mismo —pidió—. Para todos.

El grupo de la barra llevaba tres rondas enzarzado en una charla que había pasado de Angelina Jolie a Santana Moss y el nuevo Mustang GT. Discutían con vehemencia, pero en realidad sin llegar a ninguna parte. La conversación no era más que una percha de la que colgar el alcohol. No podía uno quedarse allí bebiendo sin más.

En los taburetes se sentaban Jerry Fink, comercial de suelos y moquetas, Bradley West, escritor autónomo, Bob Bonano, un contratista local, y Holiday. Ninguno de ellos tenía jefe. Todos contaban con un trabajo que les permitía empinar el codo en día laborable sin sentirse culpables.

Se reunían informalmente varias veces a la semana en el Leo's, una taberna de Georgia Avenue, entre Geranium y Floral, en Shepherd Park.

Era una sencilla sala rectangular con una barra de roble, doce taburetes, unas cuantas mesas y una jukebox con oscuros cantantes de soul. Las paredes estaban recién pintadas, sin adornos de anuncios de cerveza, banderines ni espejos, sólo fotografías de los padres de Leo en Washington y sus abuelos en su pueblo griego. Era un bar de barrio, ni un garito violento ni un local de pijos, sencillamente un sitio agradable donde tomar una copa en plena tarde.

—Joder, qué peste echas —comentó Jerry Fink, sentado junto a Holiday, agitando el hielo de su copa.

—Se llama Axe —contestó Holiday—. Los chavales lo usan mucho.

—Pero tú no eres un chaval, tronco. —Jerry Fink, criado en River Road y graduado en el instituto Walt Whitman, uno de los institutos públicos más blancos y mejores del país, solía utilizar el argot callejero. Creía que así parecería estar más en la onda. Era un hombre bajo, con barriga, llevaba gafas con los cristales tintados y una permanente en el pelo al estilo «afrojudío», como decía él. Fink tenía cuarenta y ocho años.

—Dime algo que no sepa.

—Te estoy preguntando que por qué te has puesto esa mierda.

—Muy sencillo, porque donde me desperté esta mañana no tenía mi neceser, no sé si me entiendes.

—Ya estamos —saltó West.

Holiday sonrió y cuadró los hombros. Estaba tan flaco como cuando tenía veinte años. El único indicativo de sus cuarenta y uno era la pequeña barriga que el alcohol le había ido marcando. Sus conocidos la llamaban la «Curva Holiday».

—Cuéntanos un cuento, papá —pidió Bonano.

—Muy bien. Ayer me salió un encargo, un cliente de Nueva York. Un inversor de los gordos que quería echar un vistazo a una empresa que está a punto de salir al mercado. Lo llevé a un edificio de oficinas en el corredor de Dulles, le esperé unas horas y le llevé de vuelta al centro, al Ritz. Y nada, cuando ya me volvía para casa, me entró sed, así que paré en el Royal Mile de Wheaton a tomarme una rápida. Y en cuanto entro me veo a una morena sentada con otras dos tías. La chorba llevaba unos cuantos kilómetros encima, pero era atractiva. Nos miramos, y no veáis todo lo que decían sus ojos.

—¿Qué decían sus ojos, Doc? —preguntó cansado West.

—Decían: «Me muero por una buena tranca.»

Todos menearon la cabeza.

—Pero no me lancé enseguida. Esperé hasta que tuvo que levantarse para ir a mear. Es que quería echarle un vistazo al culo, claro, a ver si luego me iba a encontrar con una película de terror. En fin, que la miré bien y no estaba nada mal. Había tenido hijos, evidentemente, pero no parecían haber dejado demasiadas secuelas, por así decirlo.

—Venga ya, tío —exclamó Bonano.

—Paciencia. En cuanto volvió del tigre, me tiré encima de cabeza. Sólo me costó dos Miller Lites. Ni siquiera se acabó la cerveza, la tía. Me dijo que se quería marchar. —Holiday sacudió la ceniza del cigarrillo—. Yo pensé en llevármela al parking de enfrente, que me la chupara o algo.

—Y dicen que el romanticismo ha muerto —terció West.

—Pero qué va —prosiguió Holiday, sin darse cuenta del tono de West, o sin hacerle caso—. Me dice que ella en el coche pasa. Que ya no tiene diecisiete años. Y yo pensando: «eso fijo». Pero bueno, no iba yo a decir que no a un culo como el suyo.

—Aunque no tuviera diecisiete tacos —apuntó Jerry Fink.

—Así que nos fuimos a su casa. Tiene un par de críos, un adolescente y una niña pequeña, que casi ni apartaron la vista de la tele cuando entramos.

—¿Qué estaban viendo? —preguntó Bonano.

—¿Y eso qué más da?

—Pues que así la historia es mejor. Así es como si lo viera en mi cabeza.

—Pues era un capítulo de esos de *Law and Order*. Lo sé porque oí eso del duh-duh que hacen.

—Sigue.

—Vale. Pues nada, que les dice a los niños que no se queden hasta muy tarde, porque al día siguiente tienen colegio, y luego me lleva de la mano a su habitación.

En ese momento sonó el móvil que estaba en la barra delante de Bob Bonano, «el experto en cocinas y baños». Bonano miró el número y no contestó. Si era un nuevo negocio, contestaría. Si era un cliente al que ya había jodido, no. Casi nunca cogía las llamadas. El negocio de Bonano se llamaba Artistas del Hogar. Jerry Fink lo llamaba «Chapuzas del Hogar», y a veces «Desastres del Hogar», cuando estaba inspirado.

—¿Te la follaste mientras los chicos veían abajo la tele? —preguntó Bonano, todavía mirando el móvil, que seguía sonando con el tema de *El bueno, el feo y el malo*. A Bonano, moreno y de rasgos y manos grandes, le gustaba darse aires de vaquero, pero era más italiano que un salami.

—Cuando empezó a hacer ruido le tapé la boca con la mano. —Holiday se encogió de hombros—. Casi me arranca un dedo de un mordisco.

—Déjate de rollos —le espetó Fink.

—Es lo que hay. La tía era una fiera.

El camarero, Leo Vazoulis, un hombre corpulento, de fino y escaso pelo gris y bigote negro, les sirvió las bebidas. El padre de Leo había comprado el edificio, al contado, cuarenta años atrás para montar un restaurante, que estuvo regentando hasta que un infarto lo mandó al otro barrio. Leo heredó la propiedad y convirtió el restaurante en bar. No tenía gastos aparte de los impuestos y los suministros, y ganaba bastante sin partirse tanto los cuernos como su padre. Así se suponía que tenía que pasar de padres a hijos.

Leo vació los ceniceros y se alejó.

—Eso no explica que vengas con perfume —dijo Fink.

—Es desodorante —protestó Holiday—. Bueno, en el bote ponía que era una mezcla de desodorante y colonia, o algo así.

—Yo leí una vez un artículo sobre eso —comentó West—. Es como un fenómeno.

—Esta mañana estaba ahí en la cama de esta mujer, esperando que mandase a sus hijos al colegio y pensando en un plan de fuga. En cuanto oí la puerta de la casa y el motor del coche, me levanté, me fui al cuarto de su hijo y me eché en los sobacos lo primero que pillé. También me eché un poco ahí abajo, no sé si me entendéis. Para quitarme el olor de la tía.

—Axe —dijo Bonano, como si intentara recordarlo.

—«Axe Rejuvenate», es lo que ponía en el bote. Por lo visto los chavales flipan con eso.

—Pues hueles como una puta —insistió Fink.

Holiday apagó el cigarrillo.

—Igual que tu madre.

Terminaron las copas y pidieron otra ronda. Bonano seguía sin contestar el móvil, pero Fink cogió una llamada y prometió a una señora de Palisades que pasaría por allí «en algún momento de la semana que viene» a tomar medidas del cuarto de estar. Nada más colgar, Fink metió unas monedas en la jukebox. Escucharon una canción de Ann Peebles y luego otra de Syl Johnson, y cuando entró la sección rítmica todos menearon la cabeza.

—¿Cómo va la novela, Brad? —preguntó Holiday, mientras sacaba otro cigarrillo y le daba un codazo a Fink.

—Todavía ando dándole vueltas —contestó West. Tenía una barba gris y el pelo largo y canoso. Se había dejado la barba cuando Fink le dijo que parecía una vieja con tanto pelo.

—¿No deberías estar en el NewYorka o como se llame? —preguntó Fink. Se refería a la cafetería de ambiente íntimo de la línea District, en la esquina más allá de Crisfield—. Ahí están siempre los tíos de tu cuerda, dándole a la tecla en sus portátiles con su cafetito delante.

—Y con sus boinas —apuntó Bonano.

—Esos tíos no escriben nada —replicó West—. Están ahí haciendo el canelo.

—No como tú —le pinchó Holiday.

Hablaron del nuevo chico que Gibbs había seleccionado como quarterback. Comentaron a cuál de las Mujeres Desesperadas les gustaría follarse, las razones por las que echarían a las otras de la cama y el Chrysler 300. A Bonano le gustaba su línea, pero se le antojaba «muy de negrata» con aquellas llantas, no encontraba mejor manera de definirlas. Aun así, miró alrededor al decirlo. Por la noche los parroquianos del bar eran casi todos negros, como los empleados. Por las tardes solían estar ellos solos: cuatro blancos alcohólicos y maduritos sin ningún otro sitio al que ir.

El tema del coche les llevó a una charla sobre delincuencia, y todos giraron la cabeza hacia Holiday, que conocía el tema de primera mano.

—La cosa está mejorando —aseguró Fink—. El índice de asesinatos es la mitad que hace diez años.

—Porque han metido a casi todos los cabrones en el trullo —explicó Bonano.

—Los criminales violentos se han largado a P.G. County, eso es lo que pasa —objetó Fink—. Este año tienen allí más homicidios que en Washington D.C. Y eso por no mencionar violaciones y otros delitos sexuales.

—No es ningún misterio —terció West—. Los blancos y los negros con dinero vuelven a la ciudad y echan a los negros pobres a P.G. Joder, las zonas esas entre Beltway y Southern Avenue: Capitol Heights, District Heights, Hillcrest Heights...

—Heights, «cumbres» —tradujo Bonano, moviendo la cabeza—. Manda huevos, como si tuvieran castillos en las montañas. Joder. Por no hablar de Suitland. Menuda mierda.

—Es como Southeast hace diez años —dijo Fink.

—Es la cultura —replicó Bonano—. ¿Cómo coño se cambia eso?

—Ward 9 —apuntó Fink. Se había convertido en el otro nombre afectuoso o peyorativo, del suburbio de Prince George, P.G., dependiendo de quién lo dijera. Significaba que el distrito era igual de malo que las zonas orientales de D.C., de población negra y de gran actividad criminal.

—¿Y qué esperabas? —dijo West—. La pobreza es violencia.

—¿De verdad, Hillary? —replicó Bonano.

—Nadie respeta ya la ley —aseveró Holiday con voz queda. Se quedó mirando su copa, agitó los hielos y apuró el contenido. Luego cogió el tabaco y el móvil de la barra y se levantó.

—¿Adónde vas? —preguntó Fink.

—A trabajar. Tengo que ir al aeropuerto.

—Tómatelo con calma, Doc —se despidió Bonano.

—Adiós.

Holiday salió a la luz cegadora de la calle. Llevaba el uniforme: traje negro con camisa blanca. En cuanto a la gorra, la había dejado en el coche.

4

Los detectives Ramone y Green recorrían el pasillo central de las oficinas de la VCB, una nave sin ventanas con varios cubículos y mesas más o menos alineadas, el cuartel general de docenas de detectives con casos de asesinato y, como algunos decían, casos de víctimas que aún no habían muerto pero estaban bien jodidas. Mientras avanzaban, los pocos detectives que estaban en la oficina les lanzaron algunas felicitaciones y alguna broma a expensas de Ramone. Los comentarios aludían al hecho de que Green había hecho el trabajo sucio y Ramone se llevaría el mérito de cerrar el caso. A Ramone no le importaba. Todo el mundo tiene sus puntos fuertes, y el de Green eran los interrogatorios. Se alegraba de haber contado con su ayuda. Cualquier cosa para llegar a buen puerto. De hecho, el asunto había ido rodado en todos los aspectos desde el principio.

El día anterior Ramone estaba de turno cuando el administrador de un bloque de apartamentos llamó para denunciar que había encontrado un cadáver en el umbral de uno de los pisos. Encargaron el caso a Ramone. Rhonda Willis, lo más parecido a una compañera que había tenido jamás, le ayudaría.

Los agentes de patrulla y un teniente del Distrito Siete esperaban en la calle cuando llegaron Gus Ramone y Rhonda Willis. El escenario del crimen era un apartamento de la tercera planta de un edificio de Cedar Street, Southeast, uno de varios bloques de pisos-caja que corrían a ambos lados de una corta manzana que empezaba en la calle Catorce y terminaba en un patio.

Varias horas más tarde, cuando se llevaron el cadáver, Ramone y Willis se quedaron en el salón del piso, bastante callados, comunicándose más que nada con los ojos. Una pareja de agentes de uniforme montaba guardia en la puerta, en una escalera que olía ligeramente a humo de marihuana y fritanga. Mientras los técnicos y el fotógrafo trabajaban en silencio y con diligencia, Ramone miraba la mesa de comedor en una zona del salón, junto a la puerta de la cocina.

Lo que más le interesó fue la bolsa del supermercado, de la que se habían volcado sobre la mesa varios artículos, incluso los alimentos perecederos, lo cual significaba que la víctima acababa de llegar de la compra y no había tenido tiempo de meter la leche, el queso y el pollo en la nevera. La apuñalaron cerca de la mesa, calculó, puesto que había gotas de sangre en la alfombra marrón y un rastro que llevaba hasta la puerta. Luego mucha sangre en la alfombra junto a la puerta. Probablemente había acudido allí a pedir ayuda antes de desplomarse.

La compra también le llamó la atención en otro aspecto. Además de los alimentos básicos había varias golosinas: natillas, regaliz de colores, barritas de crema de cacahuete, Choco Krispies. Vale, no era una madre muy preocupada por la nutrición. Era una de esas madres que se gastan el dinero en dar gusto a sus hijos.

A Ramone le recordó a su mujer, Regina, que jamás volvía de la compra sin chucherías para su hijo Diego, aunque el chico era ya adolescente, y su hija Alana, de siete años. Le reprochaba sobre todo su manera de mimar a Diego: se dejaba tomar el pelo, no podía estar enfadada con él más de unos minutos, y siempre le concedía todos sus caprichos. Bueno, si lo peor que puedes decir de tu mujer es que quiere demasiado a tus hijos, tampoco es para quejarte.

A los hijos de la víctima los había recogido su tía del colegio para llevarlos a casa. A Diego todavía iba a buscarle al instituto casi siempre su devota madre, a pesar de que Ramone le tenía advertido que lo iba a convertir en un blando.

Menos mal que los hijos de la víctima no habían visto muerta a su madre. Había recibido múltiples puñaladas en la cara, los pechos y el cuello. La inmensa cantidad de sangre provenía de la yugular. Las heridas de defensa se manifestaban en varios cortes en los dedos y una cuchillada limpia en la palma de la mano. Había vaciado los intestinos, y los excrementos manchaban de marrón su uniforme blanco.

Ramone y Willis recorrieron el apartamento, procurando no molestar a los técnicos del laboratorio móvil. Aunque todavía tenían que comparar sus observaciones, ambos habían llegado a similares conclusiones. La víctima conocía a su asaltante, puesto que no había señales de que hubieran forzado la entrada. El apuñalamiento se produjo a unos seis metros dentro de la casa, junto a la mesa. La víctima había dejado pasar al asesino. El asesinato no estaba relacionado con las drogas, ni habían querido eliminar a un testigo, ni era una venganza entre bandas rivales. Las puñaladas solían ser casi siempre un asunto personal, muy raramente tenían que ver con el bisnes.

El bolso de la víctima estaba en la mesa de la cocina, pero no había ni cartera ni llaves. El administrador, cuando le preguntaron, contó que la fallecida, Jacqueline Taylor, conducía un Toyota Corolla último modelo. El coche no estaba aparcado en la calle en ese momento. Ramone dedujo que el asaltante se había llevado el dinero, las tarjetas de crédito, las llaves del coche y el coche. Desde la perspectiva policial era una ventaja, porque si el asesino utilizaba las tarjetas de crédito, se le podría seguir el rastro. De la misma manera, sería más fácil encontrarlo con un coche robado.

La víctima vivía sola con sus hijos. En un cajón de la cómoda había algunas prendas de ropa, ropa interior en su mayoría, camisetas de talla extra grande y calzoncillos de la talla 34. Esto indicaba que algún hombre acudía con frecuencia a la casa, pero no residía allí permanentemente. En el segundo dormitorio había dos camas individuales, una decorada con motivos florales y la otra con cascos de los Redskins. La habitación estaba llena de muñecas, figuritas de acción, peluches y material deportivo, incluido un balón de baloncesto en miniatura y uno de fútbol K2. En el salón, en una mesita, se veían fotografías de los niños en el colegio, un chico y una chica.

La víctima era enfermera. En su armario tenía un uniforme, y también llevaba uno puesto cuando la encontraron. El administrador confirmó que era enfermera del D. C. General. Ahora estaría en ese mismo hospital, sobre una sábana de plástico en la morgue.

En el primer sondeo no surgieron testigos. Sin embargo, en el tejado del edificio había una cámara de seguridad, apuntando a la entrada. Si había cinta en la cámara, y estaba grabando en su momento, tendrían buen material para ponerse en marcha. El administrador, un tipo flaco vestido de negro de la cabeza a los pies, aseguró que la cámara «solía» funcionar. Le olía el aliento a alcohol a las tres de la tarde. Era un pequeño detalle, pero suficiente para que Ramone dudara de su palabra. Lo más probable era que la cámara no estuviera operativa. Aun así, lo comprobaría. Habría que cruzar los dedos.

Para su sorpresa, la cámara estaba en perfectas condiciones. En la cinta aparecía la clara imagen de un hombre saliendo del edificio. La hora marcada en la grabación confirmaba que la salida se había producido en torno al momento de la agresión.

—Es su ex marido —comentó el administrador, viendo la cinta por encima del hombro de Ramone, la imagen en la pantalla clara como el agua—. Viene de vez en cuando a ver a los chicos.

Ramone buscó el nombre de William Tyree en la base de datos. Tyree no tenía antecedentes criminales ni detenciones previas. Ni siquiera cuando era menor de edad.

Ramone y Williams convocaron a la hermana de la víctima para que viera la cinta. La hermana dejó a los niños en la guardería de la comisaría e identificó en la sala de vídeo al hombre que salía del bloque: era William Tyree, segundo marido de Jacqueline Taylor. Últimamente estaba algo alterado, sostenía la hermana, exasperado porque no encontraba trabajo de ninguna manera. Además, Jackie había empezado a salir con otro hombre, un obrero eventual de la construcción llamado Raymond Pace, y aquello exacerbó la depresión de Tyree. Pace tenía antecedentes, había cumplido condena por homicidio involuntario y, según la hermana, «no era bueno» con los hijos de Jackie. Ramone supuso que las camisetas y calzoncillos encontrados en la cómoda de Jacqueline Taylor eran de Pace.

Se puso vigilancia ante el piso de Tyree en Washington Highlands hasta que llegara la orden de registro. Ramone pasó el número de matrícula del Corolla a los coches patrulla, junto con una descripción de Tyree. Luego fue a ver a Raymond Pace a su lugar de trabajo. Pace no pareció sentir demasiado la noticia de la muerte de Jacqueline, y de hecho tenía toda la pinta de ser el indeseable que su hermana había descrito. Pero el capataz de Pace y un par de compañeros respaldaban incuestionablemente su coartada. En cualquier caso, la cinta de vídeo era muy clara. William Tyree encajaba como sospechoso.

A medianoche Tyree todavía no había vuelto. Ramone y Willis tenían el turno de ocho a cuatro y acumularon muchas horas extras ese día. Se fueron a sus respectivas casas y acudieron de nuevo a las ocho en punto de la mañana siguiente. Poco después, un agente de patrulla encontró la matrícula del Corolla en una calle de Southeast y envió por radio la localización.

El Corolla estaba aparcado cerca de Oxon Run Park, en una popular zona de trapicheo de drogas. Un residente del bloque se acercó a Ramone y a Willis, que estaban junto a los agentes que buscaban huellas en las puertas del Corolla, y les preguntó si buscaban al hombre que había aparcado el coche. Ramone dijo que sí.

—Se ha metido en esa casa de ahí —informó el hombre, señalando con un dedo un edificio de ladrillo en la parte más alta de la calle—. Todo el día está entrando y saliendo gente.

—¿Se meten heroína? —preguntó Ramone, queriendo saber qué tipo de drogadicto encontraría en el edificio.

El residente negó con la cabeza.

—Le dan a la pipa.

Ramone, Willis y varios agentes uniformados fueron a la casa con las pistolas preparadas, pero no llegaron a sacarlas. Tyree estaba en el rellano del segundo piso, en mitad de una nube de humo con otros dos fumetas.

—¿William Tyree? —dijo Ramone, sacando un par de esposas mientras subía por las escaleras.

Al ver a los policías y oír su nombre, Tyree extendió las manos. Le esposaron sin incidentes. En el bolsillo le encontraron las llaves del coche de Jacqueline Taylor y su cartera.

Todo había sido muy fácil, incluso la detención.

En la oficina del fondo se encontraban Ramone, Green y el teniente Maurice Roberts, un joven y respetado jefe de la VCB, sentados en el sofá, inclinados hacia un teléfono sobre una mesa de plástico. El altavoz estaba conectado y se oía la voz del ayudante del fiscal, Ira Littleton, que hacía redundantes comentarios sobre la detención y el interrogatorio. Ramone y Green ya seguían aquellas consignas cuando Littleton todavía veía los dibujos animados los sábados en pijama. La mayoría de los detectives de Homicidios guardaban buena relación con los magistrados de la oficina del fiscal de Estados Unidos.

Era una cordialidad necesaria, por supuesto, pero más allá del obligatorio espíritu de cooperación, solían forjarse amistades sinceras. Littleton, joven y relativamente inexperto e inseguro, no era uno de los fiscales que los detectives respetaran o considerasen amigos.

—Yo preferiría una confesión explícita y completa —decía Littleton—, y no que se limite a admitir que ayer llevaba ropa manchada de sangre.

—Ya —dijeron Ramone y Green casi al unísono.

—No tenemos suficiente para retenerlo por el asesinato —insistió Littleton.

—De momento podemos acusarle del robo del coche —sugirió Ramone—. Y también de posesión de propiedad robada, por la cartera y sus contenidos. Eso es suficiente para retenerlo.

—Pero yo quiero acusarle de asesinato.

—Muy bien —cedió Bo Green, mirando a Ramone mientras hacía movimientos obscenos con el puño delante de su entrepierna.

Ramone apartó el índice y el pulgar tres centímetros, indicando el probable tamaño de la polla de Littleton.

—Sacadle la confesión. Y tomadle una muestra de ADN.

—No hay problema —dijo Ramone.

—¿Consentirá en dar una muestra de sangre?

—Ya lo ha hecho. La tenemos —dijo Green.

—¿Estaba drogado cuando lo detuvisteis?

—Eso parecía.

—Aparecerá en los análisis.

—Sí.

—¿Tenía alguna marca o algo así?

—Un arañazo en la cara —contestó Ramone—. No recuerda cómo se lo hizo.

—Ella tendrá ADN en las uñas —prosiguió Littleton—. ¿Os apostáis algo?

—Nunca apuesto —declaró Ramone.

—Es casi un tiro seguro. Vamos a rematarlo.

—Bueno, de momento ha cooperado en todos los aspectos de la investigación. También ha renunciado a su derecho a un abogado. Lo único que no ha hecho es confesar directamente que él la mató. Pero lo hará.

—Muy bien. ¿Tenemos ya la bolsa del Safeway?

—Gene Hornsby está en ello —respondió Ramone.

—Hornsby es un buen tipo —afirmó Littleton.

Ramone hizo un gesto exasperado.

—Dios, espero que todavía no hayan pasado a recoger la basura —repuso Littleton.

—Yo también. —Ramone le sacó la lengua al teléfono.

Bo Green seguía moviendo el puño perezosamente.

—Tiene que ser un gol, chicos —dijo Littleton.

—¡Sí! —exclamó Green, pensando que tal vez había sido demasiado enfático en su respuesta, aunque tampoco le importara mucho—. ¿Algo más?

—Llamadme cuando tengáis la confesión.

—Claro. —Y Ramone apagó el altavoz.

—¿Tú has oído eso? —dijo Green—. Littleton diciendo que Gene Hornsby es un buen tipo. Casi lo ha dicho con cariño. Vamos, como si tuviera algo con él.

—A Gene no le va a hacer mucha gracia.

—Pues sí, no le hace ninguna gracia el rollo gay.

—¿Me estás diciendo que Littleton es maricón?

—No lo sé, Gus. Eso lo captas tú mejor que yo, que parece que tengas un sexto sentido.

—Eh, que yo estoy intentando trabajar —protestó el teniente Roberts, mirando el papeleo de su mesa—. ¿Os importa?

Ramone y Green se levantaron del sofá.

—¿Listo? —preguntó Ramone.

Green asintió.

—En cuanto pille un Mountain Dew para nuestro amigo.

5

Dos hombres bebían despacio de sus botellas en un bar. Era un día cálido y habían abierto la puerta para refrescar y airear el ambiente. Beenie Man sonaba en el estéreo, y un hombre y una mujer bailaban perezosamente en el centro de la sala.

—¿Cómo has dicho que se llamaba? —preguntó Conrad Gaskins.

—Red Fury —contestó Romeo Brock. Dio una calada a un cigarrillo Kool y exhaló el humo despacio.

—No es un nombre muy común.

—No es su nombre auténtico. En la calle ya le llamaban Red, por la piel tan clara que tenía. Y lo de Fury es por el coche.

—¿Tenía un Mopar?

—Era de su mujer. Hasta tenía la matrícula personalizada. «Coco», ponía.

—Vale, ¿y qué pasó?

—Pasó de todo. Pero yo estaba pensando en el asesinato. Red se cargó a un tío de un tiro en el House of Soul, un restaurante de comida para llevar de la calle Catorce. Coco le estaba esperando en el coche. Red salió muy despacio, con la pistola todavía en la mano, se metió en el coche con toda la calma del mundo y la otra lo puso en marcha como si se fueran de paseo un domingo. Por lo visto ninguno de los dos tenía ninguna prisa, como si no hubiera pasado nada.

—Pues vaya gilipollez, cometer un asesinato con un coche de matrícula personalizada.

—Al tío no le importaba. Joder, si lo que quería era que la gente supiera quién era.

—¿Era un Fury deportivo?

Brock asintió.

—Rojo y blanco. Un setenta y uno, con los faros esos retráctiles. Ocho cilindros en uve, carburador de cuatro cuerpos. Y más rápido que la hostia.

—¿Y por qué no le llamaban Red Plymouth?

—Porque Red Fury suena mucho mejor. Red Plymouth no es lo mismo.

Romeo Brock dio un buen trago a la botella fría de Red Stripe. Llevaba un revólver cargado por dentro de los pantalones, bajo una camisa roja con los gastados faldones por fuera. En la pantorrilla se había atado un picador de hielo con un corcho en la punta.

El negocio estaba situado en una parte de Florida Avenue que pronto se reconstruiría, al este de la calle Siete, en Le Droit Park, y los dueños eran unos inmigrantes africanos. En el cartel de la puerta había pintada una bandera de Etiopía, y la imagen de Haile Selassie colgaba junto a los licores detrás de la barra.

El bar, al que llamaban Hannibal's porque era el nombre del encargado nocturno, servía mayormente a jamaicanos, lo cual atraía a Brock. Su madre, que trabajaba limpiando en un hotel junto a la línea District, había nacido y crecido en Kingston. Brock se consideraba jamaicano, pero jamás había puesto el pie en Jamaica. Era más norteamericano que los dólares y la guerra.

Junto a Brock, en un taburete forrado de cuero, estaba Conrad Gaskins, su primo mayor. Gaskins era bajo y fuerte, de anchos hombros y brazos musculosos. Tenía ojos asiáticos y rasgos prominentes. Por la mejilla izquierda le corría en diagonal la cicatriz de una cuchilla, adquirida en prisión. No le desmejoraba ante las mujeres, y para los hombres era una advertencia. Apestaba a sudor. No se había cambiado la ropa de trabajo, con la que llevaba todo el día.

—¿Y cómo la palmó? —preguntó.

—¿Red? —dijo Brock—. Pues en tres meses había cometido tantos asesinatos, agresiones y secuestros, que ya ni siquiera podía llevar la cuenta de sus enemigos.

—El tío no paraba.

—Joder, al final andaban detrás de él tanto la policía como la mafia. Conoces a la familia Genovese de Nueva York, ¿no?

—Claro.

—Pues andaban detrás de su culo negro, para darle matarile, o eso dicen. Por lo visto, sabiéndolo o sin saberlo, se cargó a un tío que estaba conectado. Supongo que por eso se marchó de la ciudad.

—Pero lo pillaron —concluyó Gaskins.

—A todo el mundo acaban pillándolo, ya lo sabes. La cosa es lo que haces hasta entonces.

—¿Fue la policía o los Corleone?

—Lo pescó el FBI en Tennesee, o en West Virginia, no sé. Lo pillaron durmiendo en un motel.

—¿Lo mataron?

—Qué va. La espichó en la prisión federal. En Marion, creo. Unos blancos se lo cargaron.

—¿La Hermandad Aria?

—Ésos. En aquel entonces los blancos estaban separados de los negros. Pero ya sabes que algunos de los guardas de la prisión Marion estaban liados con la hermandad esa de la supremacía blanca. Algunos vieron que los guardas pasaron cuchillos a los de la hermandad, justo antes de que arrinconaran a Red en el patio. Claro que él los mantuvo a raya una hora entera con la tapa de un cubo de basura. Hicieron falta ocho cabrones de aquellos para matarlo.

—El tío era una fiera.

—Desde luego. Red Fury era todo un hombre.

A Brock le gustaban las viejas historias de proscritos como Red, hombres sin la más mínima consideración hacia la ley, hombres a los que no les importaba morir. La vida sólo vale la pena cuando otros hablan de ti en los bares y las esquinas después de palmarla. Si no, no tienes nada de especial, porque todo el mundo, tanto la gente de bien como los criminales, acaba convertido en polvo. Sólo por esa razón era importante dejar la huella de un nombre famoso.

—Acaba la cerveza —dijo Brock—. Tenemos cosas que hacer.

Ya en la calle se dirigieron al coche de Brock, un Impala SS negro del noventa y seis. Estaba aparcado en Wiltberger, una manzana de anodinas casas adosadas que tenían a la puerta una pequeña entrada, ni siquiera un porche, una calle más propia de Baltimore que de Washington. Wiltberger pasaba por detrás del Howard Theater, en otros tiempos escenario de artistas de la Motown y Stax y cómicos itinerantes, la versión al sur del Mason Dixon Line del Apollo de Harlem. Era una ruina quemada desde la época de los disturbios, y ahora estaba rodeado por la alambrada de una constructora.

—Parece que al final van a hacer algo en el Howard —comentó Gaskins.

—Harán lo que hicieron en el Tivoli. Lo que quieren es cargarse la puta ciudad, te lo digo yo.

Salieron de LeDroit, cogieron la autopista Northeast para llegar a Ivy City por New York Avenue. Hacía muchos años que era una de las peores zonas de la ciudad, apartada del camino habitual de la mayoría de los residentes y por lo tanto ignorada y olvidada, un nudo de callejuelas plagadas de naves industriales, casas en ruinas y bloques de ladrillo con puertas y ventanas de contrachapado. Era hogar de prostitutas, fumetas, drogadictos, camellos y vagabundos. Ivy City estaba enmarcada por la Universidad Gallaudet y el cementerio Mount Olivet, con una apertura al barrio de Trinidad, en otros tiempos cuartel general del narcotraficante más famoso de la ciudad, Rayful Edmond.

Ahora por toda la ciudad se compraban y restauraban inmuebles, en zonas adonde los escépticos habían jurado no volver jamás: en Northeast y Southeast, Petworth y Park View, LeDroit y la zona de los muelles en torno a South Capitol, donde se iba a construir el nuevo estadio de béisbol. Incluso allí, en Ivy City, se veían carteles de «Se vende» y «Vendido» en edificios de aspecto indeseable. Bloques en ruinas, donde habían anidado los okupas, los yonquis y las ratas, se derribaban por dentro para hacer apartamentos. Se compraban casas para derruirlas seis meses más tarde. Los trabajadores habían empezado a quitar la madera podrida, poner cristales en las ventanas y aplicar capas de pintura. Se subían cubos de alquitrán para rehacer los tejados. Y los agentes de las inmobiliarias paseaban por las aceras, mirando nerviosos el entorno y hablando por el móvil.

—¿También van a arreglar este nido de mierda? —preguntó Gaskins.

—Pues sería como tapar un balazo con una tirita, la verdad.

—¿Dónde están los chicos?

—Siempre andan por aquella esquina. —Brock condujo despacio por Gallaudet Street, siguiendo una hilera de pequeñas casas de ladrillo frente a una escuela cerrada.

Por fin paró el SS.

—Ahí está Charles —dijo, señalando con el mentón a un chico de trece años que llevaba pantalones hasta la pantorrilla, un polo de rayas azules y blancas y unas Nike azules y blancas también—. Se cree muy listo, el chaval, dándome esquinazo.

—No es más que un crío.

—Todos lo son. Pero verás qué pronto maduran. Hay que machacarlos ahora para que no se les ocurra rebelarse luego.

—No tenemos por qué ir abusando de unos niños, primo.

—¿Por qué no?

Brock y Gaskins salieron del coche y echaron a andar por una acera llena de grietas y malas hierbas. Los residentes, sentados en los escalones frente a sus casas o en sillas plegables en jardines de tierra, los miraron acercarse a un grupo de chavales reunidos en la esquina de las calles Gallaudet y Fenwick. Eran chicos de esquina, y allí estaban siempre los días que no iban al colegio y gran parte de las noches.

Al ver a Brock, alto y fuerte bajo la camisa roja de rayón, echaron a correr, con más ganas que si los persiguiera la policía. Sabían quiénes eran Brock y Gaskins y sabían a lo que iban y de lo que eran capaces.

Dos de los chicos no huyeron, porque sabían que al final sería inútil. El mayor de los dos se llamaba Charles, el otro era su amigo James. Charles lideraba un irregular grupo de niños y adolescentes que vendían marihuana exclusivamente en aquella parte de Gallaudet Street. Empezaron vendiendo por diversión y porque querían ser gánsteres, pero ahora se encontraban con un floreciente negocio en las manos. Compraban a un proveedor de la zona de Trinidad, que ya tenía sus propios camellos, algunos de los cuales trabajaban calladamente en Ivy City, pero al proveedor no le importaba que los chicos tuvieran una esquina, mientras compraran su producto y lo pagaran. Los chicos de Charles vendían las posturas en pequeñas bolsitas de plástico con cierre.

Charles intentó mantener la pose cuando se le acercaron Brock y Gaskins. Aunque James no retrocedió, tampoco miró a Romeo Brock a los ojos.

Brock era treinta centímetros más alto que Charles. Se acercó y le miró desde arriba. Conrad Gaskins les dio la espalda y, cruzado de brazos, se quedó mirando a los residentes que contemplaban la escena desde el otro lado de la calle.

—Joder, Charles. Pareces sorprendido de verme.

—Sabía que vendrías.

—Y entonces, ¿por qué te sorprendes? —Brock le dedicó su radiante y amenazadora sonrisa. Sus rasgos eran afilados y angulosos, acentuados por una perilla muy cuidada. Tenía las orejas puntiagudas. Le gustaba vestir de rojo. Parecía un demonio.

—Estuve allí —dijo Charles—. Fui donde dijiste.

—De eso nada.

—Habíamos quedado en la esquina de Okie y Fenwick a las nueve. Y yo fui.

—Yo no dije nada de Okie de los cojones. Dije Gallaudet y Fenwick, donde estamos ahora mismo. Te lo puse muy facilito para que no te confundieras.

—Dijiste Okie.

Brock le dio una fuerte bofetada en la cara. Charles retrocedió un paso y puso los ojos en blanco. Se le agolparon las lágrimas en los ojos y frunció los labios. Para arrebatarle el orgullo a un chaval, Brock sabía que la mano abierta era más efectiva que el puño cerrado.

—¿Dónde habíamos quedado?

—Yo... —Charles no podía hablar.

—Joder, ¿te vas a echar a llorar?

Charles negó con la cabeza.

—¿Eres un hombre o una nenaza?

—Soy un hombre.

—«Soy un hombre» —repitió Brock—. Pues si eres un hombre, menuda mierda de hombre.

A Charles se le escapó una lágrima que corrió por su mejilla. Brock se echó a reír.

—Coge el dinero y acabemos de una vez —dijo Gaskins, todavía de espaldas.

—Te lo voy a preguntar otra vez. ¿Dónde habíamos quedado, Charles?

—Aquí.

—Bien. ¿Y por qué no estabas?

—Porque no tenía pasta.

—Pero sigues en el bisnes, ¿no?

—Acabo de comprar la mandanga. Voy a tener pasta pronto.

—Ah, que vas a tenerla pronto.

—Sí. En cuanto mueva la mierda.

—Y entonces, ¿qué es ese bulto que tienes en el bolsillo?

Y no me vayas a decir que es la polla porque ya hemos quedado en que no tienes polla.

—Déjale en paz —terció James.

Brock miró al menor de los dos chicos, que no podía tener más de doce años. Llevaba trenzas bajo una gorra de NY vuelta de lado.

—¿Has dicho algo? —preguntó Brock.

James alzó el mentón y por primera vez le miró a los ojos. Tenía los puños apretados.

—He dicho que dejes en paz a mi colega.

Los ojos de Brock se arrugaron en las comisuras.

—Míralo. Eh, Conrad, aquí el chico tiene cojones.

—Ya lo he oído. Vámonos.

—Pero aquí estoy —se defendió Charles desesperado—. No me he largado. Llevo todo el día esperándote.

—Pero me has mentido. Y ahora te voy a tener que dar tu medicina.

—Por favor.

—Mira el niñito, cómo suplica.

Brock agarró el bolsillo derecho de los tejanos bajos de Charles y dio un tirón tan violento que el chico cayó al suelo. Los pantalones se rompieron, dejando al descubierto el bolsillo interior.

Brock se lo arrancó y le dio la vuelta. Encontró dinero y algunas bolsitas de marihuana. Tiró la hierba y contó el dinero. Frunció el ceño, pero se lo guardó de todas formas.

—Una cosa más.

Y, enseñando los dientes, le dio una patada al chico en las costillas. Luego otra. Charles rodó de lado, echando bilis por la boca abierta. James apartó la mirada.

Gaskins tiró del brazo de Brock y se interpuso entre el chico y él. Se quedaron mirando el uno al otro hasta que se apagó el fuego que tenía Brock en la mirada.

—Las cosas podían haber sido más fáciles —dijo Brock, moviendo la cabeza—. Estaba dispuesto a repartir, sólo quería la mitad. Pero tenías que mentirme y joderla. Y ahora fijo que estarás pensando: «Tenemos que cargarnos a este hijo de puta. Vamos a ir a por él, o vamos a encontrar a alguien que pueda con él y se va a enterar el cabrón.» —Brock se enderezó la camisa—. Pues ¿sabes qué? Que ni lo sueñes. No eres bastante hombre para venir a joderme. Y no tienes a nadie que te proteja. Si conoces a alguien con cojones para eso, estará muerto o en el talego. Si tuvieras a alguien en tu vida a quien le importaras una mierda, no estarías en esta esquina. Así que ¿qué es lo que tienes? Tu puto culo y nada más.

Charles no dijo nada, su amigo tampoco.

—¿Cómo me llamo?

—Romeo —contestó Charles, con los ojos cerrados de dolor.

—Volveremos por aquí.

Brock y Gaskins volvieron al Impala SS. Ninguno de los mirones había levantado un dedo por ayudar a los chicos, y ahora desviaban la vista. Brock sabía que ninguno hablaría con la policía. Pero no estaba satisfecho. Era demasiado fácil, no valía la pena el esfuerzo para un hombre de su reputación. No había sido un reto, y el dinero era calderilla.

—¿Cuánto hemos sacado? —preguntó Gaskins.

—Cuarenta pavos.

—No veo que valga la pena.

—No te preocupes, que ya sacaremos más.

—A mí me parece que lo que hacemos es maltratar niños y mierdas de ésas. ¿Adónde vamos con todo esto, primo? ¿De qué va esto?

—Dinero y respeto.

Se metieron en el coche.

—Vamos a Northwest —declaró Brock—. Tengo un par de citas más.

—Yo no. Yo me tengo que levantar antes de que amanezca. A menos que me necesites.

—Te dejo en tu casa. De esto me puedo encargar yo solo.

Brock llamó por el móvil y puso en marcha el Impala.

Poco después de que Brock y Gaskins salieran del barrio,

un coche patrulla bajaba despacio por Gallaudet. El conductor, un agente blanco de uniforme, miró a los residentes delante de sus casas y al chico de la esquina, que estaba ayudando a otro muchacho a ponerse en pie. El policía pisó el acelerador y siguió su camino.

6

—¿Cómo está? —preguntó el detective Bo Green, de nuevo en la sala de interrogatorios.

—Está bueno —contestó William Tyree, dejando la lata del refresco en la mesa.

—¿Bastante frío?

—Está bien.

En la oscuridad de la sala de vídeo, Anthony Antonelli gruñó asqueado.

—El hijoputa se cree que está en un restaurante.

—Bo sólo pretende que se sienta cómodo.

Green se movió en su silla.

—¿Estás bien, William?

—Más o menos.

—¿Todavía te dura el colocón?

—Me pasé el día entero colocado. —Tyree movió la cabeza, asqueado consigo mismo.

—¿Cuándo te metiste la primera vez ayer?

—Antes de subir al autobús.

—¿Y adónde fuiste en autobús?

—A casa de Jackie.

—¿Cuánto crack fumaste, te acuerdas?

—No lo sé. Pero me subió la tira. Ya estaba cabreado antes, pero con el crack me puse... hecho una fiera.

—¿Y por qué estabas cabreado, William?

—Por todo, joder. Me echaron del curro hace un año. Llevaba una furgoneta de un servicio de lavandería, ¿sabes? Una de esas compañías que llevan los uniformes y los manteles a los restaurantes y eso. Y desde que perdí el curro, no he podido encontrar otro. Está la cosa jodida.

—Ya lo sé.

—Pero jodida. Y encima, luego pierdo a mi mujer y a mis hijos. Vaya, que yo soy un tío honrado, detective. No me he buscado líos en mi vida.

—Ya conozco a tu familia. Son buena gente.

—Nunca me había metido drogas, hasta que empezó la mala racha. Bueno, igual algún canuto, pero nada más.

—Eso no es nada.

—Y ahora va mi mujer y se lía con un delincuente de mierda. El capullo durmiendo en mi cama, diciéndoles a mis hijos lo que tienen que decir y hacer... diciéndoles que se callen la boca y que le muestren respeto. ¡A él!

—Te jodía.

—¡Coño! ¿A ti no te jodería?

—Pues sí —admitió Green—. Así que ayer fumaste crack y fuiste a ver a tu ex mujer.

—Todavía era mi mujer. No tenemos el divorcio ni nada.

—Ah, perdona. Es que me han informado mal.

—Todavía estábamos casados. Y yo estaba... furioso, detective. Ya digo que me ardía la cabeza cuando salí de la casa.

—¿Te llevaste algo al salir?

Tyree asintió con la cabeza.

—Un cuchillo. Ese que he dicho antes.

—El que metiste en la bolsa del Safeway.

—Eso. Lo cogí del mostrador antes de pirarme.

—Y lo llevabas en el Metrobus.

—Lo llevaba por dentro de la camisa.

—Y luego fuiste andando por Cedar Street con el cuchillo en la camisa y subiste a casa de tu mujer. —Tyree asintió de nuevo y Green prosiguió—: Llamaste a la puerta, ¿no? ¿O tenías llave?

—Llamé. Ella preguntó quién era y le dije que era yo. Y entonces me soltó que estaba ocupada y no me podía atender, y que me marchara. Y yo le dije que sólo quería hablar con ella un momento. Así que me abrió y entré.

—¿Le dijiste algo más cuando entraste?

—No —dijo Antonelli en la sala de vídeo—. Qué va, me la cargué y ya está.

—¿Qué hiciste entonces, William? —preguntó Green.

—Pues ella estaba recogiendo la compra y eso. Yo la seguí hasta la mesa del comedor, donde estaban las cosas.

—¿Y qué hiciste una vez allí?

Ramone se inclinó en su silla.

—No me acuerdo —contestó Tyree.

Rhonda Willis entró en la sala de vídeo.

—Gene ha encontrado la bolsa del Safeway en el contenedor —informó a Ramone—. Dentro estaban la ropa y el cuchillo.

Ramone no sintió ninguna alegría.

—Díselo a Bo.

Ramone y Antonelli se volvieron hacia el monitor. Green giró la cabeza al oír que llamaban. La puerta se abrió y se asomó Rhonda para informarle de que tenía una llamada que le interesaba.

Antes de salir de la sala de interrogatorios, Green se miró el reloj, y luego hacia la cámara.

—Cuatro treinta y dos —dijo.

Volvió al cabo de unos minutos, dejó constancia otra vez de la hora y se sentó frente a William Tyree, que ahora estaba fumando.

—¿Estás bien? —preguntó Green.

—Sí.

—¿Quieres otro refresco?

—Todavía me queda.

—Bueno. Pues volvamos a casa de tu mujer, ayer. Cuando entraste, fuiste con ella hasta la mesa del comedor. ¿Y qué pasó entonces?

—Ya he dicho que no me acuerdo.

—William.

—Es verdad.

—Mírame, William.

Tyree miró los grandes y dulces ojos del detective Bo Green. Unos ojos de mirada bondadosa, los ojos de un hombre que había recorrido las mismas calles que él, los mismos pasillos del instituto Ballou. Un hombre que había crecido en una familia fuerte, como él. Que había oído a Trouble Funk y Rare Essence y Backyard, y que de joven había visto a todos aquellos grupos go-go tocar gratis en Fort Dupont Park, como él. Un hombre que no era tan distinto a él, un hombre en quien Tyree podía confiar.

—¿Qué hiciste con el cuchillo cuando fuiste con Jackie hasta la mesa?

Tyree no contestó.

—Tenemos el cuchillo —declaró Green, sin atisbo de amenaza o malicia en la voz—. Tenemos la ropa que llevabas. Y sabes que la sangre de la ropa y el cuchillo coincidirá con la de tu mujer. Y que la piel bajo las uñas de tu mujer va a ser la piel que te falta en la cara, del corte ese que tienes ahí. Así que, William, ¿por qué no acabamos con esto?

—Detective, es que no me acuerdo.

—¿Utilizaste el cuchillo que encontramos en la bolsa para apuñalar a tu mujer, William?

Tyree chasqueó la lengua. Tenía los ojos llenos de lágrimas.

—Si usted lo dice, supongo que lo hice.

—¿Lo supones o lo hiciste?

Tyree asintió con la cabeza.

—Lo hice.

—¿Qué hiciste?

—Apuñalar a Jackie con ese cuchillo.

Green se arrellanó en la silla y cruzó las manos sobre su amplia barriga. Tyree dio una calada al cigarrillo y tiró la ceniza en un trozo de papel de aluminio.

—No se puede negar —comentó Antonelli—. A Bo se le dan bien estos colgados.

Ramone no dijo nada.

Ambos siguieron observando mientras William Tyree contaba el resto de la historia. Después de apuñalar a su mujer, se llevó su coche y con el dinero que le había robado pilló más crack. Luego procedió a fumárselo en distintos puntos de Southeast. No comió ni durmió en toda la noche. Alquiló el coche de Jackie a dos hombres distintos. Usó la tarjeta de crédito para echar gasolina y sacó dinero para comprar más crack. Estuvo constantemente drogado. No tenía planes, aparte de esperar a la policía, que sin duda acabaría por encontrarlo. Hasta entonces nunca había cometido el más mínimo delito relacionado con la violencia, y no conocía el terreno. No sabía cómo esconderse. Y de haber querido, no se le ocurría adónde ir.

Cuando Tyree ya lo hubo contado todo, Green le pidió que se quitara el cinturón y los cordones de los zapatos. Tyree obedeció y volvió a sentarse. Lloró un poco y luego se enjugó las lágrimas con el dorso de la mano.

—¿Estás bien? —preguntó Green.

—Estoy cansado —contestó Tyree suavemente—. No quiero estar más aquí.

—No me jodas —exclamó Antonelli—. Haberlo pensado antes de cargarte a tu mujer.

Ramone no dijo nada. Sabía que Tyree no se refería a la sala de interrogatorios. Estaba diciendo que no quería seguir en este mundo. Green también lo había intuido. Por eso le quitaba el cinturón y los cordones.

—¿Te apetece un bocadillo o algo? —preguntó.

—No.

—Puedo ir al Subway.

—No quiero nada.

Green se miró el reloj, miró la cámara.

—Cinco y media —dijo, y salió de la sala mientras Tyree cogía otro cigarrillo.

Ramone le dio las gracias con la mirada cuando salió de la sala. Luego ellos dos y Rhonda Willis fueron a sus cubículos, situados en una especie de triángulo. Eran detectives veteranos de la unidad y amigos.

Ramone, nada más sentarse, fue inmediatamente al teléfono para llamar a su mujer. La llamaba varias veces al día, y siempre cuando cerraba un caso. En éste todavía quedaba mucho trabajo, sobre todo papeleo, pero de momento podían permitirse un respiro.

Los detectives Antonelli y Mike Bakalis se sentaron allí cerca. Antonelli, un entusiasta del gimnasio, era un tipo bajo de hombros anchos y cintura estrecha. Los compañeros le llamaban Tapón, a la cara, y Tapón del Culo por la espalda. A Bakalis, a causa de su nariz prominente, le llamaban Armadillo, y a veces Baklava. Bakalis había ido a escribir una citación en el ordenador, pero odiaba teclear y llevaba hablando del tema todo el día.

En los tablones de corcho junto a las mesas se veían fotos de sus hijos, sus mujeres y otros parientes junto a otras de víctimas y criminales que habían llegado a convertirse en una obsesión. Abundaban los crucifijos, estampas de santos y citas de salmos. Muchos de los detectives de la VCB eran devotos cristianos, otros decían serlo, y algunos habían perdido por completo la fe en Dios. El divorcio era bastante común entre ellos. Aunque también los había que mantenían fuertes lazos maritales. Unos eran jugadores, otros abusaban de la bebida y algunos la habían dejado. Casi todos se tomaban un par de cervezas al terminar el turno sin llegar a tener nunca un problema con el alcohol. Ninguno respondía a un estereotipo. No estaban allí por un gran sueldo. El trabajo, para la mayoría, no era una vocación. Habían llegado hasta allí porque por una razón u otra servían para la brigada de Homicidios. Era donde habían aterrizado de manera natural.

—¿Todo bien? —preguntó Rhonda Willis, viendo el ceño de Ramone cuando colgó el teléfono.

Ramone se levantó, se apoyó contra un tabique y se cruzó de brazos. Era un hombre de tamaño medio, con un pecho amplio y una barriga plana que le costaba muchos esfuerzos. Tenía el pelo oscuro, todavía abundante y ondulado, sin canas. Y un hoyuelo en el mentón. Llevaba bigote, lo único que le identificaba como policía. No estaba nada de moda entre los blancos, pero a su mujer le gustaba, lo cual según él era una razón más que suficiente para no afeitárselo.

—Mi chico, que se ha vuelto a meter en líos —contestó—. Dice Regina que han llamado del despacho del director, por insubordinación otra vez. Nos llaman del puñetero instituto todos los días.

—Es un chaval —replicó Rhonda, que tenía cuatro hijos de dos maridos distintos y ahora los criaba a todos ella sola. Pasaba gran parte del día comunicándose con sus móviles.

—Ya lo sé.

—Necesita mano dura —terció Bakalis, distraído con una revista de chicas que había cogido de su mesa. Bakalis no tenía hijos, pero quiso intervenir.

Antonelli, que estaba divorciado, tiró una serie de Polaroids sobre la mesa de Bakalis.

—Échales un vistazo, que te van a interesar.

Eran las fotos del cadáver de Jacqueline Taylor. Aparecía tumbada boca arriba, desnuda sobre un plástico negro. Para cuando su hermana fue a identificarla, ya la habían limpiado, pero las fotografías se habían hecho en cuanto llegó a la morgue. Las heridas de arma blanca se concentraban en el cuello y en un pecho que había quedado casi cercenado. Tenía los ojos abiertos, uno más que el otro, lo cual le daba aspecto de borracha, y la lengua salida e hinchada.

—Mira el pelo —pidió Antonelli. Al poner los pies sobre la mesa se le subió la pernera del pantalón, dejando al descubierto una pistolera de tobillo y la culata de su Glock.

Bakalis observó las fotografías una a una sin comentarios. Los ánimos no eran muy festivos, a pesar de que habían capturado a un asesino. Nadie podía estar contento con los resultados de aquel caso particular.

—Pobre mujer —comentó Green.

—Y pobre hombre —apuntó Ramone—. El tío era un ciudadano ejemplar hasta hace un año. Pierde el trabajo, se engancha al crack, ve que su mujer se folla a un gilipollas que deja la ropa sucia en el mismo sitio donde duermen sus hijos...

—Yo conocía a su hermano mayor —dijo Green—. Joder, yo conocía a William desde pequeño. Su familia era buena gente. Desde luego las drogas te joden vivo.

—Aunque se declare culpable le echarán de dieciocho a veinticinco años —calculó Rhonda.

—Y los niños están jodidos de por vida —concluyó Green.

—Menuda tía debía de ser —dijo Bakalis, todavía mirando las fotos—. O sea, para quedarse colgado así, por haberla perdido, y para tener que matarla, para que no la tuviera ningún otro hombre...

—Si no hubiera fumado esa mierda, a lo mejor no habría perdido la cabeza.

—No fue sólo el crack —interrumpió Antonelli—. Está demostrado que las tías te impulsan a matar. Hasta las tías que no puedes tener.

—Tiran más dos tetas que dos carretas —aseveró Rhonda Willis.

Bakalis dejó las fotografías en su mesa y puso las manos sobre el teclado del ordenador, pero se quedó mirando tontamente la pantalla sin mover los dedos.

—Eh, Tapón, ¿no te apetece escribir una citación?

—¿Te apetece a ti chuparme la polla?

Se pasaron un rato intercambiando pullas hasta que llegó Gene Hornsby con la bolsa del Safeway. Ramone le dio las gracias y se puso con el papeleo, entre otras cosas tenía que anotar los detalles del caso en El Libro. El Libro era una enorme tablilla donde se detallaban los casos de homicidio abiertos y cerrados, los agentes asignados, los motivos del delito y cualquier otro elemento que pudiera servir de ayuda al fiscal y también para dejar constancia de la historia básica de la ciudad.

Para cuando terminaron ese día de trabajar, habían hecho un turno entero y más tres horas extras.

Ya en el aparcamiento de la VCB, situado entre el centro comercial Penn-Branch de Southeast, Gus Ramone, Bo Green, George Hornsby y Rhonda Willis se encaminaron hacia sus coches.

—Pienso darme un buen baño bien caliente —comentó Rhonda.

—¿Esta tarde no tienes que llevar a tus hijos a ninguna parte? —preguntó Green.

—Hoy no, gracias a Dios.

—¿Se viene alguien a tomar una cerveza? —sugirió Hornsby—. Os dejo que me invitéis.

—Yo tengo entrenamiento —contestó Green, que era entrenador de un equipo de fútbol infantil en el barrio donde se crio.

—¿Y el Ramone? —insistió Hornsby.

—Pasa —contestó Rhonda, que sabía la respuesta de Ramone antes de que abriera siquiera la boca.

Pero Ramone no prestaba atención. Estaba pensando en su mujer y sus hijos.

7

Diego Ramone se bajó del autobús 12 junto a la estación del metro y echó a andar por la línea District en dirección a su casa. No había sido un buen día en el colegio, pero sí un día típico. Se había metido en líos, como le pasaba un par de veces a la semana desde que empezó a ir a aquel instituto. Ojalá pudiera haberse quedado en su antiguo colegio, en Washington, pero su padre insistió en trasferirle a Montgomery County, y desde entonces las cosas no iban bien.

El señor Guy, el subdirector, había llamado ese mismo día a su madre para decirle que Diego se había negado a entregar el móvil cuando le sonó dentro del colegio. La verdad era que se le había olvidado que lo tenía encendido. Sabía que las reglas del centro prohibían llevar el móvil encendido, pero no quiso entregarlo porque a su amigo Toby le habían quitado el teléfono por lo mismo y no se lo devolvieron en varias semanas. Así que le dijo al señor Guy:

—No, no pienso entregarlo, porque ha sido un error sin intención.

Y entonces el señor Guy lo llevó a su despacho y llamó a su madre. El subdirector declaró que podía haberle expulsado por insubordinación, pero que le iba a dar una oportunidad. Menuda oportunidad. A Diego todavía le esperaba la bronca de su padre. Además, estar expulsado era más divertido que estar en el colegio. Por lo menos en ese colegio.

Ahora atravesó un corto túnel bajo las vías del metro y cruzó Blair Road. Llevaba una larga camiseta negra en la que aparecía el Diablo de Tasmania calcado a mano por un amigo, uno de los gemelos Spriggs. Bajo la camiseta llevaba una camiseta interior Hanes. Era otoño, pero todavía hacía buen tiempo para los pantalones pirata, y los suyos eran unos Levi's Silvertab unos centímetros por debajo de la rodilla. Debajo llevaba unos boxers de SpongeBob. Hoy iba calzado con uno de los tres pares de zapatillas deportivas que tenía, unas Nike Exclusive, en blanco y azul marino.

Diego Ramone tenía catorce años.

De pronto sonó su politono de los Backyard en vivo en el Crossroads. Diego se sacó el móvil del cinto de los tejanos.

—¿Sí?

—¿Dónde estás, colega? —Era su amigo Shaka Brown.

—Pues cerca de la Tercera con Whittier.

—¿Vas andando?

—Sí.

—¿No te ha recogido tu madre?

—Me he pillado el doce.

Su madre había ido al colegio, pero Diego sabía que, si se subía al coche con ella, lo llevaría directo a casa y luego lo pondría a hacer los deberes. Tras negociar un rato, quedaron en que tomaría el autobús y luego iría andando al barrio, donde, Diego aseguró, sólo tenía planeado verse con Shaka para jugar un rato al baloncesto. El autobús le daba sensación de libertad y de ser adulto. Había prometido a su madre estar en casa antes de la hora de cenar.

—No te pega nada andar, con lo blandengue que eres.

—Corta el rollo.

—Date prisa, Dago, que tengo una pista.

—Ya voy.

—Te voy a dar una paliza.

—Sí, ya.

Diego colgó, pero antes de poder guardarse el móvil, llamó su madre.

—¿Sí?

—¿Dónde estás?

—Cerca de Coolidge.

—¿Has quedado con Shaka?

—Ya te he dicho que sí.

—¿Tienes deberes?

—Los he hecho en la hora de estudio. —Era sólo una mentira a medias. Los haría en el estudio al día siguiente.

—No tardes mucho.

—Ya te he dicho que no.

Diego colgó. Tener móvil molaba, pero también podía ser un muermo.

Shaka estaba practicando en la pista vallada entre la calle Tercera y Van Buren. Era una pista bastante buena para D.C., con cadenas en las cestas y todo, parte del centro recreativo que se extendía detrás del instituto Coolidge. Había pistas de tenis que usaban sobre todo los adultos, un campo de fútbol para los latinos y un parque infantil para los niños. Diego iba por allí desde antes de asistir al colegio Whittier, progresando desde los columpios hasta las canastas. Vivía con sus padres y su hermana pequeña, Alana, a unas manzanas al sur, en Manor Park.

—Date prisa, tío —le apremió Shaka mientras Diego atravesaba la pista—, que pienso quemar la pelota de tanto encestar.

Diego se quitó la camiseta y la dobló, guardando dentro el móvil. Sólo llevaba la camiseta interior sin mangas. Colocó el paquete en un lado de la pista, junto a la alambrada.

—A ver la bola.

Shaka le pasó la Spalding, y Diego lanzó a canasta desde media distancia. La pelota golpeó el aro sin entrar.

—¿Listo?

—Tengo que calentar un poco más. Tú ya llevas aquí un rato.

—Pues vas a necesitar un día entero de calentamiento para alcanzarme.

—Te voy a machacar.

Pero antes de que pudieran seguir con las pullas, aparecieron los gemelos Spriggs, Ronald y Richard. Después de charlar un rato, Diego y Shaka jugaron dos a dos contra ellos. Los gemelos vivían la vida de la calle y solían buscarse líos con la policía por delitos menores, como hurtos, lo cual les daba prestigio ante los otros chicos de su edad. Diego y Shaka los consideraban viejos amigos. Se conocían desde pequeños y ahora sus caminos se habían bifurcado.

Ronald y Richard Spriggs eran tipos duros, pero no sabían jugar. Diego y Shaka ganaron todos los partidos hasta que los gemelos se marcharon, sonriendo pero no contentos, mascullando amenazas sobre «la próxima vez» y murmurando que la hermana de Shaka estaba muy buena. Se alejaron en dirección a su casa, en la calle Nueve, en los bloques detrás de la comisaría del Distrito Cuatro.

Diego y Shaka siguieron jugando una hora. Shaka era un año mayor que Diego y le sacaba unos centímetros de altura. También jugaba mejor. Pero Diego ponía entusiasmo en cualquier deporte. Estuvieron empatados hasta el último partido, que ganó Shaka.

Mientras la pelota atravesaba la canasta en un tiro inverso, sonó el móvil de Diego, con la música go-go de *Girls Just Wanna Have Fun*. Lo contestó enjugándose el sudor con la camiseta que lo había envuelto.

—Mamá.

—Diego, ¿dónde estás?

—En las pistas detrás de Coolidge. Estoy con Shaka.

—Vale. —Regina parecía aliviada. Diego se había cuidado de mencionar el nombre porque su madre se fiaba de Shaka más que de cualquier otro amigo—. ¿Vienes ya para casa?

—Ya mismo voy *pallá*.

—¿*Pallá*?

—Que voy para allá. —Y con estas palabras, colgó.

Shaka estaba sentado de espaldas a la verja, mirando su móvil por si tenía mensajes. Llevaba una camiseta en la que salía Bob Marley fumándose un porro, como en la portada de *Catch a Fire*. Aunque Shaka no fumaba. Ni siquiera lo había probado. Diego y él charlaban del tema a menudo, y lo idealizaban también, pero no fumaban. Se consideraban deportistas, y tanto los padres de Diego como la madre de Shaka les habían martilleado la cabeza para convencerles de que los deportistas no se metían drogas. Ellos sabían, por supuesto, que eso no era verdad, pero lo que sí era cierto es que muchos de los amigos que habían empezado a beber un poco y a fumar hierba habían dejado de jugar al baloncesto y en clase no les iba tan bien como antes. Eso sí lo podían ver ellos mismos. Diego seguía jugando en la liga Yes de baloncesto, y tanto al fútbol como al baloncesto en el Boys Club. Shaka, ahora que estaba en el instituto, sabía que tenía que elegir un deporte si quería en serio conseguir una beca, y había escogido baloncesto. Los dos soñaban con jugar al baloncesto en la universidad y profesionalmente.

—Ya veo que llevas las Exclusive —comentó Shaka, señalando con el mentón las Nike de Diego.

—Son muy cómodas.

—Pues por muy chulas que sean, hoy no te han ayudado en nada, ¿eh?

—Es que no estaba muy fino, nada más.

—Ya. Igual te han jodido las Nike.

—Les tengo echado el ojo a las Forum nuevas. Ésas sí que son la pera.

—Tu padre no te va a dejar tener otras deportivas.

—Si saco buenas notas, sí.

Hablaron también de chicas. Hablaron de Ghetto Prince, el espectáculo go-go del domingo por la noche en la WPCG, presentado por Big G, el cantante de Backyard. Hablaron de ir a un concierto en el centro social de New Hampshire Avenue, en Langley Park. Hablaron de Carmelo Anthony, y de lo injustamente que lo habían tratado en aquel vídeo de Baltimore. Shaka sostenía que había visto a la estrella de la NBA, Steve Francis, con su amigo Bradley en Georgia Avenue. Steve se había criado en el barrio, y volvía por allí muchas veces para dar charlas a los chavales.

—Steve llevaba el Escalade ese que tiene —comentó Shaka.

Diego preguntó por las llantas y, cuando Shaka se las describió, a Diego le parecieron muy chulas.

El cielo se había oscurecido un poco. Se levantaron y recogieron sus cosas. Vieron a través de la alambrada a su amigo Asa Johnson, que se dirigía hacia el sur por la Tercera. Asa llevaba una chaqueta North Face que le llegaba hasta la mitad del muslo. Miraba al suelo, con la cabeza gacha y la frente arrugada, y caminaba a largas zancadas.

—¡Asa! —le llamó Shaka—. ¿Adónde vas, tronco?

Asa no contestó. Apartó la cara para que no le vieran los ojos. A Diego le pareció ver que le brillaba la mejilla.

—Asa, tío, ¡espera!

Asa siguió andando. Por fin giró en Tuckerman, hacia el este.

—¿Qué mosca le ha picado? —preguntó Diego—. Ha hecho como si no nos conociera.

—Ni idea. Además, hace calor para llevar esa North Face, ¿no?

—Iba sudando. Bah, querría fardar de chupa.

—¿Has hablado con él últimamente?

—Este año no mucho. Como estoy en otro instituto...

—¿Todavía juega al rugby?

—Qué va.

—Igual es que tenía prisa por llegar a su casa.

—Vive en la otra dirección.

—Entonces es que querría poner distancia —sugirió Shaka—. Su padre no le deja en paz.

—O igual sale con alguna tía.

—¿Tú le has visto alguna vez andar con alguna tía?

—Es verdad. Pero a ti tampoco.

—Lo que pasa es que yo nunca tengo una sola. Yo tengo todo un harén.

—¿Ah, sí? ¿Y dónde están?

—A ti te lo voy a decir.

Salieron de la pista para encaminarse hacia el sur por la Tercera. Pasaron por una pequeña zona comercial, una tienda de ropa de mujer con diseños africanos, una barbería, una tintorería y una parroquia. En la calle siguiente, en la esquina entre la Tercera y Rittenhouse, se detuvieron delante de una gran nave que ahora era una sala de fiestas y banquetes que se alquilaba para cumpleaños, aniversarios y otras celebraciones. Se llamaba sala Air Way VIP.

—Yo voy a casa de Fat Joe —dijo Shaka—. A jugar a la Play. Tiene el nuevo NC doble A.

—Mis viejos no me dejan ir a casa de Joe.

—¿Por qué?

—Porque su padre tiene una pistola. Esa treinta y dos pequeña, ¿sabes?

—Pero no la vamos a tocar.

—Ya, pero mi padre no quiere que vaya a esa casa.

—Bueno. —Shaka chocó el puño con Diego—. Pues nos vemos, colega.

—Nos vemos.

Shaka se alejó por Rittenhouse, hacia la casa adosada de su madre en Roxboro Place. Diego fue hacia el este, en dirección a una casa colonial de estuco amarillo con un porche delante, en la cuesta a medio camino de la manzana.

El Tahoe de su padre no estaba en la calle. Diego se consideraba casi un hombre, pero todavía era lo bastante niño como para sentirse más seguro cuando su padre estaba en casa.

Ya casi había caído la tarde, y el sol poniente arrojaba largas sombras en el césped.

8

—¿Está bien la música? —preguntó Dan Holiday, mirando por el retrovisor a su cliente, un tipo atlético de unos cuarenta y cinco años, sentado en la parte derecha del asiento trasero.

—Está bien. —El cliente llevaba unos tejanos planchados y un blazer de marca, camisa abierta en el cuello, botas negras de cuero y un reloj Tag Heuer que tenía que haberle costado mil pavos. El tipo llevaba también uno de esos pelados caros, con el pelo disparado en todas direcciones y de punta por delante. Su aspecto decía: «Yo no tengo que llevar corbata, como vosotros, pringados, pero tengo dinero, estad tranquilos.»

Holiday le había visto salir de su casa en Bethesda mientras le esperaba en el Town Car negro. Había calculado su edad aproximada y, sabiendo que era una especie de escritor (el encargo le venía de una editorial de Nueva York que solía solicitar sus servicios), pensó que al tío le gustaría la música de su juventud, o sea, el año 1977 y más allá. Y ya había sintonizado Fred, el programa de «clásica alternativa» de la radio antes de que el tipo llegara al coche.

—Puede cambiarla si quiere —informó Holiday—. Tiene los controles de la radio ahí detrás, justo delante de usted.

Se dirigían por la autopista hacia el aeropuerto de Dulles. Holiday llevaba puesta la chaqueta del uniforme, pero no la gorra de chófer porque con ella se sentía como un botones.

Sólo se ponía la gorra cuando llevaba en el coche a grandes empresarios, políticos y otros peces gordos.

Pero con este particular cliente no vio la necesidad de mucho formalismo, y eso era agradable. Pero la música, joder, le estaba poniendo los nervios de punta. Un heroinómano berreaba por los altavoces. El escritor movía la cabeza un poco, siguiendo el ritmo mientras contemplaba los controles de la radio.

—¿Recibe aquí satélite?

—Pongo la unidad XM en todos mis coches —replicó Holiday. «En todos.» Tenía dos.

—Bien.

—Menuda idea la tecnología GPS. Cuando estaba en la policía la utilizábamos para seguir a los sospechosos.

—¿Era usted policía? —Aquello pareció despertar la curiosidad del cliente, que por primera vez miró a Holiday a los ojos por el retrovisor.

—En D.C.

—Tenía que ser interesante.

—Algunas anécdotas sí tengo.

—Seguro.

—Pero, bueno, cuando me retiré monté este negocio.

—Parece demasiado joven para estar jubilado.

—Trabajé los años precisos, aunque no lo parezca. Supongo que tengo buenos genes.

Holiday sacó de debajo del quitasol un par de tarjetas de visita para ofrecérselas. El tipo leyó las letras en relieve: «Servicio de coches Holiday», en antigua caligrafía inglesa. Y debajo: «Transporte de lujo, seguridad, protección.» Y luego el eslogan: «Haremos de su día laborable un día festivo.» Abajo estaba el número de contacto de Holiday.

—¿También tiene servicios de seguridad?

—Es la rama principal del negocio, mi especialidad.

—¿Guardaespaldas y esas cosas, eh?

—Sí.

Holiday dejaba casi todo lo de «guardaespaldas y esas cosas» a Jerome Belton, su otro chófer y único empleado. Belton, antiguo *nose-guard* en Victoria Tech que se había volado la rodilla en su último año, se encargaba de los trabajos de seguridad, llevando a ejecutivos de alto nivel, raperos de tercera y otros artistas que acudían a dar algún espectáculo a la ciudad. Belton era un hombretón que cuando hacía falta podía asumir una expresión seria y dura, y por tanto poseía el equipamiento necesario para el trabajo.

Holiday adelantó a un taxi por la izquierda y volvió de un volantazo a su carril. Vio por el retrovisor que el escritor se metía las tarjetas en el bolsillo del pecho. Seguramente las tiraría a la basura en el aeropuerto, pero nunca se sabía. Los negocios crecen por el boca a boca, o al menos eso le habían dicho. Una vez los tenías en el coche, lo más importante era dar buena imagen. Los artículos del asiento trasero (los periódicos perfectamente doblados, el *Washington Post,* el *New York Times* y el *Wall Street Journal*; la lata de Altoids; las botellas de agua mineral Evian, y la radio satélite), todo estaba ahí para dar una impresión de servicio y que el cliente se sintiera una persona muy especial, para elevarle por encima de la chusma de los taxis y el transporte público. Holiday incluso llevaba en el maletero un *Washington Times*, por si el cliente parecía ser de esa cuerda.

—Así que es usted escritor —comentó, intentando fingir que el tema le interesaba.

—Sí. De hecho hoy salgo para una gira de tres semanas, para presentar mi libro.

—Debe de ser un trabajo interesante.

—Puede serlo.

—¿Es divertido estar de gira?

«¿Follas mucho?»

—A veces. Por lo general es cansado. Tanto viaje en avión te deja chafado.

—Vaya.

—Lo de la seguridad en los aeropuertos es agotador últimamente.

—Qué me va a contar.

«Será maricón.»

—A veces me horroriza.

—Ya me imagino.

«Este tío no tiene pelos en los huevos.»

Holiday apenas habló el resto del trayecto. Ya había cumplido con su deber y le había dado un par de tarjetas. Se acabó. Chupeteó un caramelo de menta y se puso a pensar en su siguiente copa.

Estaba más aburrido que una ostra. Aquélla no era forma de ganarse la vida. Con una puta gorra de chófer.

—Vuelo con United —dijo el cliente cuando se acercaban a los carteles con códigos de colores que les indicaban la entrada al aeropuerto.

—Muy bien.

Holiday dejó a su cliente en su puerta y sacó el equipaje del maletero. El escritor le dio una propina de cinco dólares. Holiday estrechó aquella manita y le deseó un feliz viaje.

A esas horas la 495 sería un puro atasco desde Virginia hasta Maryland. Holiday decidió esperar en un bar a que pasara la hora punta. Ya volvería a la carretera cuando se aligerase un poco el tráfico. Tal vez pudiera charlar con alguien mientras se centraba en sus cosas.

Encontró un hotel en Reston, en la segunda salida de la autopista. Era una especie de centro llamado Town Center, un bloque de franquicias, restaurantes y cafeterías que parecía que alguien hubiera arrancado de una ciudad de verdad para soltarlo en un campo de maíz. De camino al bar se presentó al conserje y le tendió varias tarjetas, junto con un billete de diez dólares. Gran parte de sus encargos venían de los hoteles, que Holiday cultivaba con su toque personal.

El bar no estaba mal. Era de temática deportiva, pero no demasiado agresivo. Había muchas mesas altas, para los que querían estar de pie en grupo, y taburetes para quien prefiriera sentarse. Los ventanales daban a una calle falsa. Holiday se sentó en la barra y dejó el tabaco y las cerillas en la superficie de mármol, fría al tacto. Una ventaja de Virginia: todavía se podía fumar en los bares.

—¿Qué le pongo? —preguntó la camarera, una rubia escotada.

—Absolut con hielo.

Holiday se fumó un Marlboro. Entre los clientes, básicamente hombres, abundaban las perillas, los pantalones Kenneth Cole Reaction, los zapatos de cordones Banana Republic y las camisas de golf para los que se habían tomado la tarde libre. Las mujeres iban igualmente pulcras y sosas. Holiday, con su traje Hugo Boss de confección y la camisa blanca, parecía un hombre de negocios del lado del euro, algo más en la onda que aquel puñado de pringados.

Entabló conversación con un joven representante, y se invitaron mutuamente a un par de rondas. Cuando el representante subió a su habitación Holiday advirtió que ya había oscurecido. Pidió otra copa y se quedó mirando el vapor que subía de los cubitos de hielo. Estaba relajado. Se estaba hundiendo en el pozo habitual y todavía no tenía ningunas ganas de salir.

Una atractiva pelirroja que ya no volvería a cumplir los treinta y cinco se sentó junto a él. Llevaba un traje ejecutivo de falda y chaqueta, de un tono verdoso que acentuaba el color de su pelo y el verde de sus ojos, unos ojos llenos de vida que presagiaban que sería una fiera en la cama. Holiday captó todo eso de un rápido vistazo. Se le daba bien.

Alzó el cigarrillo humeante entre los dedos.

—¿Te importa? —preguntó, enseñando en una sonrisa los dientes y las arrugas en torno a sus ojos azul hielo. La primera impresión era crucial.

—No si me invitas a uno.

—Hecho. —Holiday le ofreció el paquete, le encendió el cigarrillo y apagó de un soplo la cerilla—. Danny Holiday.

—Rita Magner.

—Un placer.

—Gracias por el pitillo. Sólo fumo cuando viajo.

—Yo también.

—Es que me aburro. —La mujer le guiñó un ojo—. Así tengo algo que hacer.

—Las ventas pueden ser un rollo. Cada noche en un hotel...

—Camarera... —llamó ella.

Holiday le echó un buen vistazo mientras ella pedía. Advirtió la marca de bronceado en el dedo anular. Casada. Pero le parecía bien. Eso no hacía más que avivar sus ansias. Su muslo redondo se tensó al cruzarse de piernas. Holiday le miró el escote pecoso, los pechos pequeños en un suelto sujetador negro.

—A mi cuenta —le dijo Holiday a la camarera cuando sirvió a Rita su copa.

—Me vas a acostumbrar mal.

—Te dejo pagar la próxima.

—De acuerdo —aceptó ella—. Bueno, ¿tú a qué te dedicas?

—Seguridad. Vendo rastreadores, equipos de vigilancia, aparatos de escucha telefónica, esas cosas. A la policía.

Tenía un amigo, ex policía como él, que se dedicaba justo a eso, de manera que sabía lo suficiente para dar el pego.

—Ya.

—¿Y tú?

—Productos farmacéuticos.

—¿Tienes alguna muestra que quieras probar conmigo?

—No seas malo —replicó ella con una sonrisa socarrona—. Perdería el trabajo.

—Tenía que preguntarlo.

—No pasa nada por preguntar.

—¿No?

Ella bebía vodka con tónica, y él siguió con el Absolut con hielo. Rita no se quedó atrás en las copas. Terminaron el paquete de tabaco de Holiday y compraron otro. Él se acercó y ella se lo permitió, y Holiday supo que la tenía en el bote.

Le contó el momento en el que más vergüenza había pasado en su trabajo. Era una variación de una anécdota que ya había contado muchas veces, pero iba cambiando los detalles sobre la marcha. Eso también se le daba bien.

—¿Y tú? —preguntó.

—Ay, Dios —suspiró ella, apartándose el pelo de la cara—. Vale. Fue en Saint Louis, el año pasado. Había llegado en avión por la mañana, para una reunión importante durante el almuerzo, y pensé que tendría tiempo entre la llegada y la hora de la reunión, así que me puse ropa cómoda para el vuelo. Y sí, era muy cómoda, pero desde luego nada apropiada para la reunión.

—Ya me lo veo venir.

—Deja que te lo cuente. El caso es que el avión llegó con mucho retraso, y además tenía que recoger el coche de alquiler. En fin, que para cuando terminé con todo, no tenía tiempo de pasar por el hotel a cambiarme.

—¿Y dónde te cambiaste entonces?

—Pues había un parking debajo del restaurante donde teníamos la reunión.

—¿Y no podías usar los servicios del hotel?

—El parking estaba muy oscuro y no había nadie. Así que me cambié en el asiento trasero del coche. Total, que estaba desnuda de cintura para arriba, pero desnuda del todo, porque me tenía que cambiar también el sujetador, y de pronto aparece un tipo que iba a por su coche. Y en lugar de hacer lo más decente y pasar de largo, aunque fuera mirando, va el tío y se acerca a la ventanilla y da unos golpecitos. Y no veas cómo me miraba, vamos, dándome un buen repaso.

—Tampoco me extraña.

—...Y me dijo algo así como: «Señorita, ¿la puedo ayudar?»

Holiday y Rita se echaron a reír.

—Eso es lo mejor de la historia —comentó Holiday—. Ese detalle.

—Justo. Porque si no tampoco es algo tan raro. Vaya, que no era la primera vez que estaba desnuda en un coche.

—Y seguro que tampoco será la última.

Rita Magner sonrió, se sonrojó un poco, y apuró su copa.

—Aquel día del parking, ¿llevabas el tanga negro que llevas ahora?

—¿Cómo lo sabes?

—Venga, seguro que llevas tanga. Y tiene que ser negro.

—Mira que eres malo.

Luego Rita mencionó el minibar de su habitación.

Ya en el ascensor, Holiday se decidió a besarla en la boca. Ella entreabrió los labios, y contra la pared de madera sus piernas se abrieron como una flor. Él subió la mano por el muslo desnudo hasta tocar el encaje del tanga negro, y debajo el calor y la humedad. Ella gimió con sus caricias.

Una hora más tarde, Holiday volvía a su Lincoln. Rita había resultado ser tan ansiosa y voraz como esperaba, y cuando terminaron, Holiday la dejó con sus recuerdos y su culpa. Rita no hizo el más mínimo ademán para que se quedara. Era como las otras, parte del atrezo, una anécdota para contar a los chicos en el Leo's y dar rienda suelta a su imaginación y su envidia incluso. Pero Holiday ya la había borrado de su memoria, había olvidado su cara para cuando metió la llave en el contacto.

9

Gus Ramone entró por la puerta y oyó *Summer Nights* en el cuarto de estar al fondo de la casa. Alana estaría viendo un DVD, uno de sus musicales favoritos. A juzgar por el olor a ajo y cebolla, Regina estaba en la cocina, preparando la cena.

«Están aquí y están a salvo.» Era lo primero que pensaba nada más entrar al recibidor. Cuando llegó a la cocina pensó en Diego, preguntándose si también estaría en casa.

—¿Cómo estás, preciosa? —saludó a su hija, que estaba bailando delante del televisor, imitando los movimientos que veía en la pantalla. El cuarto de estar, que habían añadido a la casa unos años atrás, se abría a la cocina.

—Bien, papá.

—Hola —le dijo a Regina, que se hallaba de espaldas a él removiendo el contenido de un cazo con una cuchara de madera. Llevaba ropa deportiva, pantalones con rayas a un lado y camiseta a juego.

—¿Qué hay, Gus?

Ramone guardó su placa y la pistolera del cinturón con su Glock 17 en un cajón que había habilitado para tal efecto, y lo cerró con llave. Sólo él y Regina tenían la llave de ese cajón.

Luego volvió con su hija, que ahora movía la pelvis en el centro del salón imitando al joven actor de la pantalla. El hombre sonreía con lascivia, bailando en las gradas, con los movimientos ágiles y fluidos de un gato callejero, mientras su engominada cohorte le azuzaba cantando: *Tell me more, tell me more...*

—*Did she put up a fight?* —cantó Alana, mientras Ramone se inclinaba para darle un beso en la cabeza, entre una masa de densos rizos negros heredados de su padre.

—¿Cómo está mi pequeñaza?

—Estoy bien, papá.

La niña siguió bailando, alzando los pulgares como Danny Zuko. Ramone volvió a la cocina y rodeó los hombros de su mujer con los brazos para darle un beso en la mejilla. Luego se estrechó contra ella por detrás, sólo para demostrar que todavía le iba la marcha. Las arrugas en las comisuras de los ojos de Regina indicaban que sonreía.

—Oye, ¿está bien que la niña vea esa película?

—Es *Grease*.

—Ya sé lo que es. Pero Travolta se menea como si estuviera follando y la niña lo está imitando.

—Es sólo un baile.

—¿Así lo llaman ahora?

Ramone se puso a su lado.

—¿Un buen día?

—Hemos tenido una racha de suerte. Pero no creo que nadie esté muy contento. El hombre no era ningún criminal, pero se puso loco con el crack y mató a su mujer por celos y por despecho. Ahora ella está en la morgue, a él seguramente le caerán veinticinco años y los niños se han quedado huérfanos. Tiene miga la cosa.

—Has hecho tu trabajo —replicó ella, un refrán repetido en su casa.

Todos los días Ramone hablaba con ella de su jornada. Para él era muy importante porque, según su experiencia, si un policía no hablaba de su trabajo su matrimonio acababa en desastre. Además, Regina le comprendía. Ella también había sido policía, aunque ahora le pareciera que había sido en otra vida.

—¿Dónde está Diego?

—En su cuarto.

Ramone miró el cazo. El ajo y la cebolla empezaban a dorarse en el aceite de oliva.

—Tienes el fuego demasiado alto —protestó—. Se está quemando el ajo. Y la cebolla tiene que estar transparente, no negra.

—Déjame en paz.

—El fuego sólo tiene que estar alto para hervir agua.

—Por favor.

—¿Estás haciendo una salsa?

—Sí.

—¿La de mi madre?

—La mía.

—A mí me gusta la salsa de mi madre.

—Pues haberte casado con ella.

—Oye, baja el fuego, ¿quieres?

—Ve a ver a tu hijo.

—A eso voy. ¿Qué ha pasado hoy?

—Dice que no sabía que tenía el móvil encendido. Un amigo le llamó justo cuando salía del servicio, y el señor Guy lo oyó.

—¿El señor Guy o gay?

—Gus...

—Yo sólo digo que, con ese nombre, el tío tendrá algún problema.

—Desde luego no es el hombre más varonil del planeta, eso es verdad.

—¿Y por eso querían expulsar a Diego?

—Por insubordinación. Es que se negó a entregar el móvil.

—Para empezar no tendrían que haberle buscado las cosquillas.

—Ya lo sé. Pero son las reglas. En fin, por lo menos haz como que estás enfadado con él. Un poco.

—Más enfadado estoy con el colegio.

—Yo también.

—Voy a hablar con él. —Ramone se inclinó sobre el fogón—. Que sepas que estás achicharrando el ajo.

—Ve a ver a tu hijo.

Ramone le dio un beso en el cuello, justo debajo de la oreja. Regina olía un poco a sudor, pero también era un olor dulce. Era el aceite que se ponía en la piel, con un toque de grosella.

Mientras se marchaba, Ramone insistió:

—Baja un poco el fuego.

—El fuego lo puedes bajar tú —respondió ella— el día que te pongas a cocinar.

Ramone atravesó el pasillo, dejando atrás el sonido de las canciones de los Thunderbirds y las Pink Ladies, y subió al piso de arriba.

Estaba más que reconsiderando la decisión de haber trasladado a Diego al colegio de Montgomery County, aunque en su momento le parecía no tener otra opción. Ramone y Regina estaban de acuerdo en que el colegio público de su zona era inaceptable. Para empezar el edificio estaba en estado de perpetua ruina, y siempre faltaba material, incluidos papel y lápices. Entre la tenue iluminación, puesto que muchos de los fluorescentes y lámparas estaban estropeados o habían desaparecido, los detectores de metales y el personal de seguridad apostado en cada puerta, aquello parecía una cárcel. Cierto es que se invertía mucho dinero en el sistema educativo de Washington D.C., pero curiosamente muy poco parecía revertir en los alumnos. Y los chicos habían empezado a encontrar problemas, tanto en el colegio como en la calle. En su zona, donde muchos padres tenían dos trabajos y otros estaban ausentes o no se involucraban en las vidas de sus hijos, algunos chicos comenzaban a tontear con la delincuencia. No era un buen ambiente para Diego, que tampoco era muy buen estudiante y de hecho se sentía atraído por aquellos que trasgredían las normas.

Gus Ramone había hablado de todo esto con su mujer, intensamente y en privado. Al final decidieron que sería bueno para Diego estar en contacto con otro ambiente. Pero incluso entonces, cuando la misma Regina se empeñó en hacer el cambio, Ramone no estaba del todo seguro de sus motivos para sacar a Diego de la enseñanza pública de D.C. Lo que le rondaba la mala conciencia era que los chicos del colegio de su barrio eran casi todos negros o hispanos.

A pesar de todo gestionaron la matrícula. Para ello tuvieron que emplear una especie de estratagema para establecer residencia en Montgomery. En los años noventa, cuando Regina daba clase y contaban con dos sueldos, habían invertido en una propiedad, una pequeña casita en Silver Spring, en una zona que en aquel entonces no valía nada. Les costó ciento diez mil dólares. Se la alquilaron a un albañil guatemalteco y su pequeña familia. Luego obtuvieron un número de teléfono de Maryland para la casa, y trasfirieron las llamadas a su dirección en D.C. Con esto y las escrituras de la casa, tenían lo necesario para solicitar la residencia en Maryland y poder cambiar a Diego de colegio.

Pero ya desde el principio pareció que habían cometido un error. El colegio de Montgomery tenía estudiantes destacados, y la mayoría de ellos eran blancos. Se mostraba menos tolerancia hacia lo que se consideraba un comportamiento negativo. Reírse o hablar alto en los pasillos o el comedor era una ofensa que a menudo se castigaba con la expulsión temporal. Igual que estar cerca de algún conflicto, aunque no se participara en él. Parecía haber distintas reglas para Diego y sus amigos, por una parte, y para los chicos de las clases de los destacados y los más dotados. Ramone suponía que se favorecía a esos chicos, blancos en su mayoría, porque elevaban los resultados académicos del colegio. Todos los demás alumnos entraban en la categoría de «otros». Cuando Regina investigó un poco el asunto, descubrió que a los chicos negros de Montgomery se los suspendía, castigaba o expulsaba tres veces más que a los blancos. Desde luego algo olía mal, y aunque ni Gus ni Regina llegaron a hablar de racismo, sospechaban que el color de su hijo, y el de sus amigos, estaba indirectamente relacionado con la etiqueta de «problemáticos» que les habían colgado.

Todo esto sucedía en un colegio situado en un barrio conocido por su activismo liberal, un lugar donde era común ver en los coches pegatinas de «Celebremos la diversidad». Los días que Ramone iba a recoger a su hijo al colegio veía que la mayoría de los alumnos negros salían juntos y echaban a andar calle abajo en dirección a los «bloques», mientras que los blancos se dirigían a sus casas en la parte alta del barrio. A veces se quedaba allí en el coche viendo todo esto y se decía: «He cometido un error con mi hijo.»

El caso es que Ramone nunca estaba seguro de estar haciendo lo mejor para sus hijos. Y los que afirmaban hacerlo o se engañaban o mentían. Por desgracia los resultados no se sabían hasta el final.

Ramone llamó a la puerta de Diego. No hubo respuesta y tuvo que llamar más fuerte.

Diego estaba sentado al borde de la cama, un colchón sobre un somier de muelles encima de la moqueta. Tenía al lado el balón de rugby con el que dormía. Llevaba puestos unos auriculares, y cuando se los quitó Ramone oyó música go-go a gran volumen. El chico llevaba una camiseta sin mangas que dejaba al descubierto unos brazos delgados y bien definidos y unos hombros tan anchos como los de un hombre. Empezaba a asomarle el bigote y se había recortado las patillas en forma de dagas en miniatura. Llevaba el pelo muy corto, y cada quince días se pelaba en la barbería de la Tercera. Su tono de piel era algo más claro que el de Regina, pero había heredado los grandes ojos castaños de su madre y la gruesa nariz. El hoyuelo del mentón era de Ramone.

—¿Qué haces, papá?

—¿Qué haces tú?

—Descansar.

Ramone se quedó de pie junto a él, con los pies separados en pose autoritaria, un vicio de policía. Diego lo advirtió, sonrió con ironía y meneó la cabeza. Se levantó de la cama y se puso junto a su padre. Sólo era unos centímetros más bajo.

—Deja que te lo cuente.

—Venga.

—Lo de hoy ha sido...

—Ya lo sé.

—No ha sido nada.

—Mamá me lo ha contado.

—Me tienen enfilado, papá.

—Bueno, les diste razones al principio.

—Es verdad.

Diego había dado guerra al llegar al colegio. Pensó que tenía que demostrar a sus compañeros que el chico nuevo no era un blando, que era un tipo duro, chulo y además gracioso. En septiembre Ramone y Regina habían recibido varias llamadas de los profesores exasperados quejándose de que Diego era un alborotador en clase. Ramone se puso muy serio con él, le dio severos y amenazadores sermones, lo castigó e incluso lo sacó del entrenamiento de rugby, aunque no llegó a prohibirle que jugara el partido semanal. La mano dura pareció funcionar, o tal vez Diego terminó adaptándose por sí mismo. Un par de profesores le dijeron a Regina que el comportamiento de Diego había mejorado en clase, e incluso alguno llegó a asegurar que tenía potencial para ser una influencia positiva sobre otros alumnos, un líder. Pero la primera impresión negativa que había causado en la directora, la señora Brewster, una mujer blanca, y el subdirector, el señor Guy, fue muy perjudicial. Ramone tenía la sensación de que a esas alturas tenían a su hijo en el punto de mira. Diego, desanimado y desmotivado, estaba perdiendo interés en el colegio. Sus notas habían empeorado.

—Mira, si dices que no sabías que tenías el móvil encendido, te creo.

—No lo sabía.

Ramone no tenía dudas. Diego y él tenían un pacto: mientras Diego fuera sincero, Ramone le había prometido no enfadarse con él. Sólo se enfadaría si mentía. Todo lo demás se podía arreglar. Y que él supiera su hijo siempre había mantenido su parte del trato.

—Si tú lo dices, te creo. Pero el colegio tiene unas normas. Deberías haber dejado que te confiscaran el móvil por ese día. Ése ha sido el problema.

—A mi amigo le quitaron el móvil y no se lo devolvieron en dos semanas.

—Tu madre y yo habríamos hablado con ellos para que te lo devolvieran. El caso es que no puedes luchar contra ellos. Son los jefes. Cuando crezcas te vas a encontrar con muchos jefes que no te gustarán, y aun así tendrás que obedecerles.

—No cuando esté jugando en la NFL.

—Te estoy hablando en serio, Diego. Mira, yo también tengo que ceder con jefes que no me gustan nada, y tengo cuarenta y dos años. No es porque seas un niño, es también cosa de adultos.

Diego tensó los labios. Estaba desconectando. Ramone ya le había soltado antes aquel sermón. Hasta a él le sonaba ya a rancio.

—Tú sólo inténtalo.

—Vale.

Ramone, notando que habían terminado, alzó la mano y Diego le chocó ligeramente los cinco.

—Hay otra cosa —dijo el chico.

—A ver.

—El otro día hubo una pelea después de las clases. ¿Sabes mi amigo Toby?

—¿Del rugby?

—Sí.

Ramone recordaba a Toby del equipo. Era duro, pero no mal chico. Vivía con su padre, un taxista, en los bloques cerca del colegio. Su madre, según había oído, era una drogadicta que ya no tenía nada que ver con ellos.

—Pues ha tenido problemas —explicó Diego—. Un chico se estuvo metiendo con él por los pasillos y al final le retó a una pelea. Se encontraron junto al arroyo. Y Toby... ¡bam! —Diego se dio un golpe en la palma de la mano—. Le arreó un par de puñetazos. Un, dos, y el chaval se cayó al suelo.

—¿Tú estabas? —preguntó Ramone, tal vez con demasiada emoción en la voz.

—Sí. Ese día volvía a casa con un par de amigos y me encontré con la movida. Bueno, iba a mirar...

—¿Y?

—Pues que los padres del chico llamaron al colegio, y ahora van a abrir una «investigación», como dicen ellos. Es decir, van a averiguar quién estaba presente y qué vimos. Los padres quieren denunciar a Toby por agresión.

—Pero ¿no decías que fue el chico quien retó a Toby?

—Sí, pero ahora dice que era broma, que en realidad no quería pelear.

—¿Y por qué se mete el colegio? Eso pasó en la calle, ¿no?

—Pero los dos volvían del colegio, todavía con los libros y eso, así que dicen que es asunto del colegio.

—Ya.

—Van a querer que diga que Toby pegó primero.

—Bueno, alguien tenía que pegar primero —replicó Ramone, hablando como hombre, no como padre—. ¿Fue una pelea justa?

—El otro era más grande que Toby. Es de los que van con el skate. Y fue él quien retó a Toby. Lo que pasa es que luego no dio la talla.

—Y sólo fue entre ellos dos, nadie más se metió a pegar al chico, ¿no?

—No, sólo ellos dos.

—Pues no veo el problema.

—El problema es que me niego a ser un chivato.

Ramone no quería que lo fuera. Pero no habría estado bien decirlo, porque tenía que representar un papel, de manera que guardó silencio.

—¿Vale? —preguntó Diego.

—Anda, arréglate para cenar —replicó Ramone, con un estratégico asentimiento de cabeza.

Mientras Diego se ponía una camiseta limpia, Ramone miró la habitación. Pósters de raperos cortados del *Source* y el *Vibe*, y una bonita foto de un Impala restaurado del 63, pegados a un panel de corcho; un póster del gimnasio de Mack Lewis en Baltimore, un collage de boxeadores locales con Tyson y Ali, con el lema «Un buen boxeador atraviesa el umbral del dolor para alcanzar la grandeza». En el suelo, copias de CDs realizadas en el ordenador, una torre de CDs, un estéreo portátil, varios *Don Diva* y una revista de armas, tejanos y camisetas, tanto sucios como limpios, jerséis Authentic de varios diseños, unas Timberland y dos pares de Nike. En la mesa, rara vez utilizada para estudiar, el libro sin leer de *Colmillo Blanco*, y *Valor de ley*, también sin leer. Ramone había pensado que a Diego le gustaría, pero no había conseguido engancharle; líquido para limpiar deportivas; fotos de chicas negras e hispanas que ellas mismas le habían regalado y en las que aparecían con tejanos ajustados y camisetas cortas; unos dados; un encendedor con una hoja de marihuana pintada, y su cuaderno, con el nombre de Diego escrito al estilo graffiti en la cubierta. De un clavo en la pared colgaba una gorra decorada con su apodo y los números 09, el año de su futura graduación en el instituto.

A pesar de los avances tecnológicos y los cambios culturales y estéticos, la habitación de Diego se parecía mucho a la de Ramone en 1977. De hecho, Diego se parecía a su padre en muchos aspectos.

—¿Qué hay de cena?

—Tu madre está preparando salsa.

—¿La suya o la de la abuela?

—Venga, chaval —dijo Ramone—. Ve a lavarte.

10

Holiday no estaba borracho, más bien cansado. Había sudado casi todo el alcohol con Rita en la cama. Había buena visibilidad en la autopista y luego en el cinturón interior de Beltway, desde Virginia hasta Maryland. Tenía la mente algo nublada, pero estaba bien.

Iba escuchando la cadena de rock clásico en la radio. No es que fuera muy aficionado a la música, pero conocía el rock de los setenta. Su hermano mayor, al que en otros tiempos idolatraba, ponía los discos en su casa cuando eran pequeños, y ése era el único período de la música al que Holiday todavía prestaba atención. Ahora sonaba un tema en vivo de Humble Pie, Steve Marriot gritaba «*Awl royt!*» con acento londinense antes de que el grupo atacara un fuerte fraseo de blues-rock.

Holiday ya no veía a su hermano, excepto en Navidad, y sólo para poder ver a sus sobrinos y que supieran que su tío Doc seguía en el mundo. Pero los sobrinos ya se acercaban a la edad universitaria, y Holiday veía que sus visitas anuales tocaban a su fin. Su hermano se dedicaba a las hipotecas, vivía en Germantown, conducía un Nissan Pathfinder que sólo hacía el trayecto del corredor 270, y tenía una esposa a la que Holiday no se follaría ni loco. Su hermano estaba muy lejos de aquel adolescente guay de pelo largo que fuera en otros tiempos, cuando oía a Skynyrd, Thin Lizzy y Clapton en el sótano de sus padres entre caladas a la pipa de agua que exhalaban en las ventanas abiertas. Ahora comprobaba sus acciones cada hora y estudiaba el *Consumer Reports* antes de cada compra. A Holiday le daban ganas de sacudirlo, pero ni siquiera eso le habría devuelto a su hermano.

Con su hermana muerta hacía tanto tiempo, y tras la desaparición de sus padres, Holiday estaba solo. Lo único que le daba ánimos, lo que le hacía levantarse por las mañanas, se lo habían arrebatado. Antes era policía, ahora llevaba una gorra de mierda, charlaba con gente que no le interesaba lo más mínimo y metía y sacaba maletas del maletero.

Y todo por un compañero que no quiso darle cuartel. Un tipo obsesionado con las reglas, como su hermano. Otro inflexible reprimido.

No le apetecía volver todavía a casa, de manera que salió del cinturón en Georgia Avenue y se dirigió hacia el sur. Todavía tenía tiempo de una copa en el Leo's, tal vez dos, antes de que cerraran.

La familia Ramone cenaba en una mesa con sillas de madera, en la zona abierta entre la cocina y el cuarto de estar. Intentaban cenar siempre juntos, aunque a veces eso implicara cenar muy tarde debido al errático horario de Ramone. Tanto Regina como él venían de familias que tenían esa costumbre, y para ellos era importante. La parte italiana de Ramone pensaba que compartir la comida era algo espiritual que trascendía el ritual.

—La salsa está muy rica, mamá —comentó Diego.

—Gracias.

—Pero sabe un poco a quemado —añadió el niño, mirando a Ramone.

—Tu madre, que ha frito el ajo y la cebolla con un lanzallamas.

—Ya está bien —dijo Regina.

—Era broma, cariño. Está buenísima.

Alana intentaba succionar los espaguetis con la cara casi

metida en el cuenco. Le encantaba comer y pensaba y hablaba a menudo de comida. A Ramone le gustaban las mujeres que comían a gusto, y le encantaba ese rasgo en su hija.

—¿Quieres que te corte eso, peque? —preguntó Diego.

—No.

—Así es más fácil comerlo.

—Que no.

—Estás comiendo como un cerdo —insistió el chico.

—Es verdad —convino Regina.

—Dejadla en paz —terció Ramone.

—Yo sólo quería ayudar.

—Tú a lo tuyo. Mira cómo te has puesto la camisa.

—¡Jo! —exclamó Diego, al ver las manchas en la ropa.

Charlaron de los deberes de Diego, que insistía en que ya los había hecho en la hora de estudio. Luego pasaron al cambio de Laveranues Coles. Ramone sostenía que Santana Moss era sólo receptor lateral, puesto que tendía a fallar los pases en mitad del campo muchas veces. Diego, que tenía un jersey con el nombre de Moss a la espalda, de cuando jugaba en los Jets, no estaba de acuerdo.

—¿Quién es Ashley? —preguntó de pronto Regina.

—Una chica del colegio —contestó Diego.

—Es que he visto su nombre en las llamadas recibidas.

—¿Y qué, es un delito?

—Claro que no —dijo Regina—. ¿Es simpática?

—¿Cómo es físicamente? —preguntó Ramone.

Diego soltó una risita.

—Mamá, es una chica del colegio, nada más. No estoy saliendo con nadie, ¿vale?

—Ya.

—Pero, vamos a ver —terció Ramone—, a ti te gustan las chicas, ¿no?

—Venga ya, papá.

—No, es que empezaba a dudarlo.

—Son cosas mías.

—Porque como nunca hablas de chicas...

—Papá.

—Si no te gustan no pasa nada, ¿eh?

—Papá, no soy gay.

—Si lo fueras te querría igual.

—Gus —dijo Regina.

Charlaron de los Nationals. Diego sostenía que el béisbol era un «deporte de blancos» y Ramone le dijo que se fijara en la cantidad de jugadores negros e hispanos en las grandes ligas. Pero el chico no cedía. Sólo había que fijarse en las caras de los stands del RFK. Ramone convino en que casi todas eran blancas, pero terminó diciendo que no entendía adónde quería llegar.

—Papá ha cerrado hoy un caso —informó Regina.

—¿Qué es un caso? —preguntó Alana.

—Quiere decir que ha encerrado a un hombre malo.

—El hombre no era tan malo —matizó Ramone—. Aunque sí que hizo algo muy malo. Cometió un grave error.

Después de la cena, Regina le leyó un cuento a Alana, y la niña, que empezaba a aprender, también leyó en voz alta. Ramone y Diego vieron en la tele uno de los partidos de la última liga. Al final del séptimo tiempo, Diego le dio un puñetazo amistoso y se fue a su cuarto. Alana dio un beso a su padre y se retiró también con Regina, que la acostó y le leyó otro cuento. Ramone abrió una cerveza y terminó de ver el partido.

Regina se estaba lavando la cara en el baño cuando subió Ramone para meterse en la cama. Se fijó en la ropa de su mujer, una camiseta de fútbol de Diego y unos gastados pantalones de pijama, y entendió el mensaje: esta noche nada de sexo. Pero Ramone era un hombre, tan corto y esperanzado como cualquier otro. No iba a dejar que unas prendas de ropa vieja le detuvieran por completo. Al menos lo intentaría.

Cerró la puerta y se metió en la cama. Regina llegó por fin y le dio un casto beso junto a la boca. Él se incorporó sobre un codo e intentó besarla de nuevo, sólo para tantear el terreno.

—Buenas noches —dijo ella.

—¿Tan pronto?

—Estoy cansada.

—Yo sí que te voy a dejar cansada.

Ramone metió la mano en el pantalón del pijama para acariciarle el muslo.

—Alana vendrá en cualquier momento. No estaba dormida.

Ramone la besó. Ella abrió los labios y se acercó un poco a él.

—Nos va a pillar.

—No vamos a hacer ruido.

—Sabes que no es verdad.

—Venga, mujer.

—¿Y si te hago una paja?

—Eso ya lo puedo hacer yo.

Los dos se echaron a reír, y Regina le besó con más intensidad. Él comenzó a quitarle el pantalón, ella arqueó la espalda. Y en ese momento llamaron a la puerta del dormitorio.

—Mierda —exclamó Ramone.

—Ahí está tu hija.

—Ésa no es mi hija. Es un cinturón de castidad de siete años.

Cinco minutos más tarde, Alana roncaba entre ellos en la cama, con sus deditos morenos abiertos sobre el pecho de Ramone. Es verdad que Ramone estaba algo decepcionado. Pero también era feliz.

El Leo's estaba bastante lleno, y la música de la jukebox sonaba a mucho volumen. Holiday se dirigió hacia un taburete vacío al fondo, cerca de la cocina. Un par de clientes le saludaron con la cabeza. Allí le conocían, de manera que no se le quedaron mirando como suele pasar cuando un blanco entra en un bar de un barrio negro. Entre los habituales del Leo's era de dominio público que Holiday había sido policía, que tuvo que dejar el cuerpo por haber caído en desgracia. No era del todo cierto, puesto que Holiday había dimitido en lugar de enfrentarse a la investigación oficial, pero que pensaran lo que quisieran. Un policía corrupto tenía algo de leyenda. Pero él no era corrupto. Nunca había aceptado sobornos ni había jugado a dos barajas, como algunos de los que entraron en el cuerpo a finales de los ochenta, cuando andaban locos por reclutar a cualquiera. Qué coño, él sólo había ayudado a una chica que conocía. Vale que era puta, pero así y todo...

—Vodka con hielo —pidió a Charles, el camarero del turno nocturno. Leo ya se había marchado, o estaría en la trastienda haciendo caja.

—¿Solo, Doc?

—Sí, a pelo. —A esas alturas mezclarlo con algo sería un desperdicio.

Charles le sirvió la copa. En la jukebox sonaba una versión de *Jet Airliner* con un aire soul-rock auténtico.

Los dos clientes a la derecha de Holiday hablaban de la canción.

—Sé que es de Paul Pena. Fue el primero que la cantó. Pero ahora, ¿quién fue el blanco que la convirtió en un éxito?

—Johnny Winters o alguno parecido. Yo qué sé.

—Fue uno de los Almond Brothers.

—¿No serán los Osmand Brothers?

—Almond. Te apuesto cinco pavos.

—Steve Miller Band —dijo Holiday.

—¿Cómo? —El cliente se volvió hacia él.

—Es un temazo, tío.

—Desde luego. Pero ¿sabes quién lo convirtió en un éxito?

—Ni idea. —El orgullo le había llevado a meterse en la conversación, pero ahora no quería seguir.

Pidió una última copa antes de que cerraran, la apuró a toda prisa y se marchó del bar poco satisfecho. Le había puesto de mal humor acordarse de su antigua vida y de cómo la había dejado.

Se dirigió hacia el este. Vivía en un apartamento con jardín junto a Prince George Plaza, cerca de la autopista East-West, y para ir desde el Leo's tenía que bajar al sur hacia Missouri y luego tomar Riggs Road. Pero se confundió cerca de Kansas Avenue, intentando acortar por las callejuelas, y al encontrarse en Blair se dio cuenta de que tenía que dar media vuelta. Giró a la izquierda por Oglethorpe Street, pensando que así llegaría a Riggs.

Pero enseguida se dio cuenta de que la había cagado. De pronto se acordó, de sus tiempos de policía, de que aquella parte de Oglethorpe acababa cortada en el metro y las vías de tren. Reconoció a su izquierda el refugio de animales y la imprenta junto a las vías. Y a la derecha uno de esos jardines comunitarios tan comunes en D.C. Éste cubría varias hectáreas.

En ese momento sonó el móvil, montado en una carcasa bajo el salpicadero. Era Jerome Belton, que llamaba para contarle cómo le había ido el día. Holiday se paró en la cuneta de arena y grava y apagó el motor. Belton le habló de un aspirante a jugador al que había llevado al combate entre Tyson y McBride en el MCI Center hacía unos meses. Por lo visto llevaba unos zapatos de cocodrilo falsos que se habían descamado en el coche.

Tenía gracia, aunque no era una historia nueva. Holiday y Belton se rieron un rato y colgaron. Holiday, en la silenciosa calle cortada junto al jardín comunitario, echó atrás la cabeza y cerró los ojos. No estaba borracho. Estaba cansado.

Una luz le dio en la cara y le despertó. Abrió los ojos. Distinguió un coche patrulla azul y blanco, con las luces apagadas. Se acercaba desde la rotonda junto a las vías. En el asiento trasero iba un pasajero, algún detenido. Holiday se preguntó dónde estarían sus caramelos de menta. Cuando el Crown Victoria se acercó, no lo miró directamente, aunque un fugaz vistazo le indicó que el policía que iba al volante era blanco. El detenido, de cuello y hombros delgados, iba envuelto en sombras. Holiday supo por instinto que sería una mujer o un adolescente. Vio de reojo un número el coche patrulla, en el panel delantero. El agente pasó de largo sin detenerse. Era obvio que había visto a Holiday allí aparcado, pero no se molestó en investigar. Holiday alejó la imagen de los números y pensó: «*Let it grow.*» Se echó a reír sin razón aparente y volvió a dormirse.

Cuando despertó algo después, todavía tenía la mente brumosa. Miró hacia el jardín, donde se alzaban las negras siluetas de las pérgolas apresuradamente construidas, las plantas atadas a sus palos, las bajas hileras de verduras. Una persona de edad indeterminada y altura media cruzaba el parque. Parecía un auténtico semental, pensó Holiday, observando sus andares con los ojos entornados. Pero enseguida parpadeó despacio. Se le nubló la vista y se volvió a dormir.

Despertó de nuevo confuso, pero esta vez se despejó enseguida, puesto que las horas le habían dejado sobrio. El cielo ya clareaba y las sombras navegaban por el cielo sobre los jardines, anunciando la inminente mañana. Holiday miró el reloj: las 4.43 de la mañana.

—Joder.

Tenía el cuello tieso. Necesitaba meterse en la cama. Pero primero tenía que aliviarse. Sacó de la guantera una pequeña linterna Maglite y salió del coche.

Siguió un sendero guiándose con la linterna, hasta que por fin se la puso en la boca, se abrió la bragueta y soltó un chorro de pis. Mientras orinaba miró en torno a él, girando la cabeza. La luz enfocó lo que parecía un cuerpo humano inconsciente o dormido junto a un huerto en el que todavía se veían las plantas de tomates, cosechadas hacía ya mucho. Holiday se abrochó el pantalón, se acercó al cuerpo y lo alumbró.

Mordiéndose el labio se puso en cuclillas. La luz estaba ahora más cerca e iluminaba mejor. Era un joven negro, en torno a los quince años, con una chaqueta de invierno, camiseta, tejanos y zapatillas Nike. En la sien izquierda comenzaba a coagularse una herida de bala. El proyectil había convertido en pulpa la parte superior de la cabeza en su trayectoria de salida, y la sangre y el cerebro eran densos como puré. Tenía los ojos saltones por el impacto. Holiday dejó que la luz danzara por el suelo. Iluminó una amplia zona del sendero y el jardín, pero no vio ni casquillos ni la pistola.

Volvió a enfocar al chico. Llevaba en torno al cuello una cadena con una especie de placa que yacía plana sobre la clavícula, entre los pliegues de la chaqueta. Holiday leyó el nombre.

Por fin se levantó y volvió a su coche intentando poner el menor peso posible sobre los pies. En Oglethorpe no había nadie. Puso el motor en marcha rápidamente y dio media vuelta por Blair Road sin encender los faros. Esperó a que la calle estuviera totalmente desierta antes de encender las luces. Luego se dirigió directamente al 7-Eleven de Kansas. Allí había una cabina, pero el parking estaba demasiado iluminado, de manera que fue a una tienda de licores más arriba de la calle, donde también había una cabina en un aparcamiento casi a oscuras. Desde allá llamó a la policía, de espaldas a la carretera. No dio su nombre ni localización cuando se lo preguntaron. Hizo caso omiso de las repetidas preguntas de la operadora e informó de un cadáver en el jardín comunitario entre Blair y Oglethorpe. La mujer seguía insistiendo en obtener información personal, pero él colgó el teléfono. Luego volvió deprisa al coche, salió del aparcamiento y encendió un cigarrillo. Algo le había resultado a la vez familiar e inidentificable en aquel cadáver. Ahora se encontraba espabilado y nervioso.

Una vez en su casa se metió en la cama, pero no se durmió. Se quedó mirando el techo mientras el sol empezaba a filtrarse por las cortinas venecianas. Pero no veía el techo. Más bien se veía de joven, de uniforme, en un jardín comunitario muy parecido al que acababa de dejar. En su memoria, el agente de homicidios T. C. Cook estaba trabajando, con su abrigo y su sombrero marrón. Veía el escenario del crimen iluminado por las luces estroboscópicas de los coches patrulla y los ocasionales flashes de las cámaras.

Era como ver una fotografía en su mente. Veía las luces, a los jefes, al periodista de Canal 4 y muy claramente a sí mismo y al detective T. C. Cook.

También en la fotografía, joven y de uniforme, estaba Gus Ramone.

11

Mientras los trabajadores iban llegando a sus puestos en el refugio de animales y la imprenta, la policía de Homicidios y la Científica trabajaban en torno al cadáver de un joven en un jardín comunitario entre las calles Oglethorpe y Blair Road. Varios agentes y la cinta policial mantenían a raya a los mirones, que especulaban entre ellos y llamaban por móvil a su familia y amigos, lejos de la escena.

El detective Bill *Garloo* Wilkins, que tenía el turno de doce a ocho de la mañana en la VCB, estaba a punto de terminar la jornada cuando llegó la llamada con la denuncia anónima. Acudió al jardín con el detective George Loomis, un tipo de hombros caídos que se había criado en Section Eights, cerca del hogar Frederick Douglass en Southeast. Wilkins estaba a cargo del caso.

Mientras Wilkins y Loomis trabajaban en el escenario del crimen, Gus Ramone llegaba a las oficinas de la VCB para su turno de ocho a cuatro. Rhonda Willis ya estaba en su mesa. Le gustaba llegar temprano, tomarse un café y preparar la agenda del día. Como siempre, comentaron los planes para la jornada, así como cualquier actividad relacionada con el crimen violento que hubiera podido desarrollarse. Mencionaron a la víctima no identificada encontrada junto a Blair Road, así como que Garloo Wilkins se encargaba de la investigación. Ramone todavía tenía que terminar con William Tyree, y

Rhonda testificaría en un caso de drogas que había cerrado varios meses antes. Ramone quería interrogar a una posible testigo de un homicidio antes de que la mujer entrara en su trabajo en el McDonald's, en Howard U. Rhonda accedió a acompañarle. Luego irían juntos a los juzgados entre la Cuarta y E.

La posible testigo, una mujer joven llamada Trashon Morris, resultó no ser de gran ayuda. La habían visto en un club a las afueras de Shaw, con un joven involucrado en un asesinato cometido esa misma noche. El joven, Dontay Walker, había estado discutiendo en el club, decían los testigos, con un tipo al que más tarde encontraron muerto a tiros dentro de su Nissan Altima, en la Sexta, al sur de U. A Walker lo buscaban en relación con el asesinato, y de momento andaba en paradero desconocido. Pero cuando Ramone interrogó a Trashon Morris, a quien interceptó cuando salía de su edificio, ella no recordaba ninguna discusión en el club ni ninguna otra cosa de aquella noche, por lo visto.

—No me acuerdo —insistió, sin mirar a Ramone a los ojos ni reconocer siquiera la presencia de Rhonda Willis—. Yo no sé nada de ninguna pelea. —Morris tenía unas uñas postizas extra largas, pintadas de color chillón, grandes aros en las orejas y mucho pelo.

—¿Había bebido usted mucho esa noche? —preguntó Ramone, queriendo determinar su credibilidad en el caso improbable de que recuperara la memoria y acudiera a testificar ante el juez.

—¿Usted qué cree? Estaba en un club. Claro que bebí.

—¿Cuánto?

—Lo que me apeteció. Era fin de semana y tengo veintiún años.

—Según me han dicho se marchó del club con Dontay Walker.

—¿Quién?

—Dontay Walker.

—La gente dice lo que le da la gana. —Trashon se miró el reloj—. Oiga, me tengo que ir a trabajar.

—¿Tiene alguna idea de dónde puede estar escondido Dontay desde aquella noche?

—¿Quién?

Ramone le dio su tarjeta.

—Si vuelve a ver a Dontay, o sabe algo de él, o recuerda algo que no nos haya dicho, llámeme.

—Tengo que ir a trabajar —repitió ella. Y echó a andar hacia la estación del metro, al final de la manzana.

—Muy dispuesta a colaborar —comentó Ramone, mientras se dirigía con Rhonda hacia un Impala granate de la policía, aparcado junto a la cuneta.

—Una de esas chicas fabulosas del gueto —dijo Rhonda—. Más vale que a mis hijos no se les ocurra traerme a casa a nadie con esas pintas, porque sale disparada de una patada.

—Estará furiosa con su madre, por ponerle Trashon.

—Sí, vaya nombrecito —repuso Rhonda—. Hay nombres que son un karma.

En los juzgados, Ramone y Rhonda Willis subieron a la primera planta a rellenar el formulario para su comparecencia en juicio, y luego a la novena, donde trabajaban los fiscales estatales, los fiscales federales que llevaban los casos desde la detención del sospechoso hasta el juicio. Tanto en los pasillos como en los despachos se veía a muchos policías de homicidios. Lo normal. Unos llevaban buenos trajes, otros trajes baratos, y alguno iba con sudadera. Acudían a testificar, charlar, informar de los progresos en algún caso y hacer horas extras. Algunos días había más policía en aquellas oficinas que en la comisaría o en la calle.

Ramone encontró al fiscal Ira Littleton en su despacho. Hablaron del caso de Tyree y la comparecencia ante el juez, una conversación que consistió en un sermón de Littleton sobre etiqueta y procedimientos en el tribunal. Ramone le permitió soltar su discurso. Cuando terminó, fue al despacho de Margaret Healy, una pelirroja inteligente y endurecida, de unos cuarenta y cinco años, que dirigía el equipo de fiscales del Estado. Los papeles rebosaban de su mesa y se extendían por el suelo. Ramone se dejó caer en una de las cómodas butacas.

—Me han dicho que has sido muy rápido en el caso del apuñalamiento.

—Gracias a Boo Green.

—Es un trabajo de equipo —replicó Healy, utilizando una de sus expresiones favoritas.

—Enhorabuena por los hermanos Salinas —la felicitó Ramone a su vez. La reciente condena, tras un interminable caso de asesinato, de dos hermanos miembros de la banda MS-13 había llamado la atención de la prensa debido a los crecientes problemas con las pandillas hispanas tanto en D.C. como en los alrededores.

—La verdad es que estuvo muy bien. Estoy muy orgullosa de Mary Yu, que supo llegar hasta el final.

Ramone señaló con el mentón una fotografía sobre la mesa de la fiscal.

—¿Cómo está la familia?

—Imagino que bien. A ver si este año me tomo unos días de vacaciones y lo averiguo.

Una secretaria llamó a la puerta abierta e informó a Ramone de que tenía una llamada de su mujer. Seguramente le habría llamado al móvil, pero el edificio tenía muy mala cobertura. Y para insistir tanto, debía de ser alguna emergencia. Alana o Diego, pensó inmediatamente, mientras se levantaba.

—Perdona, Margaret.

Atendió la llamada en un despacho vacío. Oyó la voz alterada pero controlada de su mujer. De vuelta en el pasillo, encontró a Rhonda Willis charlando con un par de detectives. Ramone le informó de la llamada y de adónde iba.

—¿Quieres compañía? —preguntó Rhonda.

—¿No tenías que testificar?

—Por lo visto no estoy en el menú de hoy. ¿Y lo de la comparecencia?

—Ya volveré luego —dijo Ramone—. Vamos, que te lo cuento todo por el camino.

Marita Bryant, desde su casa en Manor Park, vio llegar los coches patrulla y de la secreta al domicilio de la familia Johnson. Un detective calvo y grandón entró en la casa. Luego llegó Terrance Johnson con su Cadillac, lo aparcó de cualquier manera y corrió a la puerta principal. Poco después apareció una ambulancia. Sacaron en una camilla a Helena Johnson, la mujer de Terrance y madre de sus hijos: Asa, de catorce años, y Deanna, de once. Terrance salió con ella, visiblemente alterado, andando a trompicones por el jardín. Se detuvo un momento a hablar con el vecino, un jubilado de nombre Colin Tohey, y luego se lo llevó el detective, que le ayudó a entrar en su coche.

Marita Bryant se acercó al jardín de los Johnson, donde estaba Colin Tohey, todavía impresionado. Tohey le contó que habían encontrado el cadáver de Asa Johnson en el jardín comunitario de Blair Road. Helena se desmayó al enterarse y tuvieron que llamar a una ambulancia. Bryant, que tenía una hija de la misma edad que Asa y conocía a la pandilla del chico, llamó de inmediato a Regina Ramone. Sabía que Diego era amigo de Asa y pensó que a Regina le gustaría saber lo sucedido. Además sentía curiosidad, y seguramente Gus tendría más información. Pero Regina todavía no sabía nada, y pensaba que Gus tampoco estaría al tanto, porque si no la habría llamado. Colgó el teléfono dejando a Marita Bryant con la palabra en la boca, e intentó de inmediato localizar a Gus.

—¿Tu hijo era muy amigo de ese chico? —preguntó Rhonda, en el asiento delantero del Impala de cuatro cilindros, el modelo más básico de Chevrolet. Se dirigían hacia North Capitol Street.

—Diego tiene muchos amigos —contestó Ramone—. Asa no era de los más íntimos, pero lo conocía muy bien. El año pasado estaban en el mismo equipo de rugby.

—¿Tú crees que se lo tomará muy mal?

—No lo sé. Cuando murió mi padre, el chico lo pasó fatal

porque me vio sufrir mucho. Pero esto es algo muy diferente. Esto no es natural.

—¿Quién se lo va a decir?

—Regina irá al colegio a por él para darle la noticia. Yo le llamaré más tarde. Y ya lo veré esta noche.

—¿Habláis mucho de Dios en tu casa?

—No demasiado, no.

—Pues en esta ocasión deberíais.

La vida de Rhonda había sido difícil, teniendo que criar a cuatro hijos ella sola, y el asunto Dios le había sido de gran ayuda. Era su roca y su muleta, y le gustaba hablar de ello. A Ramone no.

—¿Tú qué sospechas? —preguntó Rhonda, rompiendo el silencio.

—Nada.

—Conocías al chico, conoces a la familia.

—Sus padres son honrados. Y lo tenían muy vigilado.

—¿Alguna cosa más?

—Su padre es un tío bastante inflexible. Era muy exigente con su hijo. En los deportes, en el colegio... en todo.

—¿Tanto como para que el chico se descarriara?

—No lo sé.

—Porque eso puede ser tan dañino como no hacerles ningún caso.

—Ya.

—¿Alguna vez te dio la impresión o la sensación de que el chaval estaba metido en algún lío raro?

—No. Aunque eso no quiere decir nada, claro. Pero, no, no tengo razones para pensarlo.

Rhonda le miró.

—¿A ti te caía bien?

—Era un buen chico.

—Lo que digo es qué impresión te daba. Ya sabes, a veces sólo con mirar a un chico nos hacemos una idea de cómo es.

Ramone pensó en las veces que había visto a Asa jugar al fútbol, sus placajes sin fuerza, las veces que se apartaba incluso del jugador que llevara la pelota. Recordó cuando Asa entraba en su casa sin dirigirles la palabra ni a Regina ni a él, sin saludar siquiera a menos que no le quedara más remedio. Sabía exactamente lo que Rhonda quería saber. A veces mirando a un chico te lo imaginas ya de adulto y te haces una idea de cómo será: un tipo duro, un tipo fuerte, un tipo que triunfará en lo que haga... A veces mirando a un chico piensas que estarías orgulloso si fuera tu hijo. Asa Johnson no era uno de ellos.

—Le faltaba empuje. Es lo único que se me ocurre.

Pero había algo más. A Ramone le había parecido a veces captar una especie de debilidad en la mirada de Asa. Una mirada de víctima.

—Al menos has sido sincero.

—Eso no significa nada —replicó Ramone, algo avergonzado.

—Es más de lo que Garloo verá. Porque sabes que nada más ver al chico pensará lo que pensará de manera automática. Y ni siquiera estoy diciendo que Bill sea así. Es sólo que... bueno, que no tiene demasiadas luces. Le gusta tomar atajos mentales.

—Yo sólo necesito echar un vistazo por allí.

—Si es que llegamos.

—Los coches de verdad se los asignan a la policía regular.

—Y a nosotros nos dan las tartanas.

Ramone aceleró, pero no consiguió más que ahogar el motor.

Para cuando llegaron Ramone y Rhonda, el escenario del crimen se había despejado de mirones para llenarse de oficiales. También había acudido un periodista. Encontraron a Wilkins y a Loomis junto a un anodino Chevy. Cerca de allí un oficial blanco de uniforme se apoyaba contra un coche patrulla. Wilkins tenía un cuaderno en una mano y un cigarrillo en la otra.

—El Ramone —saludó Wilkins—. Rhonda.

—Bill.

Ramone echó un vistazo al lugar: los comercios, las vías del tren, las fachadas traseras de las casas y la iglesia en la calle residencial que corría de este a oeste en una elevación al final del jardín.

—Me han llamado de la oficina para decir que venías —comentó Wilkins—. ¿Conocías a la víctima?

—Un amigo de mi hijo.

—¿Asa Johnson?

—Si es que es él.

—Llevaba al cuello un carnet de esos de colegio. Su padre ha identificado el cuerpo.

—¿Está aquí el padre?

—Está en el hospital. A su mujer le ha dado un ataque. Y él tampoco parecía muy entero, la verdad.

—¿Hay algo ya?

—Al chaval le dispararon en la sien, con el agujero de salida en la coronilla. Hemos encontrado la bala. Aplastada, pero nos dará para saber el calibre.

—La pistola nada.

—No.

—¿Casquillos?

—No.

—¿Alguna corazonada?

—De momento nada.

Pero tanto Ramone como Rhonda y Loomis sabían que Wilkins ya se había imaginado un probable escenario y había eliminado algunas posibilidades. Lo primero que Wilkins supondría al ver a un adolescente negro con una herida mortal de bala sería «cosa de drogas». Un asesinato relacionado con el hampa, lo que algunos policías llamaban «limpiezas sociales». El darwinismo puesto en marcha por quienes estaban metidos en esa vida.

Wilkins habría considerado también la posibilidad de que hubiera sido un robo. Sólo que un chaval con esa edad y en aquella zona de la ciudad no podría llevar nada de mucho valor. Tal vez la cazadora North Face, las deportivas de cien dólares... pero todavía las llevaba puestas. De manera que el caso era dudoso. Le podrían haber atracado para robarle dinero o drogas. Pero eso les llevaba de nuevo al asunto de las drogas.

Tal vez, Wilkins pensó, la víctima había tonteado con la novia de otro fulano. O había dado esa impresión.

O podría haber sido un suicidio. Pero los chicos negros no se suicidaban, pensó Wilkins, de manera que no era probable. Además, no había arma. El chaval no podía haber escondido la pipa después de darse matarile.

—¿A ti qué te parece, Gus? —preguntó por fin—. ¿Estaba el chaval metido en drogas?

—No que yo sepa.

Bill Wilkins había adquirido el apodo de Garloo por su tamaño gigantesco, las orejas puntiagudas y la coronilla calva. Garloo era el nombre de un monstruo de juguete muy popular en la primera mitad de los años sesenta. A Wilkins le había bautizado así uno de los pocos veteranos con bastante edad para recordar a aquella criatura con taparrabos. El apodo le venía muy bien. Respiraba por la boca, su postura era encorvada, sus andares pesados. La primera impresión que daba era de ser medio hombre medio bestia. En la cantina tenían un medallón de papel con el nombre de Garloo pintado crudamente con rotulador, que Wilkins se colgaba del cuello cuando estaba borracho. Por las tardes solía rondar por allí.

A Wilkins le faltaban seis años por cumplir, de los veinticinco reglamentarios, y habiendo perdido las ganas y las esperanzas de ascender, sólo le quedaba la diluida ambición de mantener su rango y posición en la brigada. Y para ello necesitaba cerrar un número razonable de casos. Para él los casos difíciles eran maldiciones, no retos.

A Ramone le caía bastante bien. Otros policías de Homicidios acudían frecuentemente a él con problemas informáticos, puesto que Wilkins sabía de ordenadores y se le daban bien, y siempre estaba dispuesto a ayudar. Era un tipo honesto y bastante decente. Un poco cínico, pero no era el único. En cuanto a sus dotes investigadoras, como bien había dicho Rhonda, no tenía mucha imaginación.

—¿Testigos? —preguntó Ramone.

—De momento ninguno.

—¿Quién nos avisó?

—Una llamada anónima. Está grabada.

Ramone miró al agente apoyado contra el coche patrulla, un tipo alto, delgado y rubio. Estaba bastante cerca para oír la conversación. Ramone leyó automáticamente el número del vehículo, un hábito de sus tiempos de patrulla.

—Vamos a empezar a sondear —comentó Wilkins, atrayendo de nuevo la atención de Ramone.

—Aquello de allí es McDonald Place, ¿no? —preguntó Ramone, señalando la calle residencial al fondo del jardín.

—Serán las primeras puertas que probemos.

—Y la iglesia.

—Saint Paul's Baptist —dijo Rhonda.

—También —aseguró Loomis.

—En el refugio de animales hay trabajadores nocturnos, ¿no? —inquirió Ramone.

—Hay bastante terreno que cubrir —dijo Wilkins.

—Podemos echar una mano —ofreció Ramone.

—Pues bienvenidos a la fiesta —repuso Wilkins.

—Voy a echar un vistazo al cuerpo —dijo Ramone—, si no os importa.

Ramone y Rhonda Willis se alejaron. Al pasar junto al coche patrulla, el agente se dirigió a ellos.

—Oigan, detectives...

—Sí, ¿qué pasa? —contestó Ramone, volviéndose hacia él.

—Me preguntaba si había aparecido ya algún testigo.

—De momento no —contestó Rhonda.

Ramone leyó la placa del agente y le miró a los ojos azules.

—¿Tiene usted aquí alguna función?

—Estoy para ayudar en lo que haga falta.

—Pues hágalo. Que no se acerque nadie al cuerpo, ¿de acuerdo? Ni mirones, ni periodistas.

—Sí, señor.

—Has estado un pelín cortante, ¿no, Gus? —comentó Rhonda, mientras atravesaban el jardín.

—Los detalles de esta investigación no son asunto suyo. Cuando yo iba de uniforme no se me habría ocurrido siquiera tener tanto descaro. Si estás con un superior, cierras la boca a menos que te pregunten.

—A lo mejor es un tipo ambicioso, nada más.

—Otra cosa que jamás se me pasó por la cabeza. La ambición.

—Pero te ascendieron de todas formas.

El cadáver no estaba muy lejos, cerca de un estrecho sendero. No se aproximaron demasiado para no alterar con su presencia la escena del crimen. Karen Krissoff, técnica de la policía científica, trabajaba en torno a Asa Johnson.

—Karen —saludó Ramone.

—Gus.

—¿Ya has sacado las impresiones? —preguntó Ramone, refiriéndose a huellas en la tierra blanda.

—Podéis acercaros —respondió Krissoff.

Ramone se agachó junto al cuerpo para examinarlo. No sintió náuseas mirando el cuerpo del amigo de su hijo. Había visto tantos cadáveres que ya no eran más que objetos inanimados, y apenas le afectaban. Sólo estaba triste y algo frustrado sabiendo que ya no se podía hacer nada.

Cuando terminó de examinar a Asa y los alrededores, se levantó con un gruñido.

—Hay quemaduras de pólvora —comentó Rhonda, que se había fijado antes de acercarse—. Disparo a quemarropa.

—Sí.

—Y hace bastante calor para llevar esa North Face.

Ramone no dijo nada. Estaba mirando hacia la carretera, más allá de los curiosos, los agentes y los técnicos. Había un Lincoln Town Car negro aparcado en Oglethorpe, y de pie junto a la puerta, un hombre con un traje negro. Era alto, delgado y rubio. Miró a los ojos a Ramone un instante, pero luego abrió la puerta del coche y se sentó al volante. Dio media vuelta y se alejó.

—¿Gus? —llamó Rhonda.

—La chaqueta sería nueva. Me imagino que se la acababa de comprar y estaba impaciente por lucirla —concluyó Ramone.

Rhonda Willis asintió.

—Sí, los chicos son así.

12

Conrad Gaskins salió de la clínica junto a la iglesia, entre Minnesota Avenue y Naylor Road, en Randle Highlands, Southeast. Llevaba una camiseta con manchas de sudor y unos desvaídos pantalones Dickies de color verde. Se había levantado a las cinco de la mañana para ir al punto de encuentro de Central Avenue, en Seat Pleasant, Maryland. Allí le recogía todas las mañanas un ex presidiario, uno de esos cristianos que consideraban su deber dar trabajo a hombres que estaban en la misma situación por la que ellos habían pasado. El punto de encuentro estaba cerca del domicilio que compartía con Romeo Brock, una casa de alquiler bastante ruinosa, de dos dormitorios, en una arboleda en Hill Road.

Brock le esperaba en el SS, en el parking de la clínica. Gaskins se metió en el coche.

—¿Has meado en el bote? —preguntó Brock.

—Ya se asegura de eso mi agente de la condicional. Dice que tengo que dar una muestra de orina todas las semanas.

—Puedes comprar orina limpia.

—Ya lo sé. Pero aquí casi te cachean antes de meterte en el baño. Aquí ese puto truco no vale. Por eso me mandan a esta clínica.

—De todas formas saldrá negativo.

—Pues sí. No me he metido ni siquiera un porro desde que salí.

Y hasta le sentaba bien. Incluso le gustaba el dolor de espalda al final de una honrada jornada de trabajo. Como si su espalda le recordara que había hecho algo decente.

—Vamos a que puedas lavarte un poco —dijo Brock—. Apestas, tío.

Tomaron Prince George's atravesando Southern Avenue, la frontera entre la ciudad y el campo, territorio comanche. Los criminales sabían que podían atravesar de un lado a otro aquella frontera con pocas posibilidades de ser detenidos, puesto que ningún cuerpo de policía tenía jurisdicción para cruzar. Habían intentado reclamar la ayuda de los Marshals federales y la oficina de Alcohol, Tabaco y Armas, pero de momento habían sido incapaces de coordinar los distintos cuerpos y agencias. Entre el aburguesamiento de la ciudad, que había desplazado a P. G. a muchos residentes de bajo salario, y la desorganización de las fuerzas de la ley, los barrios en torno a la línea del condado se habían convertido en un paraíso para los delincuentes, la nueva tierra sin ley del área metropolitana.

—¿Estás bien? —preguntó Brock.

—Cansado, nada más.

—¿Nada más? ¿Sólo cansado? No estarás preocupado por algo, ¿no? Porque ya sabes que lo tengo todo más que controlado.

—Ya te he dicho que sólo estoy cansado.

—Estás cabreado porque sigues fichado. Tienes que ir a mear en un bote de plástico y en cambio yo estoy libre.

—Hmp —gruñó Gaskins.

Su joven primo era todo bravuconadas y todavía no había visto el otro lado de la montaña. Gaskins había estado en ambas pendientes. Involucrado en el tráfico de drogas a muy temprana edad, había sido matón. Lo habían detenido por agresión con agravantes y posesión de armas, y cumplió condena en Lorton. Y cuando cerraron Lorton, le trasladaron fuera del estado. No había nada que quisiera revivir. Pero había prometido a su tía, la madre de Romeo Brock, que se mantendría al lado de su hijo cuidando de que no le pasara nada malo.

De momento había cumplido su promesa. Mina Brock le había criado desde pequeño, tras la muerte de su madre. Y no podía retractarse del juramento de sangre que le había hecho a una mujer tan buena como ella. Seguramente ahora estaría de rodillas, frotando la orina del baño de algún hotel o limpiando la mierda de las sábanas de alguien. Le había cuidado y alimentado, y cuando hizo falta intentó inculcarle algo de sensatez a bofetadas. Era una santa. Lo menos que Gaskins podía hacer por ella era cuidar de su hijo.

Pero Romeo no estaba bien. Se acercaba a una peligrosa línea y estaba a punto de cruzarla. Y aunque a Gaskins nada le habría gustado más que pasar de él, se sentía atrapado. Le ponía enfermo saber adónde lo llevaba Romeo, y aun así no podía marcharse.

Corrían hacia un precipicio en un coche sin frenos.

Gaskins se duchó y se cambió en el único baño de la casa, una estructura de una planta con un porche delantero y un camino particular de grava, oculta entre viejos arces, robles y un alto pino. Un gran tulípero crecía junto a la casa, y algunas ramas habían caído sobre el tejado. Todo el conjunto necesitaba reparaciones, nuevas tuberías y cables eléctricos, pero el dueño jamás se pasaba por allí. El alquiler era barato, de acuerdo con las condiciones de la casa, y Brock siempre pagaba a tiempo. No quería visitas, ni del casero ni de nadie.

Gaskins se puso una sudadera con capucha y se miró al espejo. El trabajo de jardinero le mantenía en forma. En la cárcel se había dedicado a hacer pesas, así que tampoco es que se hubiera abandonado. Era un tipo compacto, de piernas gruesas y fuertes. Había sido un buen jugador de fútbol en su juventud, tipo Don Nottingham, difícil de parar, difícil de tumbar. Había jugado de joven en la organización Pop Warner, pero se apartó del tema cuando empezó a pasar drogas con otros chicos en el barrio de Trinidad, donde se crio. El entrenador intentó que no se marchara, pero Gaskins era demasiado listo. Podía ganar mucho dinero, y todas las cosas que eso implica. Y así fue, durante una temporada. Podría haber sido un buen halfback, si hubiera seguido con el fútbol. Pero era demasiado listo.

Entró en la habitación de Brock, tan desordenada como la de un adolescente. Brock estaba sentado en la cama, comprobando las balas de una Gold Cup del cuarenta y cinco.

—¿Es nueva? —preguntó Gaskins.

—Sí.

—¿Qué ha pasado con la otra?

—La he cambiado por ésta.

—¿Y para qué tenías que traerla?

—Siempre voy armado a trabajar. Tú también vas a necesitar una pipa.

—¿Por qué?

—He hablado con el tío. Cara de Pez tiene algo para esta tarde—explicó Brook.

—¿Algo, qué algo?

—Algo bueno, no sé más. Dice que nos va a dar algo gordo.

—Yo ni siquiera debería meterme en el coche con alguien armado. Como nos registren, me voy al trullo de cabeza.

—Pues quédate. Ya encontraré refuerzos en otra parte.

Gaskins se lo quedó mirando. Brock iba derecho a la cárcel o a la tumba, y ninguna de esas opciones le importaba. Mientras dejara atrás una reputación, eso sí. Gaskins no podría impedirlo, pero aun así tenía que intentarlo.

—¿Qué tienes para mí? —preguntó.

Brock sacó un envoltorio de plástico de debajo de la cama. Dentro había una nueve milímetros automática.

—Una Glock Diecisiete —dijo Brock.

—Esta mierda es de plástico —repuso Gaskins.

—Es buena para la policía.

—¿De dónde la has sacado?

—Del tío de Landover, el de las armas.

Gaskins miró la pistola.

—¿No hay número de serie?

—El tío lo ha borrado.

—Pues otra cagada. Ni siquiera hay que usar la puta pipa: te pillan con los números borrados y vuelves al talego acusado de delito grave.

—¿A qué coño viene tanto remilgo?

—Intento enseñarte algo.

Gaskins sacó el cargador, apretó la última bala con el pulgar y sintió la presión del muelle. Luego volvió a meter el cargador con la palma de la mano. Se puso la pistola a la espalda, en el cinto del pantalón, para poder sacarla con la mano derecha. Era una sensación familiar contra la piel.

—¿Listo? —preguntó.

—Así me gusta —replicó Brock.

A Ivan Lewis le habían llamado Cara de Pez casi toda su vida a causa de su rostro alargado y porque con sus ojazos podía ver a los lados sin tener que mover la cabeza. No es que pareciera de verdad un pez, sino más bien la versión dibujos animados de un pez. Incluso su madre, hasta el día de su muerte, le había llamado Pez.

Volvía de casa de su hermana por Quincy Street, en Park View, fijándose en lo que los nuevos propietarios habían hecho con las casas que conocía de toda la vida. Jamás pensó que Park View llegara a aburguesarse, pero en cada manzana había pruebas de ello. Jóvenes negros e hispanos y algún que otro pionero blanco reformaban a plazos aquellas viejas casas. Joder, un par de blancos habían abierto una pizzería en Georgia ese mismo año. Los blancos montando de nuevo negocios en View, eso era algo que Cara de Pez jamás creyó llegar a ver.

No es que los camellos se hubieran marchado. Todavía había bastante trapicheo a ese lado de Georgia, sobre todo en Section Eights, en Morton. Y los hispanos habían copado gran parte del tramo occidental de la avenida, hasta Columbia Heights. Pero los propietarios de inmuebles hacían mejoras, casa por casa.

Cara de Pez Lewis se preguntó cómo un hombre como él podría seguir subsistiendo en la ciudad. Una vez que la gente invirtiera dinero en las casas, no querrían ver al lumpen paseando delante de sus propiedades, ni siquiera por las aceras públicas. Esa gente votaba, así que podía promover cambios. Ahora había políticos, como ese tipo ambicioso de piel clara, el diputado de la zona de Georgia, que intentaban promulgar leyes contra vagos y maleantes y pretendían prohibir hasta comprar una lata de cerveza. Joder, no todo el mundo quería o se podía permitir un paquete de seis. Sus amigos le preguntaban: «¿Y cómo van a discriminar?» Y Cara de Pez les decía que, con dinero y poder, desde luego que era posible. Al blanquito ese en realidad no le importaba un pimiento que la peña anduviera haciendo el vago, y le daba igual que cualquiera quisiera pillar una birra una noche de verano. Pero se presentaba para alcalde, y no había más.

Cara de Pez se metió en un callejón detrás de Quincy, junto a Warder Place. Allí, parado al fondo, había un Impala SS. Le esperaban en el sitio de siempre.

Cara de Pez no tenía un trabajo fijo. Sacaba unos dólares vendiendo información. Los yonquis eran perfectos para esa tarea. Iban a sitios donde otros no podían ir. Oían más rumores relacionados con drogas y asesinatos que el telégrafo del gueto de las calles y la barbería. Los drogadictos parecían inofensivos y patéticos, pero tenían oídos, un cerebro y una boca para hablar. Los adictos, los camellos, las prostitutas, estaban metidos hasta el fondo, y eran los mejores informantes de la calle.

Cara de Pez tenía algo esa mañana. Se lo había oído a un chico que conocía, que trabajaba cortando droga en LeDroit. El chaval había comentado que al día siguiente llegaba de Nueva York un cargamento de nieve pura, que lo iba a distribuir un tipo que quería entrar en el juego pero que todavía no lo había conseguido del todo. Aún no estaba relacionado con una red, lo que llamaban un consorcio. Un independiente que no tenía a nadie que le cubriera la espalda, aparte de un tipejo que esperaba sacar algo de todo aquello.

Cara de Pez estaba deseando salir del sótano de su hermana. Había sido la casa de su madre, pero la hermana se las había apañado para quedarse con todo, la casa y la herencia, con la ayuda de un abogado. Como tenía algo de conciencia le había dejado una habitación abajo, gratis, pero sin derecho a cocina y con un candado en la puerta que llevaba al primer piso. No había mucho más que un colchón, un fogón eléctrico para cocinar, un ventilador y un váter y una ducha. Y estaba plagado de cucarachas. Aunque Cara de Pez entendía que le tratara como un perro al que no se le deja entrar en casa. Con todo lo que había decepcionado a su familia, lo entendía. Pero ningún hombre debería vivir así, ni siquiera un yonqui acabado como él.

La información que tenía era su pasaporte para salir de esa situación. Esa mañana se estaba metiendo jaco con aquel camello cuando al colega le dio por largar. De hecho, acababa de darle a la chuta cuando oyó la noticia. Esperaba haber oído bien.

Cara de Pez se metió en el asiento trasero del SS.

—Charlie, pedazo de atún —dijo Brock, sentado al volante. Le miraba por el retrovisor sin volver la cabeza—. ¿Qué tienes para nosotros, tío?

—Algo —contestó Cara de Pez. Le gustaba el melodrama de ir soltándolo despacio. Además, Romeo Brock no le caía bien. Un creído, siempre mirando al personal por encima del hombro. El silencioso, su primo mayor, era un buen tío. Y más hombre que el bocazas de Brock.

—Pues habla, que estoy hasta los huevos de chorradas. Hasta los cojones de robarles chatarra a los niños —le apremió Brock.

—Es lo tuyo. Robar a independientes sin protección. Casi siempre son chavales. Si fueran hombres, qué coño, estarían conectados y te darían por culo —dijo Cara de Pez.

—Ya te digo que estoy dispuesto a subir de categoría.

—Vale, pues tengo algo.

—Suéltalo —dijo Brock.

—Es un tal Tommy Broadus. El tronco va de pez gordo, pero acaba de empezar. Fue a la casa de trapicheo donde curra mi colega, para preguntar precios y eso. Dice que le va a llegar nieve. Me he enterado de que es mañana. Mi colega dice que al tío se le puede entrar.

—¿Y qué? Yo no quiero puta droga. ¿Tengo yo cara de camello, joder?

—El tío tendrá que pagar el paquete, ¿no? Si va a mandar un correo a Nueva York tendrá que llevar pasta, ¿no? Con lo verde que está no tendrá crédito con la conexión de Nueva York.

—¿Y los gorilas? —preguntó Gaskins.

—¿Eh?

—Hasta un aficionado como él tendrá a alguien que le cubra, ¿no?

—Eso es cosa vuestra, colega. Yo paso de ese rollo. Yo lo que digo es que de casa de ese tío va a salir pasta gansa esta tarde, y luego entrará el perico. No digo más —explicó Cara de Pez.

—¿Cuándo? —quiso saber Brock.

—Cuando anochezca, pero no muy tarde. A los correos no les gusta hacer el trayecto por la Noventa y cinco cuando hay poco tráfico. Por si hay algún control, supongo.

—¿Dónde vive ese tipo?

Cara de Pez Lewis le pasó un papel. Brock lo leyó y se lo metió en el bolsillo de su camisa de rayón.

—¿Cómo has conseguido la dirección? —preguntó Gaskins.

—Mi colega lo buscaría en la guía o yo qué sé. Yo me apalanqué en la calle y le vi entrar y salir de su casa. Está en una zona residencial. Muy tranquilo aquello.

—Una cagada, dejar que le pillaran así de fácil.

—Lo que yo digo. A un tío tan pringado se le puede pillar bien.

—¿De dónde saca la pasta? —preguntó Gaskins pensativo.

—Pues pasando el material —improvisó Cara de Pez, aunque con voz de saberlo bien—. No puede ser su primera compra.

—Lo que pregunto es cómo sabemos que a este panoli no le respalda algún pez gordo.

—Porque mi colega el díler dice que andaba fardando de que está solo.

Gaskins miró a Brock. Notaba en su mirada ansiosa que su primo ya había decidido ir a por ello.

Estaría viendo ya el dinero, sintiéndolo entre los dedos, gastándoselo en ropa y mujeres, en un traje rojo. Lo que no hacía era pensar.

—¿Cómo es? —preguntó Gaskins.

—¿Cómo?

—A ver si vamos a equivocarnos de tío.

—Dice mi colega que está gordo. Demasiado viejo para la movida, pero supongo que habrá empezado tarde. Se presentó en el cuartel con una tía bastante buena. Y menuda lengua. Se pasaron todo el rato discutiendo por chorradas.

—¿Alguien más?

—Mi colega no habló de nadie más.

—Si esto sale bien, te va a caer algo bueno —prometió Brock—. Para comprarte una sirena o lo que te salga de los huevos.

Cara de Pez forzó una sonrisa. Tenía los dientes podridos y la cara llena de cicatrices.

—Dime, ¿a un pez también le huelen los chichis a pescado? —preguntó Gaskins.

—Todos —contestó Cara de Pez, que no había estado con una mujer limpia desde hacía años.

—Lárgate. Ahora es cosa nuestra.

Cara de Pez salió del coche, agarrándose los pantalones. Brock y Gaskins le observaron alejarse por el callejón. Un pitbull le ladró furioso tras una verja.

—¿Qué te parece? —preguntó por fin Brock.

—Me parece que no sabemos una mierda.

—Sabemos lo suficiente para plantarnos en casa de ese tío a ver qué pillamos.

—Yo no pienso quedarme hasta tarde. Tengo que estar en el trabajo al amanecer.

Brock marcó un número en su móvil.

13

Ramone, Rhonda Willis, Garloo Wilkins y George Loomis recorrieron metódicamente todas las casas de la corta manzana de McDonald Place, interrogando a los que encontraban en casa siendo un día laborable, y dejando tarjetas para los ausentes. Ramone anotaba los detalles pertinentes de sus conversaciones en un pequeño cuaderno de espiral del mismo tipo que llevaba usando muchos años.

De las entrevistas no surgió nada significativo. Una anciana dijo que por la noche la había despertado un ruido, creía que era una rama rompiéndose, pero no sabía a qué hora, puesto que se volvió a dormir sin molestarse en mirar el reloj. Nadie había visto nada sospechoso. Con excepción de la anciana, al parecer todo el mundo había dormido de un tirón.

La iglesia baptista en la esquina de la manzana, donde cruzaba South Dakota, estaba vacía por la noche.

Wilkins y Loomis habían hablado por teléfono con el turno nocturno del refugio de animales. Más tarde hablarían con los trabajadores cara a cara, pero las conversaciones preliminares indicaban que nadie había visto ni oído nada relacionado con la muerte de Asa Johnson.

—No me extraña —comentó Wilkins—. Con los putos perros que tienen ahí ladrando como posesos.

—Ahí dentro no se oye una puta mierda —convino George Loomis.

—Todavía hay gente de McDonald Place con quien no hemos hablado —terció Rhonda—. Llegarán más tarde del trabajo.

—Supongo que el ayuntamiento o la comunidad o quien quiera que controle el jardín tendrá una lista de la gente que trabaja en cada huerto —dijo Ramone.

—No creo que vengan a plantar nabos en plena noche, Gus —dijo Wilkins.

—Nunca se sabe —repuso Rhonda, repitiendo una de sus muletillas más utilizadas.

—No hay que dejar piedra sin remover —contribuyó Ramone con otra de las suyas.

—Conseguiré la lista —se ofreció Wilkins.

Rhonda se miró el reloj.

—Vas al centro para la comparecencia, ¿no?

—Sí —contestó Ramone—. Y tengo que llamar a mi hijo.

Gus Ramone echó a andar por un sendero que cruzaba el jardín. Atravesó huertos decorados con adornos y señales hechas a mano con títulos como *I Heard It Through the Grapevine, Let It Grow* y *The Secret Life of Plants*. Había móviles que giraban en la brisa y banderines. Por fin salió del jardín cerca de su coche.

Se metió en el Impala y se quedó mirando por el parabrisas. El tipo que estaba junto a su Town Car vestido con corbata era Dan Holiday. De eso no había duda. Ramone había oído que Holiday había montado una especie de servicio de limusinas después de dejar la policía. Su aspecto había cambiado muy poco desde que los dos llevaban el uniforme. Había echado una barriguita algo cómica, pero aparte de eso estaba igual. La cuestión era: ¿qué estaba haciendo allí? A Holiday le encantaba ser policía. Seguramente era uno de esos patéticos ex agentes que escuchaban por radio la frecuencia de la policía mucho después de haber entregado la pistola y la placa. Tal vez a Holiday le estaba costando olvidar su antigua vida. Bueno, lo tenía que haber pensado antes de cagarla.

La imagen de Holiday se desvaneció. Ramone pensó en

Asa Johnson y en el terror que habría sentido en sus últimos momentos. Pensó en sus padres, Terrance y Helena. Visualizó el nombre de Asa y se dio cuenta de que se leía igual del derecho y del revés. Se quedó allí un rato dándole vueltas al tema. Y por fin se acordó de su hijo.

Puso el motor en marcha y se dirigió hacia el centro.

Holiday miraba fijamente su copa. Bebió un sorbo y luego otro antes de dejarla sobre la barra. No debería haber ido al escenario del crimen. Había sido curiosidad, nada más.

—Cuéntanos algo, Doc —pidió Jerry Fink.

—Nada que contar —replicó Holiday. Ni siquiera recordaba cómo se llamaba la mujer que se había tirado la noche anterior.

Bob Bonano volvió de la jukebox. Acababa de echar unas monedas y ahora se bamboleaba al ritmo de la lastimera armónica y los primeros compases solemnes de *In the Ghetto*.

—Elvis —dijo Jerry Fink—. Intentando hacer crítica social. Alguien le engañó y le hizo creer que era Dylan.

—Sí, pero ¿de quién es esta versión? —preguntó Bonano.

Una mujer empezó a cantar el primer verso. Fink y Bradley West, sentados junto a Holiday, cerraron los ojos.

—Es la titi esa que cantaba Band of Gold —dijo Jerry Fink.

—No —dijo Bonano.

Holiday no atendía a la canción. Estaba pensando en Gus Ramone, junto al cuerpo del chico. Tenía una guasa del carajo que le hubieran encargado el caso a Ramone.

—Hizo también esa canción de Vietnam —declaró West—. *Bring the Boys Home*, ¿no?

—Ésa era Freda Payne, y me da igual lo que hiciera —replicó Bonano. Sacudió un paquete de Marlboro Light hasta que sobresalió un cigarrillo—. No es ésta.

Holiday se preguntó si Ramone se habría dado cuenta de que el nombre del chico, Asa, se escribía igual al derecho y al revés. El nombre era un palíndromo de ésos.

—Entonces, ¿quién es, so listo? —preguntó Fink.

—Candi Stanton. —Bonano encendió el cigarrillo.

—Lo sabes porque lo has leído en la juke.

—A ver, por un dólar —dijo Bonano, ignorando a Fink—, ¿cuál fue el mayor éxito de Candi Stanton?

Holiday se preguntó si Ramone habría relacionado al chico con las otras víctimas con nombres palíndromos. Todos eran adolescentes, a todos los mataron de un tiro en la cabeza y los encontraron en jardines comunitarios en torno a la ciudad.

Ramone era bastante buen policía, aunque su empeño en seguir siempre las normas constituía un obstáculo. No tenía ni comparación con el policía que él mismo había sido. Le faltaba el don de comunicación de Holiday, para empezar. Y todos los años que Ramone pasó en Asuntos Internos, trabajando casi siempre detrás de una mesa, no le habían hecho ningún bien.

—Ni idea —dijo Fink.

—*Young Hearts Run Free* —contestó Bonano con una sonrisa de satisfacción.

—Querrás decir *Young Dicks Swing Free* —dijo Fink.

—¿Cómo?

—Es un tema disco de ésos. Te tenía que gustar —repuso Fink.

—Yo no he dicho que me gustara. Y me debes un dólar, judío de mierda.

—No tengo un dólar.

Bonano le dio una colleja.

—Pues, entonces, toma.

Holiday apuró la bebida y dejó el dinero en la barra.

—¿A qué viene tanta prisa, Doc? —preguntó West.

—Tengo trabajo —contestó Holiday.

Ramone asistió a la comparecencia del caso Tyree, volvió a la escena del crimen, realizó más interrogatorios a posibles testigos, llevó a Rhonda Willis de vuelta a la VCB, llamó a

Diego y luego cogió su propio coche, un Chevy Tahoe gris. Llegó a su barrio, pero no a su casa. Su turno había terminado, pero la jornada todavía no.

Los Johnson vivían en una modesta casa colonial de ladrillo, bien mantenida, en Somerset, al oeste del instituto Coolidge. Había coches aparcados a ambos lados de la calle: gente que habría acudido a dar el pésame, aportando algo de comida, para marcharse luego tan deprisa como había llegado. Más tarde se celebrarían un velatorio formal y el funeral, pero los parientes y amigos cercanos habían querido ofrecer una respuesta más inmediata. Nadie sabía realmente qué era lo apropiado en estas situaciones. Un guiso de pescado o una lasaña en la mano era una opción impotente pero segura.

A Ramone le abrió la puerta una mujer a la que no reconoció. Se identificó primero como amigo de la familia y en segundo lugar como oficial de policía. Había gente en el salón, unos con las manos en el regazo, otros charlando en voz queda, y otros en completo silencio. Deanna, la hermana pequeña de Asa, estaba sentada en la escalera con un par de niñas. Primas, imaginó Ramone. Deanna no estaba llorando, pero parecía confusa.

—Ginny —se presentó la mujer, estrechándole la mano—. Virginia. Soy la hermana de Helena, la tía de Asa.

—Lo siento muchísimo. —En efecto, Ginny se parecía mucho a Helena, la misma complexión fuerte y masculina y la perpetua expresión preocupada, como si llevara sobre sus hombros el peso de saber que algo horrible estaba a punto de suceder, que disfrutar del momento sería una pérdida de tiempo—. ¿Ha vuelto Helena del hospital?

—Está arriba en la cama, sedada. Helena quería estar con su hija.

—¿Y Terrance?

—En la cocina, con mi marido. —Ginny le puso la mano en el brazo—. ¿Han encontrado ya algo?

Ramone movió ligeramente la cabeza.

—Perdone.

Atravesó un corto pasillo hasta la pequeña cocina al fondo de la casa. Terrance Johnson estaba sentado con alguien ante una mesa redonda, bebiendo cerveza de lata. Johnson se levantó para saludar a Ramone. Chocaron las manos y unieron los hombros, mientras Ramone le daba unas palmadas en la espalda.

—Te acompaño en el sentimiento. Asa era un chico estupendo.

—Sí. Mira, te presento a Clement Harris, mi cuñado. Clement, éste es Gus Ramone.

Clement le estrechó la mano sin levantarse.

—Asa era amigo del hijo de Gus. Gus es policía, trabaja en Homicidios.

Clement Harris masculló algo.

—¿Una cerveza? —preguntó Johnson, con la mirada algo desenfocada.

—Sí, gracias.

—Yo me voy a tomar otra. —Johnson echó atrás la cabeza y apuró su lata—. No es que me quiera emborrachar ni nada.

—Lo entiendo. Venga, vamos a tomarnos una cerveza, Terrance.

Johnson tiró la lata vacía a la basura y sacó de la nevera dos cervezas de una marca que Ramone no habría comprado ni bebido. En la nevera había imanes con fotos de los niños: Deanna jugando en la nieve, Deanna vestida de gimnasia, Asa muy serio después de un partido, con el uniforme y los protectores de fútbol, y con un balón en la mano.

—Vamos fuera —sugirió Johnson. Dejaron a Clement en la mesa de la cocina sin más conversación.

La cocina daba a un estrecho patio trasero que lindaba con un callejón. Johnson no tenía ningún interés en la jardinería, por lo visto, y su mujer tampoco. El patio estaba lleno de malas hierbas, basura y cajas de cartón, y rodeado por una verja metálica oxidada.

Ramone dio un trago a la cerveza. Apenas tenía gusto, y seguramente tampoco graduación. Se detuvieron en la mitad de un resquebrajado camino de piedra que llevaba al callejón.

Johnson era un poco más bajo que Ramone, de cuerpo fornido y una cabeza cuadrada acentuada por un peinado pasado de moda, corto por detrás y por los lados y gomina arriba. Tenía los dientes pequeños y puntiagudos, como colmillos en miniatura. Los brazos le colgaban del tronco como los lados de un triángulo.

—Dime lo que habéis averiguado —pidió, con la cara muy cerca de Ramone. Le olía el aliento a alcohol y Ramone supo que había estado bebiendo algo más que el aguachirle aquel.

—Todavía nada.

—¿Se ha encontrado el arma?

—No.

—¿Cuándo empezaréis a saber algo?

—Lleva su tiempo. Es un proceso metódico, Terrance.

Ramone esperaba poder aplacar con sus palabras a Johnson, que trabajaba de analista o algo así para la oficina del censo. Ramone casi nunca sabía qué hacía exactamente la gente que trabajaba para el estado, pero estaba al corriente de que la labor de Johnson tenía que ver con números y estadísticas.

—¿Y ahora qué hacéis, estáis buscando testigos?

—Estamos interrogando a posibles testigos. Llevamos en ello todo el día, y seguiremos. Hablaremos con los amigos y conocidos de Asa, con sus profesores, con cualquiera que le conociera. Mientras tanto esperamos los resultados de la autopsia.

Johnson se enjugó la boca con la mano.

—¿Van a rajar a mi chico? —preguntó con voz ronca—. ¿Por qué tienen que hacer eso, Gus?

—Es difícil hablar de esto, Terrance. Ya sé que te resulta muy duro. Pero la autopsia nos dará muchas pistas. Además, lo requiere la ley.

—No puedo...

Ramone le puso la mano en el hombro.

—Entre los interrogatorios a los testigos, el trabajo de laboratorio, los informantes, todo, empezaremos a estructurar el caso. Vamos a atacar desde todos los frentes, Terrance, te lo prometo.

—¿Y yo qué puedo hacer? ¿Qué puedo hacer ahora mismo?

—Lo que tendrás que hacer ahora es venir a la morgue del D.C. General, mañana entre las ocho y las cuatro. Necesitamos que hagas una identificación oficial.

Johnson asintió distraído. Ramone dejó la lata en el suelo y sacó de la cartera dos tarjetas.

—Ofrecemos también ayuda psicológica, si la necesitáis —comentó—. Tu mujer tiene derecho a ella, y tu hija también. La Unidad de Atención a la Familia está a vuestra disposición. Ahí en la tarjeta está el número. Trabajan con nosotros en las oficinas de la VCB. A veces es difícil que los detectives puedan estar en contacto con vosotros, así que los de la Unidad de Ayuda os pueden ir informando de los progresos en la investigación y daros algunas respuestas, si las tienen. La otra tarjeta es la mía. Ahí tienes el número del trabajo y mi móvil.

—¿Qué puedo hacer hoy?

—Todas las visitas que tenéis vienen con buena intención, ya lo sé. Pero no dejes que invadan toda la casa. Si tienen que usar el baño, que vayan al de invitados, no al de arriba. Y que nadie entre en la habitación de Asa, excepto tú o tu mujer. Vendremos a hacer una inspección a fondo.

—¿Qué buscáis?

Ramone se encogió de hombros. No había razón para mencionar posibles pruebas de actividad delictiva.

—No lo sabremos hasta que vengamos. Además tendremos que hablar con vosotros. Con Helena y Deanna también, en cuanto estén preparadas.

—El detective Wilkins ya ha hablado conmigo.

—Pues tendrá que hablar contigo otra vez.

—¿Por qué él y no tú?

—Bill Wilkins es el encargado del caso.

—¿Estará a la altura?

—Es un buen policía. Uno de los mejores que tenemos.

Terrance vio la mentira en sus ojos, y Ramone apartó la vista y dio un trago a la cerveza.

—Gus.

—Lo siento, Terrance. No me puedo ni imaginar lo que estás pasando.

—Mírame, Gus.

Ramone le miró a los ojos.

—Averigua quién ha hecho esto.

—Vamos a hacer todo lo posible.

—No me refiero a eso. Te estoy pidiendo un favor personal. Quiero que encuentres al animal que ha matado a mi hijo.

Ramone le dio su palabra.

Para cuando terminaron las cervezas, el cielo se había nublado y comenzaba a lloviznar. Pero se quedaron allí dejando que la lluvia les refrescara la cara.

—Dios está llorando —dijo Terrance Johnson, en apenas un susurro.

Para Ramone era sólo lluvia.

14

Romeo Brock y Conrad Gaskins aparcaron a la entrada de un patio, en una de las calles llenas de flores y árboles de la parte alta de la ciudad, en Shepherd Park. No era la mejor zona del barrio, sino una sección algo menos moderna, al este de la avenida. En el patio se alzaba un grupo de casas semiadosadas de dos plantas y edificios coloniales con los revestimientos gastados y barrotes en las puertas y ventanas de la planta baja.

La casa de Tommy Broadus estaba más fortificada que las demás, con barrotes también en el piso superior. Sobre la puerta principal habían instalado luces con sensores que se activaban con el movimiento en la acera. El jardín estaba pavimentado para acoger dos coches, dejando sólo una pequeña tira de césped. En el camino se veían un Cadillac CTS negro y un descapotable Solara rojo.

—Está su mujer —dijo Brock.

—El descapotable será su coche.

—Un hombre no conduciría un Solara. A no ser que le vaya lo de chupar pollas. Ese trasto es lo que una tía considera un coche deportivo.

—Vale. Pero el Cadillac será suyo. —Gaskins entornó los ojos—. Y tiene la versión V.

—Eso no es un Caddy —aseguró Brock—. Un Cadillac es un El-D del setenta y cuatro. Eso es un Cadillac. Pero eso de ahí no sé ni lo que es.

Gaskins casi sonrió. Su primo pensaba que el mundo se había parado en los años setenta, cuando tipos como Red Fury en D.C. y un tal Perro Loco en Baltimore eran leyendas callejeras. Y también había hombres de negocios como Frank Matthews en Nueva York, un negro que venció a los italianos en su propio juego, traficando desde una fortaleza armada conocida como La Ponderosa y dueño de una finca en Long Island. Romeo habría dado cualquier cosa por haber vivido esos tiempos y haberse codeado con alguno de ellos. Vestía pantalones ajustados y camisas sintéticas. Hasta fumaba Kool como tributo a la época. También habría llevado melena si pudiera. Pero tenía una gran calva en la coronilla y le había quedado fatal. De manera que llevaba la cabeza afeitada.

—Estoy harto de esperar —dijo Gaskins.

—Acaba de anochecer. Si va a venir el correo, estará al caer. Como ha dicho Cara de Pez, a estos tíos les gusta rular ya de noche, pero no demasiado tarde para no destacar.

—Según Cara de Pez.

—Tiene nombre de gilipollas, pero eso no significa que no tenga razón.

Poco más tarde llegó un coche por la calle y aminoró al acercarse a los bloques. Brock y Gaskins se agacharon cuando el coche pasó por delante y aparcó, como muchos otros vehículos, en la cuneta. Era un Mercury Sable, hermano del Ford Taurus.

—¿Qué te había dicho? Cara de Pez ha atinado de momento —dijo Brock.

Brock fue a abrir la portezuela.

—¿Qué haces?

—Pues ir a darle caña.

—Igual lleva pipa, y lo único que consigues es una pelea a tiros en la calle.

—Entonces, ¿qué hacemos?

—Piensa, chico. Esperamos a que salga, y si va con la pasta, le entramos.

—Pues seguirá llevando el arma, si la lleva ahora.

—Pero llevará también algo por lo que valga la pena arriesgarse.

Un joven de ropa limpia pero no llamativa salió del Mercury para dirigirse a la casa, hablando por el móvil y mirando a su alrededor. No vio a los hombres del Impala, puesto que sus cabezas apenas eran visibles sobre el salpicadero y el coche estaba aparcado lejos, a la entrada del patio. Las luces de seguridad de la casa se activaron y la cancela se abrió en cuanto se acercó. La puerta principal se abrió también y el hombre entró en la casa.

—¿Lo has visto? —preguntó Gaskins.

—No había nadie en la puerta.

—Exacto. Llamó por teléfono y se abrió sola. Automática.

—Huele a dinero —dijo Brock.

—Espera.

Aguardaron otra media hora. Cuando volvió a abrirse la puerta de la casa no salió el hombre del Mercury, sino una mujer alta y pechugona de pelo rizado. Llevaba un bolsito en una mano y un móvil en la otra.

—Uh.

—No hemos venido a eso —declaró Gaskins.

—Ya, pero joder...

La vieron meterse en el Solara y salir marcha atrás del camino particular.

—Y ahora no me digas que me espere —saltó Brock—. Esa tía nos va a colar en la casa.

Gaskins no protestó. Cuando el Solara pasó de largo, Brock puso en marcha el SS, encendió los faros, dio media vuelta y siguió a la mujer hasta el cruce con la calle Octava. Cuando ella aminoró en la señal de stop, Brock aceleró, adelantó al Solara y se le cruzó bruscamente delante. Luego salió del coche de un brinco y fue a la parte trasera del Chevy, sacándose ya el Colt. Ella bajó la ventanilla y Brock ya la estaba oyendo ponerse chula cuando se acercó al Toyota y le apuntó a la cara con la pistola. La mujer abrió sus bonitos ojos castaños en expresión de sorpresa. Pero no parecía asustada.

—¿Cómo te llamas, nena?

—Chantel.

—Suena francés. ¿Adónde ibas, Chantel?

—A por tabaco.

—No te va a hacer falta. Tengo de sobra.

—¿Piensas robarme?

—A ti no, a tu hombre.

—Pues entonces deja que me vaya.

—Tú no vas a ninguna parte. Vuelves para la casa. —Brock hizo un movimiento con el cañón de la pistola—. Venga, sal de ahí.

—No tienes por qué hablarme así.

—Por favor... sal del puto coche.

Chantel apagó el motor y salió del Toyota. Le dio las llaves a Brock, que se las tiró a Gaskins, que se acercaba con cinta adhesiva en la mano libre.

—Mi compañero lo llevará de vuelta. Tú te vienes conmigo —aclaró Brock.

—Oye, si me vas a matar dispara ya. No quiero que me pongas esa cinta en la cara.

Brock sonrió.

—Tengo la sensación de que nos vamos a llevar bien.

La mujer le miró de arriba abajo.

—Pareces un demonio. ¿No te lo han dicho nunca?

—Una o dos veces.

Fue fácil entrar en la casa. Chantel Richards llamó a su novio, Tommy Broadus, desde fuera y él pulsó un botón en el control remoto del salón, donde estaba con su correo, un joven llamado Edward Reese. Chantel, Brock y Gaskins entraron nada más abrirse la puerta.

Llegaron al salón con la pistola en la mano. Tommy Broadus estaba sentado en una enorme butaca de cuero, con un whisky o algo de color ámbar en la mano. Edward Reese, vestido con un polo Rocawear, unos tejanos holgados y unas Timberland, se encontraba en una butaca parecida, al otro lado de una mesa de mármol con forma de riñón. Bebía un licor de tono parecido. Ninguno se movió. Gaskins los cacheó rápidamente y no encontró nada.

Brock anunció que venían a robar.

—Eso lo ve hasta Clarence Carter —replicó Broadus. Llevaba cadenas en el pecho, anillos en los dedos y su culo desbordaba la butaca—. Pero no tengo nada de valor.

Brock alzó la pistola. Chantel Richards se puso tras él. Brock disparó contra un ornamentado espejo de marco de pan de oro que colgaba sobre una chimenea de falsos leños. El espejo explotó arrojando cristales por toda la sala.

—Ahora tienes menos todavía —dijo Brock.

Todos esperaron a que les dejaran de pitar los oídos y el humo se despejara. Era un salón muy agradable, de lujosos detalles, con muebles de Wisconsin Avenue y estatuas de mujeres desnudas con jarrones sobre los hombros. Sobre una mesa de hierro y cristal, un televisor de plasma, el modelo Panasonic más grande, bloqueaba casi toda una pared. Otra estaba ocupada por una estantería cargada de volúmenes encuadernados en cuero. En medio del mueble había una alacena con un enorme acuario iluminado en el que nadaban diversas especies tropicales. Sobre el acuario había un espacio vacío.

—Átalos —ordenó Brock.

Gaskins le tendió su pistola, que Brock se metió en el cinto, sin dejar de apuntar a Broadus con el Colt.

Mientras Gaskins inmovilizaba con la cinta a Broadus y a Reese, Brock se acercó al mueble bar situado cerca del televisor. Broadus tenía a la vista varios licores caros, incluidas algunas botellas de Rémy XO y Martell Cordon Bleu, y debajo, en una plataforma separada, botellas de Courvoisier y Hennessey.

Brock buscó un vaso y se sirvió un Rémy.

—Es el XO —comentó Broadus, que parecía alterado por primera vez.

—Por eso me lo he puesto.

—Lo que digo es que no vas a notar la diferencia. No hay razón para que te sirvas un coñac de ciento cincuenta dólares la botella.

—¿No crees que vaya a notar la diferencia?

—Palurdo —dijo Edward Reese con una sonrisa.

Brock le clavó la mirada, pero la sonrisa no vaciló.

—Tápale también la boca al chaval.

Gaskins obedeció y luego se apartó. Brock bebió un trago de coñac y le dio vueltas en la copa mientras dejaba que el gusto se asentara en su lengua.

—Muy bueno —comentó—. ¿Quieres una copa, tío?

—No, gracias —contestó Gaskins.

Brock le devolvió la Glock.

—Muy bien. A ver, gordo, ¿dónde tienes el material? —preguntó Brock.

—¿El material?

—Sólo la pasta. No quiero drogas.

—Ya te he dicho que no tengo nada.

—Oye, ya has visto que no me cuesta nada usar la pipa. Como no te pongas a cantar ya mismo, voy a tener que usarla de nuevo.

—Haz lo que te dé la gana. Yo no pienso decir nada.

Brock bebió otro trago, dejó la copa y se acercó a Chantel Richards. Le acarició lentamente la mejilla con el dedo. Ella respondió con calidez al tacto y apartó la cabeza.

Broadus no mudó la expresión.

—Te voy a dar a elegir. O me das el dinero o me voy a follar a Chantel en tus narices, ¿entendido? ¿Qué te parece?

—A tu aire. Por mí como si invitas a todo el puto barrio. Os la podéis follar todos por turnos.

A Chantel le llamearon los ojos.

—Hijo de puta.

—¿No la quieres? —preguntó Brock.

—Joder. La mayoría de las veces ni siquiera me gusta esa zorra.

Brock se volvió hacia Gaskins.

—Ponle una copa a la dama.

—¿Qué te apetece, chica? —preguntó Gaskins.

—Martell. Que sea el Cordon Bleu.

Brock y Chantel estaban sentados en una cama king-size del dormitorio principal, en el piso superior. Sobre la cómoda había varias cajas ornamentadas que debían de ser joyeros. Por la puerta abierta del vestidor se veían muchos trajes, una ordenada hilera de zapatos y un juego de maletas de lujo. Chantel bebió un sorbo de coñac, cerró los ojos y repitió la operación.

—Sí que es bueno —comentó—. Ciento noventa dólares la botella. Siempre me pregunté a qué sabría.

—No lo habías probado, ¿eh?

—¿Tú crees que me iba a dejar probarlo?

—¿El tío ese no cuida de su mujer? Y sobre todo de una tía como tú. Da que pensar.

—Lo único que a Tommy le importa es esta casa y toda la mierda que ha comprado para decorarla.

—¿Son tus joyas? —preguntó Brock, señalando con la cabeza hacia la cómoda.

—Son suyas. A mí no me compra nada. Eso sí, el coche que has visto sí que es mío. Lo pago todos los meses. Yo trabajo.

—¿Qué más tiene?

—Un huevo.

—¿Un huevo?

—Uno de esos huevos Fabergé, según dice él. Lo compró en la calle. Yo ya le dije que en la puta calle no hay huevos Fabergé, pero él dice que es auténtico.

—Yo no quiero ningún huevo falso. Estoy hablando de dinero.

—Tiene dinero, pero vete a saber dónde.

—El chico que está ahí abajo con él, el listillo de la sonrisita, ha venido a recoger dinero, ¿no? Va de correo a Nueva York, a por droga, ¿no?

—Supongo.

—Pero no sabes dónde está la pasta.

—Tommy no me lo diría nunca. Supongo que no me quiere lo bastante.

—Pero adora sus cosas.

—Más que su vida.

Brock frunció los labios, su gesto habitual cuando estaba urdiendo un plan.

—Ahí delante no había mucho jardín —comentó.

—¿Eh?

—¿Hay césped en la parte trasera?

—Un poco.

—Y tendrá un cortacésped, ¿no?

—Sí, ahí fuera, en un cobertizo.

—Y no será eléctrico, ¿verdad? Porque ahora sería una putada que fuera eléctrico.

Gaskins sostenía la pistola con el brazo caído. Broadus y Reese estaban atados en sus butacas, y Reese además estaba amordazado.

Chantel se había servido otra copa y entre trago y trago se miraba las largas uñas pintadas.

Brock llegó de la parte trasera de la casa con un bidón de diez litros de gasolina.

—¿Q... qué piensas hacer con eso? —preguntó Broadus.

Brock sacó el tubo amarillo y abrió el tapón de presión y empezó a salpicar gasolina por toda la sala.

—No —dijo Broadus—. No, ni se te ocurra.

Brock echó gasolina sobre las estatuas de mujeres, salpicó los libros de cuero de las estanterías.

—Espera.

—¿Tienes algo que decir?

—Suéltame.

Gaskins sacó una navaja Buck y cortó la cinta que le ataba las muñecas y tobillos.

—¡Hijos de puta de mierda! —protestó Broadus, frotándose las muñecas.

—El dinero —pidió Brock.

—Soy un hombre arruinado. —Broadus se acercó al televisor y cogió uno de los tres mandos a distancia. Apuntó con él hacia el acuario y apretó un botón. El acuario empezó a subir sobre la base, dejando al descubierto un pequeño alijo de heroína bien empaquetada y lo que parecía ser una gran cantidad de dinero.

Brock se echó a reír, encantado. Los otros se quedaron mirando el botín con distintas emociones. Chantel se dirigió hacia las escaleras.

—¿Adónde vas? —preguntó Brock.

—A por algo para meter el dinero. Y a por mis cosas. ¿A ti qué te parece?

Volvió con dos maletas Gucci idénticas y un reloj Rolex President que le puso a Brock en la muñeca. Brock dejó la heroína y llenó una de las maletas con el dinero. Luego la cogió por el asa, con la pistola en la mano derecha.

—No —dijo Gaskins, viendo que se acercaba a Edward Reese, que seguía atado y amordazado. Pero Brock siguió andando decidido, le pegó el cañón de la 45 al hombro y apretó el gatillo.

Reese dio una sacudida y se desplomó en la butaca. La camisa Rocawear blanca quedó al instante despedazada y negra por el contacto con la pólvora. Luego se empapó de rojo. Reese quiso gritar, pero no podía con la cinta en la boca.

—Sonríe ahora, cabrón —dijo Brock.

—Vámonos —le apremió Gaskins. Brock, que saboreaba lo que acababa de hacer, ni siquiera se movió, de manera que Gaskins tuvo que repetir a gritos—: ¡Vámonos!

—¿Te vienes? —le preguntó Brock a Chantel.

La mujer atravesó la sala para acercarse a ellos.

—¿Quién eres? —quiso saber Tommy Broadus.

—Romeo Brock. Cuéntaselo a tus nietos, gordo.

—Has cometido un error, Romeo.

—Tengo tu dinero y a tu mujer. Desde aquí no parece un error.

En la calle, un faro montado en la puerta de un coche llameó una vez. Luego el coche dio la vuelta en el patio y se alejó.

—Con toda esa gasolina y te pones a pegar tiros —protestó Gaskins, de camino hacia los coches—. Hemos tenido suerte de no salir volando.

—Suerte tengo de sobra —replicó Brock—. Creo que para la próxima voy a bordar una herradura en el asiento del coche.

—Sí, ya. Pero ¿por qué tenías que pegarle un tiro a ese tío?

—Porque si no sería sólo un robo.

—¿Qué estás diciendo?

—Que el nombre de Romeo Brock va a empezar a sonar por las calles. —Brock se sacó las llaves del bolsillo—. Ahora mi nombre significará algo.

15

Ramone encontró a Regina en la cocina, apoyada contra la isleta con una copa de Chardonnay en la mano. Era muy temprano para beber alcohol, tratándose de ella. Había hecho pollo al horno con judías verdes y una ensalada. Estaba todo preparado. Ramone le dio un beso y le contó lo que había hecho.

—¿Has visto a Helena?

—No, estaba en la cama.

—Yo iré mañana. Les llevaré un estofado o algo, para que no tengan que pensar en la comida.

—Están de estofados hasta las cejas.

—Pues entonces llamaré a Marita. Es una metomentodo, pero por lo menos es bastante eficiente. A ver si podemos organizar unos turnos, que a cada una le toque cocinar un día.

—Es buena idea. ¿Dónde están los niños?

—Ya han cenado y se han ido a su cuarto.

—He hablado con Diego por teléfono. Parecía estar bien.

—No se ha echado a llorar ni nada, si te refieres a eso. Pero está como muy callado desde que se lo he dicho.

—Ya sabes cómo es —replicó Ramone—. Piensa que se tiene que hacer el duro, incluso en momentos así. Se lo guarda todo.

—Vaya, habló el efusivo. A propósito, hoy lo han mandado a casa del colegio antes de tiempo.

—Ahora, ¿por qué?

—Que te lo cuente él.

Ramone puso a buen recaudo la placa y la pistola y subió a la habitación de Alana. La niña había puesto todos sus caballitos de plástico en fila y estaba sentando a sus muñecas, las Barbies y las Groovy Girls, en las sillas. Le gustaba organizar sus cosas.

—¿Cómo está mi niña?

—Bien, papá.

Ramone le dio un beso en la cabeza y olió su pelo rizado.

El cuarto de Alana siempre estaba en orden, hasta un punto obsesivo. A diferencia de la habitación de Diego, que era un perpetuo desastre. Al chico le resultaba imposible organizarse, y no sólo en cuanto a su espacio personal. Tampoco se acordaba de apuntar los deberes, por ejemplo. Incluso cuando los terminaba a tiempo, luego los entregaba tarde.

—Tendríamos que hacerle algunas pruebas —había dicho Regina en cierta ocasión—. A ver si tiene problemas de aprendizaje o algo.

—Lo que pasa es que es un despistado —replicó Ramone—. No necesito pagar a nadie para que me lo diga.

Pero Regina le llevó a hacerse las pruebas. El psicólogo, o lo que fuera, dijo que Diego tenía una cosa llamada desorden de la función ejecutiva, y que por eso tenía problemas para organizarse, tanto en sus cosas como en sus pensamientos. Y eso le estaba retrasando en el colegio.

—Lo único que pasa es que no quiere hacer los deberes, nada más —dijo Ramone.

—Mira su habitación. La ropa limpia mezclada con la sucia. Ni siquiera sabe separarlas.

—Porque es un vago. Lo único es que ahora lo llaman de otra manera. Vamos, que me ha costado mil pavos aprender una palabra nueva.

—Gus.

Ramone se acordaba de todo esto cuando llamó a la puerta y al entrar vio la explosión de camisetas y vaqueros tirados por el suelo. Diego estaba tumbado en la cama, oyendo go-go con los auriculares puestos, los ojos vidriosos clavados en un libro abierto. El chico se quitó los auriculares y bajó el volumen del estéreo portátil.

—¿Qué hay, Diego?

—Hola, papá.

—¿Qué haces?

—Leer este libro.

—¿Cómo puedes leer y escuchar música a la vez?

—Soy multitarea, supongo.

Diego se sentó al borde de la cama y dejó el libro a su lado. Parecía cansado y decepcionado por que su padre le estuviera echando el mismo sermón de siempre. Ramone se daba de cabezazos por pegarle la tabarra un día como aquél, pero lo había hecho por pura costumbre.

—Oye, no habría tenido que...

—No pasa nada.

—¿Estás bien?

—Bueno, tampoco éramos íntimos, ya lo sabes.

—Pero erais amigos.

—Sí, Asa y yo nos llevábamos bien. —Diego chasqueó la lengua. Era algo que tanto él como sus amigos hacían a menudo—. La verdad es que me siento fatal. Ayer le vi. No hablamos ni nada, pero le vi.

—¿Dónde fue eso? ¿Dónde y cuándo?

—En la Tercera, en el centro deportivo. Shaka y yo estábamos jugando al baloncesto. Asa pasaba por la calle, y luego giró por Tuckerman.

—Hacia Blair Road.

—Sí, por ahí. Se estaba haciendo ya tarde. Estaba atardeciendo, de eso me acuerdo.

—¿Qué más?

—Llevaba una North Face. Debía de ser nueva, porque hace mucho calor para ir con esa chupa ahora mismo. Iba sudando.

—¿Qué más?

—Parecía preocupado. —Diego bajó la voz y se frotó las

manos mientras hablaba—. Le llamamos, pero no se paró. Ojalá se hubiera parado, papá. No se me olvida la cara que tenía. No hago más que pensar que si le hubiéramos parado y hablado con él...

—Ven aquí, Diego.

Diego se levantó, y Ramone lo estrechó en sus brazos. Diego le abrazó con fuerza unos segundos. Ambos se relajaron.

—Estoy bien, papá.

—Vale, hijo.

Diego se apartó.

—¿Te van a dar el caso?

—No, se lo han dado a otro. —Ramone se acarició el bigote—. Pero me gustaría preguntarte una cosa, Diego.

—Dime.

—¿Estaba metido Asa en algo raro?

—¿Hierba y ese rollo?

—Para empezar. Pero yo me refería a algo más grave. De hecho, la cuestión es si estaba metido en algo delictivo.

—No que yo sepa. Pero ya te he dicho que este año no éramos tan amigos. Si lo supiera te lo diría.

—Ya lo sé. Bueno, ya hablaremos más tarde. Anda, te dejo leyendo tu libro. Y escucha música a la vez si quieres.

—La verdad es que no estaba leyendo.

—No me digas.

—Papá... hoy me he vuelto a meter en líos.

—¿Qué ha pasado?

—Pues que había un ensayo de incendio, y cuando estábamos fuera un chico me contó un chiste y me eché a reír.

—¿Y qué?

—Vaya, que me reí con ganas. Y me expulsaron para el resto del día.

—Por reírte fuera del colegio.

—Son las normas. El director habló por los altavoces antes del ejercicio y nos advirtió de eso. Yo ya sabía que no me podía reír, pero es que no lo pude evitar. Es que me hizo muchísima gracia.

—Pero no es posible que fueras el único.

—Qué va, había mucha gente riéndose y haciendo bromas. Pero el señor Guy no les dijo nada. Se vino derecho hacia mí.

—No te preocupes.

Ramone se marchó de la habitación de su hijo con la mandíbula tensa.

Holiday se sirvió un vodka con hielo, de pie junto al mostrador de formica de su pequeña cocina. No tenía nada que hacer, salvo beber.

No veía mucho la televisión, excepto por los deportes, y no leía nunca. Había pensado dedicarse a hacer algún deporte, pero siempre había sospechado de la gente con esas aficiones. Le parecía que estaban perdiendo el tiempo en lugar de hacer algo productivo. Había problemas que resolver y objetivos que alcanzar, y sin embargo ahí estaban ellos, hombres hechos y derechos, dando golpes a unas pelotitas blancas, escalando rocas o montando en bicicleta. Y encima con la ropa esa de ciclista, por Dios bendito, como niños disfrazados de vaqueros.

Esa noche a Holiday no le hubiera importado hablar con alguien. Tenía cosas que discutir, asuntos policiales que estaban más allá de la conversación de bar. Pero no se le ocurría nadie a quien llamar.

Tenía pocos amigos, y ninguno a quien pudiera calificar de íntimo. Un policía con el que alguna vez se había tomado una copa, Johnny Ramirez, que era un resentido pero no estaba mal para echarse una cerveza de vez en cuando. Los chicos del Leo's, también. Conocía a algunos de los residentes del barrio, como para saludarlos cuando se los cruzaba por la mañana, pero no para invitarlos a su casa. Vivía en Prince George's y no era el último blanco de la zona, pero a veces se lo parecía. Se había criado allí y aquélla era su casa, pero la gente que conocía estaba ahora en Montgomery o en Charles County, o se había marchado a otra parte. En ocasiones se encontraba con algún conocido, negros con los que había ido al instituto Eleanor Roosevelt, ahora padres de familia. Hablaban un momento, se ponían al día de veinte años en una breve conversación, y luego se despedían. Conocidos con recuerdos comunes, pero no amigos de verdad.

Es cierto que tenía a las mujeres. Siempre había tenido talento para ligar, pero nunca con ninguna con la que quisiera despertarse a la mañana siguiente. Sus noches no tenían más sentido que sus días.

Esa tarde Dan Holiday había llevado en el coche a un tal Seamus O'Brien, un hombre que había hecho una fortuna vendiendo una empresa tecnológica a finales de los años noventa y se había comprado un equipo de la NBA. O'Brien había ido a Washington a reunirse con un grupo de legisladores que compartían sus mismos valores, y también para hacerse una foto con un grupo de estudiantes de una escuela pública experimental, residentes al este del río Anacostia. Les había traído pósters firmados por uno de sus jugadores, un escolta proveniente de Eastern High. O'Brien jamás volvería a ver a esos chicos, ni a participar en sus vidas, pero una fotografía suya con un puñado de sonrientes niños negros le haría sentir en paz con el mundo y por otra parte quedaría muy bien en la pared de su oficina.

Holiday le escuchó hablar en el coche de las ayudas públicas a los estudiantes, de la oración en el colegio y de su deseo de ejercer una influencia en la cultura del país, porque ¿de qué servía el dinero si no se hacía una buena obra con él? Sus frases estaban salpicadas de referencias al Señor y a su salvador personal, Jesucristo. Holiday sintonizó la radio satélite para oír *The Fish*, un programa cristiano adulto y contemporáneo, pero después de la primera canción O'Brien le pidió que buscara Bloomberg News.

Ésa había sido su jornada: llevar a un rico empresario de una cita a otra, esperarle en la puerta y luego conducirle al aeropuerto. Un buen puñado de dinero, pero cero absoluto en el departamento de logros personales. Por eso nunca se despertaba por las mañanas con los ojos bien abiertos, como cuando era policía. En aquel entonces siempre estaba deseando ir al trabajo. En cambio ahora, su trabajo ni le gustaba ni le dejaba de gustar. No era más que una especie de cuentakilómetros, un viaje sin destino, una pérdida de tiempo.

Holiday se llevó la copa y un paquete de tabaco al balcón, que daba al aparcamiento. Más allá se veía la parte trasera del Hecht's, en el centro comercial de P.G. Plaza. Un hombre y una mujer discutían en algún lugar, en algunos coches que conducían despacio por el parking se oía música rap de estremecedores bajos, de otros salían los diálogos de sintetizadores y percusión propios del go-go.

Los sonidos llegaban hasta Holiday, pero no le molestaban ni perturbaban el escenario que se estaba formando en su mente. Pensaba en un hombre a quien le gustaría oír la historia del adolescente asesinado en el jardín comunitario de Oglethorpe. Holiday bebió un trago, preguntándose si ese hombre seguiría vivo.

Ramone y Regina cenaron con una botella de vino. Cuando la acabaron abrieron otra, algo bastante inusual. Estuvieron hablando intensamente de la muerte del amigo de Diego y en un momento dado Regina se echó a llorar, no sólo por Asa y no sólo por sus padres, con los que tampoco tenía demasiada relación, sino por ella misma, pensando en lo espantoso que sería perder a uno de los suyos de esa manera.

—El Señor debería castigarme por ser tan egoísta —comentó, enjugándose las lágrimas con una risita avergonzada—. Es sólo que tengo miedo.

—Es natural —contestó Ramone. No le dijo que él temía por sus hijos todos los días.

En la cama se besaron y se abrazaron, pero ninguno tomó la iniciativa para hacer el amor. Para Gus sobre todo, un beso apasionado era siempre preludio de otra cosa, pero no esa noche.

—Dios está llorando —soltó de pronto.

—¿Qué?

—Eso dijo Terrance Johnson. Estábamos en el patio y empezó a llover. ¿Te imaginas?

—Bueno, no es raro que Terrance piense en Dios.

—No, lo que quiero decir es que, si tu hijo se muere de esa forma, o pierdes por completo la fe o estás tan furioso con Dios que reniegas de él.

—Terrance recurrirá ahora a Dios más que nunca. En eso consiste la fe.

—Pareces Rhonda.

—Es que a las negras nos gusta mucho la iglesia.

—Regina...

—¿Qué?

—Pues que el nombre de Asa... se escribe igual al derecho que al revés. Es un palíndromo.

—Sí.

—Tú estabas en el cuerpo cuando asesinaron a aquellos chicos de Southeast.

—Todavía era novata, pero, sí, me acuerdo.

—Aquellos chicos también aparecían en jardines comunitarios. Todos. Con un tiro en la cabeza.

—¿Tú crees que tiene relación?

—Tengo que pensarlo. Supongo que mañana abriré algunos expedientes antiguos.

—Mañana. Pero ahora olvídate.

Pasaron un momento en silencio.

—Diego parece estar bien. Nunca olvidará esto, pero lo está llevando bastante bien.

—La verdad es que ha tenido un día muy duro. Y encima van y lo echan del colegio...

—Por reírse durante un simulacro de incendio. A saber cuántos chicos blancos se rieron.

—Venga, Gus. Ahora no te pongas a odiar a los blancos.

—A la mierda el colegio. Ya estoy harto de todas esas chorradas.

—Tranquilo. —Regina le apartó el pelo de la frente y le dio un beso tras la oreja—. Se te va a poner el corazón a cien y luego no vas a poder dormir.

Se abrazaron y Ramone notó que se le calmaba la respiración. Y abrazado a ella, percibiendo aquel olor tan suyo, sintiendo la piel suave de su mejilla pensó: «Por esto estoy casado con ella. Algo así no lo tendré nunca con nadie.»

16

La muerte de Asa Johnson ocupó la segunda página de la sección Metro al día siguiente en el *Washington Post*. El evento llevaba más peso que la habitual mención de uno o dos párrafos que se dedicaba a las víctimas negras en las secciones Crimen o En breve, que muchos residentes de la zona llamaban informalmente «Negros muertos». Johnson, al fin y al cabo, no era un chico de la calle. Era un adolescente de clase media, y muy joven. Lo que lo llevó a los titulares fue su edad: las víctimas menores se habían convertido en una perturbadora moda.

En mitad del verano habían encontrado a un niño de seis años, Donmiguel Wilson, atado, amordazado y asfixiado boca abajo en la bañera de un apartamento en Congress Heights. Llevaba muerto varias horas. Aquel espantoso suceso llegó a la primera página del *Post*. El asesinato a tiros de Donte Maning, una niña de nueve años que estaba jugando a la puerta de su casa en Columbia Heights, también había merecido la atención de la prensa y había provocado la indignación de los ciudadanos. Eso había sido en primavera. El índice de asesinatos había bajado ese año, pero los asesinatos de niños y adolescentes habían aumentado más que nunca.

Las estadísticas inquietaban tanto al alcalde como al jefe de policía, y no sólo por la mala prensa que suponían, aunque naturalmente eso venía a sumarse a su ansiedad. Todos, hasta los más insensibles, sentían un escalofrío cuando asesinaban a un niño por la única razón de haber nacido o haberse criado en una determinada sección de la ciudad. Cada víctima infantil era un recordatorio para la policía, los oficiales y los ciudadanos de que vivían en un mundo que se había torcido mucho.

A pesar de todo, tampoco podía decirse que la muerte de Asa Johnson, todavía no calificada de asesinato oficialmente, atrajera la atención o la prioridad reservada a las víctimas blancas o a los niños negros por debajo de los diez años. Había otros asesinatos por investigar. De hecho los últimos dos días habían aparecido varios cadáveres.

Rhonda Willis se encargaba de uno de ellos. Por la noche había aparecido una víctima de un tiroteo en Fort Slocum Park, unas manzanas al oeste del jardín comunitario de Oglethorpe Street.

—¿Quieres venir conmigo? —preguntó Rhonda, sentada en su mesa.

Era temprano, ni siquiera habían dado las nueve. Gus Ramone y Rhonda Willis tenían el turno de ocho a cuatro las siguientes dos semanas.

—Claro —contestó Ramone—. Pero primero tengo que hablar con Garloo.

—Muy bien. Ya tenemos identificada a la víctima. Voy a pasar su nombre por la base de datos, a ver qué tenemos.

—Pues en cuanto termines nos vamos.

Garloo Wilkins estaba en su cubículo, leyendo algo en Internet. Cerró la pantalla en cuanto vio acercarse a Ramone. Seguramente eran o deportes o pornografía. A Garloo le iban el béisbol de fantasía y las mujeres maduras con abundantes delanteras.

Su mesa estaba limpia, con los expedientes ordenadamente alineados en un archivador de acero a un lado. No tenía en el tablón iconos religiosos, ni fotos familiares ni de ningún otro tipo, excepto una Polaroid sacada de la ficha de un teclista go-go, sospechoso de asesinato. Aparecía mirando a la cámara con una sonrisa mientras se follaba a una joven por detrás. Había sido interrogado pero no llegaron a acusarle, por falta de pruebas y testigos. No había sido un caso de Garloo, pero toda la unidad acabó furiosa por la habilidad del sospechoso para evadir la detención, y la foto era un recordatorio de que seguía en la calle, divirtiéndose y respirando aire libre. En la mesa de Garloo había también un paquete de Winston y un mechero en el que aparecía el mapa de Vietnam del Norte y del Sur. Wilkins era ex militar, pero demasiado joven para haber luchado en aquella guerra.

—Bill.

—Gus.

Ramone se sentó.

—¿Qué hay de Asa Johnson?

Wilkins sacó el expediente del archivador y se quedó mirando un papel. Ramone echó un vistazo. No había nada anotado. Normalmente en un caso bien trabajado había notas apuntadas en los márgenes y huellas de dedos sucios en el sobre de papel de Manila. Éste estaba impecable.

Wilkins cerró el expediente y lo devolvió a su sitio. No había nada nuevo en él, pero había querido sacarlo por hacer algo de melodrama. Por lo visto tenía noticias.

—En las notas preautopsia han establecido la hora probable de la muerte entre la medianoche y las dos de la madrugada. Herida de bala en la sien izquierda, salida por la coronilla.

—¿Y la bala?

—Era de una treinta y ocho. Bastante limpia para tener marcas. Podríamos relacionarla con el arma, si la encontramos.

Ramone asintió.

—¿Tóxicos en la sangre?

—Ninguno. Había restos de pólvora en los dedos de la mano izquierda. Supongo que levantó la mano como para defenderse antes de recibir el disparo.

—Bueno, eso es cosa de los forenses. ¿Y la investigación?

—No hemos encontrado testigos. Excepto la anciana

aquella que creyó haber oído una rama romperse. Nada. Todavía.

—¿Colaboración ciudadana?

—Tampoco.

—¿Y la grabación de la llamada anónima que hizo la denuncia?

—Aquí la tengo. —Wilkins sacó una cinta de un sobre del cajón.

—¿Te importa que la oiga?

Se dirigieron a la sala de vídeo y audio. Por el camino se cruzaron con Anthony Antonelli y Mike Bakalis, que discutían sobre los Redskins.

—Art Monk fue quien más yardas obtuvo en el ochenta y siete —comentó Bakalis.

—No, era Gary Clark —replicó Antonelli—. Qué coño, Kelvin Bryant hizo más yardas ese año.

—Yo hablaba de receptores.

—Clark era receptor, idiota.

Una vez en la sala, Ramone metió la cinta y pulsó el «Play». Se oyó la voz de un hombre informando del cadáver, y la operadora que intentaba en vano que el hombre se identificara. Ramone rebobinó para volver a escuchar.

—¿Qué has encontrado? —preguntó Wilkins, viendo la expresión de Ramone, que parecía haber descubierto algo.

—Estoy escuchando el ruido de fondo.

—Un anónimo. Va a ser más que jodido dar con ese tío.

—Ya —dijo Ramone, sin oír siquiera a Garloo, concentrado en la conocida voz de la cinta, aquella «o» larga de Maryland, típica de un chico blanco de clase trabajadora de P.G. County, la lengua algo trabada por el alcohol.

—Si encontramos al anónimo de la llamada, igual tenemos un testigo. Joder, hasta es posible que sea el propio asesino —comentó Wilkins.

—Dios te oiga —repuso Ramone. Escuchó la grabación por tercera vez antes de devolverle la cinta a Wilkins—. Gracias.

—¿Qué, te ha parecido reconocer la voz o algo?

—Si la pasas al revés a menos velocidad oirás su confesión.

—Estaría bien —canturreó Wilkins, parafraseando a Brian Wilson.

Ramone sonrió.

—¿Y ahora qué?

—Luego iré a casa de los Johnson, a ver la habitación del chico y esas historias.

«No la jodas —pensó Ramone—, con esas manazas que tienes.»

—Supongo que le pediré al padre una lista de los amigos de su hijo —prosiguió Wilkins.

«No te olvides del colegio», pensó Ramone.

—No te importará que hable con tu hijo, ¿no?

—Ya he hablado yo con él, y no sabe nada. Pero deberías, sí, aunque sólo sea para el informe. Llama a Regina a mi casa y que te diga a qué hora le viene mejor.

—Gracias, Gus. Ya sé que esto es algo personal para ti, y voy a hacer lo que esté en mi mano.

—Te lo agradezco, Bill.

Cuando Ramone y Rhonda Willis salían por la puerta, Antonelli les preguntó adónde iban y Rhonda tuvo la cortesía de contarle los detalles de su nuevo caso.

—La víctima tiene varios antecedentes, algunos robos a gran escala, unos cuantos relacionados con la droga —comentó Rhonda—. En la base de datos han salido los nombres de algunos cómplices, que también estaban en el bisnes.

—Parece un ajuste de cuentas —dijo Antonelli.

—Podría ser —convino Rhonda—. Pero ya sabes que yo trabajo igual todos los casos. Porque Dios los creó inocentes. Nadie nace culpable.

Ella y Ramone salieron y encontraron a Garloo Wilkins fumándose un Winston y apurándolo hasta el filtro junto a un aparcamiento lleno de coches particulares, camiones y SUVs, además de los vehículos policiales.

—Parece que Garloo está aplicándose con el caso —comentó Rhonda, una vez que ya no podía oírles.

—Va a su ritmo.

Se metieron en un Ford, y Ramone dejó que condujera ella. Quería pensar en el caso Johnson. No sabía por qué todavía no le había mencionado a nadie, ni siquiera a su compañera, que la voz de la cinta era la de Dan Holiday.

Holiday sacó el *Post* al balcón para leer atentamente el artículo sobre Asa Johnson. Luego apagó el cigarrillo y se llevó el café al segundo dormitorio de su apartamento, que había habilitado como despacho. Se sentó a la mesa, encendió el ordenador y se conectó a Internet. En el motor de búsqueda introdujo: «Asesinatos Palíndromos, Washington D.C.» Se pasó una hora leyendo e imprimiendo todo lo que encontró de utilidad sobre el tema, alguna información de páginas de asesinos en serie, casi todo proveniente de los archivos del *Washington Post*. Luego llamó al sindicato local de policía y localizó a un hombre que había patrullado las calles cuando él hacía rondas por la calle H. El hombre le proporcionó la dirección actual de la persona que buscaba.

Holiday se puso el traje de trabajo y salió del apartamento. Tenía que recoger a un cliente para llevarlo al aeropuerto.

La víctima era un tal Jamal White. Tenía dos balazos en el pecho y uno en la cabeza. Las quemaduras y los daños del cráneo indicaban que los disparos se habían efectuado a corta distancia. Estaba tumbado boca arriba, con una pierna doblada debajo de la otra en un ángulo antinatural. Tenía los ojos abiertos, mirando a la nada, y enseñaba los dientes, que sobresalían del labio inferior, como si se tratara de un animal sacrificado. Lo habían encontrado al borde del parque entre la Tercera y Madison. La sangre seca le teñía la camiseta blanca.

—Diecinueve años —informó Rhonda Willis—. Estuvo encerrado en Oak Hill una larga temporada siendo menor, y luego pasó un tiempo en la cárcel en D.C. mientras esperaba la sentencia. Robo de coches, posesión de drogas, algo de tráfico. Ningún delito violento. Apareció cerca de la Quinta y Kennedy, así que ya sabes de qué va. Su residencia oficial es la casa de su abuela en Longfellow.

—¿Se le ha notificado a la familia?

—A la poca que tiene. La madre está actualmente en la cárcel. Drogadicta con múltiples condenas por robo. No tiene padre legal. Algún que otro hermanastro, pero no vivían con él. El pariente más cercano es la abuela, y ya la hemos llamado.

Hablaron con el policía de patrulla que había llegado el primero al lugar del crimen. Le preguntaron si había hablado con alguien que pudiera haber visto algo, o si había visto algo él mismo relacionado con el asesino. El agente negó con la cabeza.

—Supongo que deberíamos, no sé, buscar testigos —comentó Ramone.

—¡Claro! —exclamó Rhonda—. Vamos a ver a la abuela y dejemos a esta gente hacer su trabajo.

Se alejaron de los técnicos para dirigirse a casa de la abuela, un adosado en el número 500 de Longfellow Street. Las ventanas del porche delantero tenían las cortinas echadas.

—Estará dentro a solas, supongo —comentó Rhonda—. Desahogándose con una buena llantina.

—Puedes volver en otro momento.

—No, esto hay que hacerlo, así que más vale ahora. Igual la mujer tiene algo que decirme, ahora que está pensando en ello. —Rhonda miró a Ramone—. Supongo que no querrás entrar conmigo.

—Tengo que hacer unas cuantas llamadas.

—Me dejas sola, ¿eh?

Rhonda se acercó a la casa y llamó a la puerta. Cuando se abrió, salió una mano para tocar la de Rhonda, que entró en la casa.

Ramone llamó al 411 para pedir el número de Investigaciones Strange, una agencia entre la Novena y Upshur. Derek Strange había sido policía. Ahora era detective privado y Ramone ya había acudido a él en otras ocasiones buscando información. A cambio él también le entregaba de vez en cuando algunos datos sueltos.

Contestó al teléfono Janine, la mujer de Strange.

—¿Está el hombre de la casa? —preguntó Ramone.

—Está trabajando. Aquí no está nunca. Mira que os gusta a los hombres corretear por las calles.

—Es verdad. Oye, me gustaría saber la dirección y el teléfono de un individuo. ¿Me lo podrías buscar? Necesito los datos de casa y del trabajo.

—¿Con todos los juguetitos que tenéis en la policía me lo tienes que pedir a mí?

—Es que no estoy en la juguetería. Daniel Holiday. Le llaman Doc. Tiene un servicio de coches o limusinas, según tengo entendido. Supongo que se llamará como él.

—Vale, lo voy a buscar. Dame tu móvil. Sé que lo tengo por ahí apuntado, pero me da pereza ponerme a localizarlo ahora.

—¿Cómo está tu chico?

—Lionel está en la universidad, gracias a Dios. ¿Y tu mujer y tus hijos?

—Todos bien. ¿Todavía tenéis el boxer aquel?

—*Greco*, sí. Aquí lo tengo, debajo de la mesa, con el morro apoyado en mis pies.

—Un perro estupendo. Llámame, ¿eh?

—En un minuto.

Tardó más de un minuto, pero no mucho más. Ramone anotó los datos en el cuaderno y le dio las gracias. Poco después salía Rhonda de la casa. Se puso las gafas de sol de inmediato y se sentó al volante del Taurus. Allí se quitó las gafas y se enjugó los ojos con un pañuelo de papel.

Ramone le puso la mano en el hombro y le dio un ligero masaje.

—Supongo que la mujer no se lo ha tomado bien.

—Sólo me llevaba unos diez años. Crio al chico desde que era un bebé. Estuvo a su lado en los peores momentos, sin abandonar nunca la esperanza de que se llegara a reformar. Y ahora se ha quedado sin nada.

—¿Qué ha dicho?

—Pues que era un buen chico que había frecuentado malas compañías y había cometido algún error. Dice que Jamal por fin se había reformado.

—Eso me suena.

—Eché un rápido vistazo a su habitación. No había nada de dinero, y las cosas que tenía no parecían caras. No he visto indicios claros de que estuviera metido en el tráfico. La abuela me ha dado un par de fotos para enseñar por ahí. —Rhonda se inclinó, se miró en el retrovisor y rio sin alegría—. Mira qué pinta tengo. Los ojos hinchados y el maquillaje corrido.

—Venga, que estás bien.

—Antes sí que estaba bien. ¿Te acuerdas de cómo era, antes de tener a mis hijos?

—Sabes que sí.

—Estaba muy bien, Gus.

—Y todavía lo estás.

—Eres un cielo. —Rhonda abrió la carpeta que llevaba en el regazo—. La abuelita dice que su mejor amigo era un tal Leon Mayo. En la base de datos salía su nombre como cómplice en el robo de un coche y posesión de drogas. Deberíamos dar con él, a ver qué nos cuenta.

—Tú conduces. ¿O prefieres que conduzca yo? Así te puedes volver a poner las pinturas de guerra.

—No, estoy bien. Siento haberte dado el rollo con las lagrimitas. Es que de pronto me he puesto tonta, no sé por qué.

—¿Estás en los días esos del mes?

—¿Los días esos del mes cuando te pones a decir idioteces?

—Perdón.

Holiday no habló mucho con el cliente, un abogado de Arnold and Porter, de camino al Reagan National. El tipo se pasó casi todo el rato hablando por el móvil y no miró a Holiday ni una vez por el retrovisor. Era invisible para el abogado, y a Holiday le parecía muy bien.

Volviendo de la 395 tomó el túnel y New York Avenue para salir de la ciudad. De ahí enlazó con el cinturón Beltway en Maryland para salir a Greenbelt Road. Iba oyendo el canal 46 de la XM, una cadena llamada Classic Album Cuts, a mucho volumen. Ponían temas de guitarra, empezando con *Blue Sky*. Holiday estaba viendo a su hermano, de pelo largo y más alto que Hopper, haciendo como que tocaba la guitarra al ritmo del precioso y fluido solo de Dickey Betts, un tema que para él era sinónimo de felicidad, porque su hermano era feliz en aquel entonces y su hermana también estaba allí, viva y contenta. Y luego el pinchadiscos entró derecho en *Have You Ever Loved a Woman*, un duelo entre Clapton y Duane Allman, ambos a tope. Y Holiday sintió algo helado, como el dedo de la muerte, pero volvieron los recuerdos de su familia y se relajó, bajó la ventanilla y siguió conduciendo.

Pasó por Eleanor Roosevelt High y giró a la derecha en Cipriano Road, echando un vistazo al mapa que llevaba en el asiento mientras atravesaba unos bosques y pasaba junto a un templo de Vishnu. En la esquina de New Carrollton giró a la derecha por Good Luck Road y luego de nuevo a la derecha, entrando en una urbanización conocida como Magnolia Springs, de bungalós en su mayoría, algunos bien atendidos, otros descuidados. Encontró la casa que buscaba en Dolphin Road. Era de una planta, con la fachada amarilla y las contraventanas blancas, un jardín de césped bastante seco y un Mercury Marquis, el modelo superior del Crown Victoria, aparcado en el camino particular. Holiday sonrió mirando el coche, un modelo utilizado por la policía. Si has sido policía, lo eres para siempre.

Aparcó el Lincoln en la cuneta y se acercó a la casa. Pasó junto a un lilo muerto en el jardín y se preguntó por qué el dueño no lo habría quitado. Llamó a la puerta y se enderezó las solapas de la chaqueta al oír unos pasos. Le abrió un negro calvo de estatura media, con un bigote cano. Llevaba un jersey, aunque hacía calor. Había pasado ya la madurez y bordeaba la vejez. Holiday jamás le había visto sin sombrero.

—¿Sí? —preguntó el hombre, con la mirada dura y cara de pocos amigos.

—¿Sargento Cook?

—T. C. Cook, sí. ¿Qué pasa?

—¿Ha leído hoy el *Post*? Han encontrado a un chico en el jardín comunitario de Oglethorpe Street. Con un tiro en la cabeza.

—En el Distrito Cuatro, sí. He visto la noticia en la Fox Five. —Cook se descruzó de brazos—. Usted no es periodista. Es de algún cuerpo de policía, ¿no?

—Soy ex policía.

—Los ex policías no existen. —La boca de Cook caía ligeramente a un lado cuando hablaba.

—Supongo que tiene razón.

—En la televisión han dicho que el chico se llamaba Asa.

—Se escribe igual al derecho y al revés.

Cook se lo quedó mirando un momento.

—Pase.

17

Leon Mayo trabajaba de aprendiz de mecánico en un pequeño taller en un edificio de la Kennedy Street. El dueño, que también había estado en la cárcel a principios de los noventa, le había dado la oportunidad de aprender el oficio. Los había presentado su antiguo agente de la condicional, que ahora se encargaba de Leon. Ramone y Rhonda Willis encontraron a Leon después de pasarse a ver a su madre en el apartamento donde vivían los dos. La mujer les dijo que Leon estaba trabajando, poniendo mucho énfasis en la palabra, y les dio la dirección del taller.

El dueño de Rudy's Motor Repair, Rudy Montgomery, les recibió con una mirada torva y modales bastante fríos, pero les llevó hasta Leon Mayo cuando describieron el propósito de su visita. Leon estaba en una plataforma iluminada por un foco, aflojando una bomba de agua para sacarla de un Chevy Lumina destrozado. Le enseñaron la placa y le dieron la noticia sobre su amigo. Leon se puso el dedo en el puente de la nariz y se apartó. Ramone y Rhonda le dejaron a solas con su dolor. Unos minutos más tarde Leon salió del taller para reunirse con ellos en un aparcamiento lleno hasta los topes de sedanes de la década anterior y cupés fabricados en su mayoría en Detroit.

Leon se frotaba las manos en un trapo que torcía y retorcía. Tenía los ojos rojos y no apartaba la vista del suelo. Le daba vergüenza que le hubieran visto desmoronarse así. Era un joven delgado y fuerte que tenía veinte años y aparentaba cinco más.

—¿Cuándo? —preguntó.

—Anoche —contestó Rhonda.

—¿Dónde lo pillaron?

—Lo encontraron en Fort Slocum, entre la Tercera y Madison.

Leon movió la cabeza.

—¿Por qué han tenido que hacerle eso?

—¿Quiénes? —preguntó Rhonda.

—No sé, digo que por qué alguien mataría así a Jamal. No andaba metido en ningún lío raro.

—Vuestras fichas dicen lo contrario —declaró Ramone.

—Eso es agua pasada.

—¿Ah, sí? —interrogó Ramone.

—Ya hemos cumplido.

—Robabais coches, ¿no es así?

—Sí. Y también pulíamos algo de tate, allí en la Séptima. Era por pasar un buen rato, no pretendíamos hacer carrera ni nada. Éramos unos críos.

—La Séptima y Kennedy —dijo Rhonda Willis, que durante varias semanas había trabajado en aquella problemática esquina, cuando ya iba de paisano a punto de ascender a Homicidios—. Aquello era algo más que críos jugando. Allí la cosa iba en serio.

—Bueno, algunos sí iban en serio, pero nosotros no.

—¿Y eso por qué? —preguntó Ramone.

—Nos cayó una condena por robo a gran escala, por lo de los coches, antes de que el rollo de las drogas se disparara. Así de sencillo.

—Y no tienes ni idea de quién ha podido hacerle eso a Jamal.

—Jamal era mi colega. Si lo supiera...

—Nos lo dirías —concluyó Rhonda.

—Oigan, ahora mismo tengo la condicional. Vengo a trabajar todos los días. —Leon tendió las manos llenas de grasa y miró intensamente a Ramone—. A esto me dedico, a currar.

—¿Y Jamal? —preguntó Rhonda.

—Lo mismo.

—¿Con qué se ganaba la vida?

—Tenía trabajo fijo de pintor. Fijo de verdad. Y tenía pensado montar su propio negocio, en cuanto aprendiera los detalles del oficio, no sé si me entienden.

—Claro.

—No pensaba volver a la calle. Lo hablábamos todo el tiempo. Lo digo de verdad.

Ramone le creyó.

—¿Y qué hacía Jamal paseando por ahí tan tarde?

—No tenía carro. Jamal iba en autobús o a pata por toda la ciudad. No le importaba —dijo Leon.

—¿Y chicas? —preguntó Rhonda.

—Últimamente sólo le interesaba una.

—¿Sabes cómo se llama?

—Darcia, es lo único que sé. Una mulata que conoció hace poco.

—¿No sabes el apellido, o la dirección?

—Vive con otra chica, una bailarina del Twilight que se llama Star. Creo que Darcia también baila allí. Pero no sé dónde viven. Yo le tenía dicho a Jamal que no mola follar con tías así, que nunca se sabe con quién andan.

—¿Tías cómo?

—Fáciles. —Leon apartó la mirada. Su voz era ronca, un susurro—. Se lo dije.

—Sentimos lo que ha pasado —dijo Rhonda Willis.

T. C. Cook recorrió la casa hasta la cocina seguido de Holiday, que se sentó en la mesa que ocupaba casi todo el sitio disponible. Al atravesar el salón y el comedor, Holiday advirtió el desorden y la dejadez típicas de un hombre que vive solo. La casa no estaba sucia, pero el polvo se acumulaba en las mesas y las estanterías. Las ventanas estaban cerradas y las cortinas también, impidiendo que circulara aquel aire rancio.

—Para mí solo, gracias —dijo Holiday, mientras Cook servía un par de tazas de café.

En la pared colgaba un reloj atrasado varias horas. Holiday se preguntó si Cook se daría cuenta siquiera.

—No tengo muchas visitas —comentó Cook, poniéndole delante una taza de café y sentándose al otro lado de la mesa—. Mi hija, de vez en cuando. Vive en la zona Tidewater de Virginia. Se casó con uno de la marina.

—¿Su esposa murió?

—Hace diez años.

—Lo siento.

—Desde luego la situación tiene guasa. ¿Sabes los anuncios esos de la tele que hablan de la edad dorada? ¿Y los anuncios de las comunidades de jubilados, con parejas encantadoras con los dientes perfectos, clubes de golf y piscinas...? Todo mentira. La vejez no tiene ni una sola cosa buena.

—¿Le ha dado su hija algún nieto?

—Sí, dos. ¿Por?

Holiday sonrió.

—Todavía no he cumplido los setenta. Pero hace unos años tuve un derrame que me dejó bien jodido. Supongo que lo ha notado, por la boca torcida. Y a veces tartamudeo cuando busco una palabra o me pongo nervioso por algo.

—Es una putada —comentó Holiday, esperando poner fin a esa parte de la conversación.

—Tampoco puedo escribir muy bien —prosiguió Cook decidido, catalogando sus enfermedades como tienden a hacer los viejos—. Puedo leer un poco los periódicos, y los leo todas las mañanas, pero me cuesta. En el hospital los médicos dijeron que no volvería a leer, y yo me empeñé en demostrar que se equivocaban. Las habilidades motoras las tengo bien, sin embargo, y la memoria, mejor que antes del derrame. Es curioso, cuando una parte del cerebro se apaga, las otras se iluminan más.

—Sí —dijo Holiday—. Bien, y en cuanto al chico Johnson...

—Sí, tú has venido por algo.

—Bueno, pensaba que podría haber una relación entre la muerte de Asa Johnson y los Asesinatos Palíndromos en los que trabajó usted.

—Por el nombre del chico.

—Y porque han encontrado el cuerpo en el jardín aquel. Y al chaval le pegaron un tiro en la cabeza.

—¿Por qué?

—¿Por qué lo mataron?

—¿Por qué has venido?

—Fui yo quien encontró el cadáver. Bueno, para ser más exacto, di con el cadáver y fui yo quien llamó a la policía.

—¿Y eso cómo fue?

—Era tarde, más de medianoche. Alrededor de la una y media, yo diría, después de que cerraran los bares.

—¿Habías bebido?

—Estaba más cansado que borracho.

—Ya.

—Iba en coche por Oglethorpe, pensando en atajar hacia New Hampshire.

—Y te encontraste la calle cortada. Porque se corta junto a las vías del tren. Allí están también el refugio de animales y la imprenta, si no recuerdo mal.

—No mentía con lo de su memoria.

—Sigue.

—Tengo un servicio de coches, como esos de limusinas. Me había quedado dormido en mi Lincoln y cuando me desperté salí a echar una meada en el jardín. Y allí estaba.

—¿Cuánto tiempo estuviste durmiendo?

—No lo sé muy bien.

—¿Un sueño profundo?

—No, recuerdo un par de cosas. En un momento dado pasó por mi lado muy despacio un coche patrulla con un detenido en el asiento de atrás. Y un negro joven cruzó andando el jardín. Lo que pasó entre una cosa y otra está bastante brumoso.

—¿El agente de policía te vio dormido en tu coche y no se paró a investigar?

—No.

—¿Anotaste la matrícula o algo?

—No.

—¿Has hablado con la policía?

—Aparte de la llamada anónima, no.

—Así que en realidad no sabes nada.

—Sólo lo que he visto y leído en el *Post*.

—Te lo voy a preguntar otra vez, ¿por qué has venido?

—Oiga, si no le interesa...

—¿Que no me interesa? Joder, chaval.

Cook le hizo un gesto con la cabeza para que le siguiera. Holiday se levantó.

Se adentraron por un pasillo, pasando por una habitación abierta y otra cerrada, luego un cuarto de baño. Iban en dirección a una tercera habitación, desde la que se oían ruidos y la voz monótona de una operadora.

Era la oficina de Cook. En una mesa se veía un monitor de ordenador, con la CPU debajo. En la pantalla aparecía una página de la policía, con la ventana del RealPlayer activada en la esquina superior izquierda. Holiday conocía el sitio web, que permitía a los usuarios tener acceso al diálogo entre las operadoras y los agentes en la mayoría de las ciudades y estados. Él mismo lo oía a menudo en su casa.

En la pared había un gran mapa del área metropolitana pegado con chinchetas. Varios alfileres amarillos marcaban distintos jardines comunitarios del distrito. Los alfileres rojos indicaban dónde se habían encontrado las tres víctimas de los Asesinatos Palíndromos, y unos alfileres azules mostraban los barrios de las víctimas y las calles donde posiblemente habían desaparecido. Entre los alfileres azules había uno verde.

—Que no me interesa, dice... —repitió Cook—. Mataron a tres chicos estando yo al mando y dice que no me interesa. Otto Williams, catorce años. Ava Simmons, trece. Eve Drake, catorce. Muchacho, esos asesinatos me atormentan desde hace veinte años.

—Yo estaba allí —dijo Holiday—. De uniforme en la escena del crimen de Drake.

—Pues no lo recuerdo.

—No tiene razones para recordarlo. Pero todos sabíamos quién era usted. Le llamaban Misión Cumplida.

Cook asintió con la cabeza.

—Sí, porque me dedicaba al caso en cuerpo y alma, y la mayoría de las veces lo resolvía. Pero eso fue antes de... bueno, antes de que en el trabajo se jodiera todo. Me jubilé sin haber resuelto el caso de los Palíndromos. Menudo momento para largarse, ¿eh? Y no es que no lo intentara. Pero por mucho que nos partiéramos los cuernos, no pudimos dar con el asesino.

»A todos los chicos los mataron en un lugar diferente del punto donde los encontramos. A todos les habían vuelto a vestir con ropa nueva, con lo que la policía científica lo tenía jodido. Todos tenían semen y lubricante en el recto. Ninguno tenía marcas defensivas, ni tejido bajo las uñas. Para mí eso significa que el asesino se había ganado su confianza o al menos los había convencido de que no les haría daño. En cierto modo, los sedujo.

»Todos vivían en Southeast. A todos los habían sorprendido en la calle, en dirección al mercado o el supermercado de su barrio. Nadie los vio desaparecer o meterse en un coche. En aquellos tiempos era muy raro que nadie hubiera visto nada, que no saliera alguien con alguna información. Lo habitual entonces era que los vecinos cuidaran de los chavales del barrio. Ofrecimos una recompensa de diez mil dólares por cualquier pista. Recibimos muchas llamadas falsas, pero nada que nos diera algún indicio real.

»Tenía que ser un negro, para que aquellos chicos negros se metieran en su coche. También supuse que sería una persona de autoridad: policía, militar, bombero, alguien con uniforme. Algunos decían que debía de ser un taxista, ofreciendo carreras gratis, pero a mí no me lo parecía. Los chicos de la ciudad no habrían picado con eso. Un policía, o aspirante a policía, habría caído en ponerles ropa nueva a las víctimas, en limpiarlas bien y dejarlas tiradas en distintos puntos. Sabría que con eso obstaculizaría el trabajo de laboratorio. Yo me inclinaba a pensar que se trataba de un aspirante a policía.

»Interrogamos a amigos, profesores, novios y novias, cualquier posible pareja sexual. Llegué a ir a Saint Elizabeth para interrogar a los internos que hubieran sido autores de delitos sexuales violentos. Los criminales psicóticos estaban encerrados en pabellones de alta seguridad, de manera que no podía ser ninguno de ellos, pero los interrogué también. Parecían zombis, con tanta medicación. Así que allí tampoco encontré nada.

»Me encargaron a mí el primer asesinato. A mí y a Chip Rogers, un blanco de Homicidios también, a quien en aquel entonces yo consideraba mi compañero. Ahora está muerto. Cuando apareció la segunda víctima, añadieron a otros investigadores. Y por fin, después de la tercera y del jaleo que estaba montando la prensa, el alcalde ordenó que un grupo de doce detectives se centrara exclusivamente en aquel caso. Yo estaba a cargo del equipo. Grabamos kilómetros de película en los funerales de los chicos, esperando que el asesino apareciera. Pusimos coches patrulla en todos los jardines comunitarios del distrito, veinticuatro horas al día. Yo mismo aparcaba mi coche cerca de los jardines algunas noches y me quedaba allí vigilando.

»Había quien decía que no trabajábamos en el caso con la misma dedicación que habríamos puesto de haber sido las víctimas blancas. No te voy a mentir, aquello me hirió en lo más hondo. Con todo lo que me había costado ir ascendiendo poco a poco en el cuerpo siendo negro. Primero, que si no era bastante inteligente para ser policía, después que no tenía bastante experiencia para estar en Homicidios... Por no mencionar que mi hija tenía en 1985 la misma edad que aquellos chicos. ¿Cómo no me iba a afectar? Y lo más gracioso es que, si miras los casos resueltos de víctimas blancas y negras en la ciudad en aquel entonces, el número era idéntico. Poníamos todo nuestro empeño en todos los casos. Los trabajábamos todos por igual.

»Y de pronto cesaron los Asesinatos Palíndromos. Se creyó que el asesino se había puesto enfermo y que había acabado muriéndose, o que se había suicidado. También podría ser que fuera a la cárcel con otros cargos. No lo sé. Pero una cosa sí te digo: todavía pienso en ello, todos los putos días.

—No pretendía ofenderle —se excusó Holiday.

Cook le miró fijamente.

—¿Por qué has venido?

—En primer lugar debería decirle una cosa, que no me retiré de la policía.

—Ya me imagino. Eres demasiado joven.

—Dimití. Los de Asuntos Internos me estaban investigando por unas declaraciones falsas, y me largué.

—O sea, que estabas libre de pecado.

—No. Pero era un buen policía. Me encantaría averiguar algo sobre el caso de Asa Johnson y metérselo por el culo a la policía.

—La pasión es buena.

—Pues la tengo.

—A ver tu identificación.

Holiday le enseñó el carnet de conducir. Cook se acercó a un contestador que tenía en la mesa, apretó el botón «Memo» y grabó un mensaje.

—Aquí T. C. Cook. Salgo con un tal Daniel Holiday, ex agente de la policía, a echar un vistazo a la residencia de Reginald Wilson. —Cook apretó el botón de «Stop»—. Tardaría una eternidad en escribirlo, y a veces no puedo leer mi propia letra. Sólo quería dejar constancia de mi paradero, nada más.

Cook sacó de un cajón una micrograbadora y se la tendió a Holiday. Extrajo del mismo cajón una 38 Special dentro de su funda, y se la enganchó al cinturón.

—Tengo licencia, no te preocupes.

—Yo no he dicho nada. También tengo una pistola en el coche. Y yo sí que no tengo licencia. Pero prefiero llevar la pistola y que me detengan por ello, que no llevarla y que me haga falta.

—Es un hábito muy difícil de romper, cuando has ido armado tanto tiempo.

—¿Adónde vamos?

—Tiene algo que ver con el alfiler verde del mapa.

De camino a la puerta, Cook cogió un desvaído Stetson marrón con una banda color chocolate que sujetaba una pluma multicolor.

—Conduce tú, Dan.

—Llámeme Doc.

18

Rhonda Willis llamó al Twilight, un bar de striptease de New York Avenue, y pidió hablar con el gorila que estaba en la puerta. Oficialmente la policía ya no permitía que sus agentes trabajaran en tales establecimientos, pero muchos seguían haciéndolo. El Twilight, con su historial de tiroteos en la calle y navajazos dentro del local, empleaba a policías para que cachearan a los clientes en la puerta, ya que la placa solía disuadir a la gente de protestar por ello. Era lógico que cierto tipo de agentes, atraídos por la acción y la diversión, acabaran trabajando en aquel bar. El Twilight tenía la mejor música, las mejores bailarinas y la clientela más escandalosa de la ciudad.

—¿Qué hay, Randy? —saludó Rhonda al teléfono—. Soy Rhonda Willis, de la VCB.

—Detective Willis.

—Todavía por ahí, ¿eh?

Randolph Wallace era un veterano con doce años de servicio, todavía de uniforme, casado y con dos hijos. La vida hogareña le aburría, de manera que la evitaba. Cuando no estaba de turno en la policía, trabajaba varios días a la semana en el Twilight. Allí tenía barra libre y a veces mantenía relaciones con las bailarinas del club.

—Sí, ya ves —contestó.

—Necesito la dirección de una bailarina que tenéis ahí, de

nombre Star. Vive con una tal Darcia. Y el móvil también, si lo tienes.

Wallace no contestó.

—Es para una investigación de asesinato —insistió Rhonda.

—Es que no debería, detective. Yo tengo que trabajar con esta gente.

—¿Qué pasa, quieres que os hagamos una visita con mi compañero para conseguir la información? —Rhonda soltó una carcajada, lo justo para mantener un tono amistoso—. A saber la de coca y hierba que anda cambiando de manos en los servicios en este momento. Y tráfico de sexo. Podríamos llamar a los chicos de Delitos Sexuales, si es lo que quieres.

—Detective...

—Te espero mientras me consigues los datos.

Unos minutos más tarde Rhonda tenía la dirección y el número de móvil de Shaylene Vaughn, de nombre artístico Star, y el nombre completo y teléfono de Darcia Johnson.

—Gracias, Randy. Cuídate —se despidió Rhonda.

—¿Acabas de amenazar a un compañero oficial de policía? —preguntó Ramone.

—A mí no me necesita para hundirse —repuso Rhonda—. Él solito va a joder su carrera y su matrimonio trabajando en ese sitio. La verdad es que a veces no sé qué le pasa a la gente.

Habían aparcado cerca de Barney Circle. Rhonda cruzó el río Anacostia por Sousa Bridge para entrar en Far Southeast.

La dirección que les había facilitado Randolph Wallace era el número 1600 de la calle W, cerca de Galon Terrace. Aparcaron el coche y echaron a andar entre niños del barrio con sus bicicletas y mujeres jóvenes sentadas en escalones de cemento, charlando con sus hijos en brazos. Algunos chicos se desviaron despacio al ver salir a los dos policías del coche. Ramone pasó de largo ante un joven que llevaba una camiseta negra con la leyenda «Chivatos No». Iba de la mano de un niño. Esas camisetas, muy populares en el área de D.C. y en

Baltimore, eran una advertencia explícita a aquellos ciudadanos que estaban pensando en dar información a la policía.

—Menudo ejemplo para el crío —protestó Ramone.

—Ya —masculló Rhonda.

Entraron en un edificio de apartamentos de tres plantas, de cristal y ladrillo. Subieron por la escalera hasta el segundo piso y se detuvieron en la puerta con el número 202.

—Me duele la mano, Gus.

—¿Qué te ha pasado, se te ha caído la cartera encima?

—Anda, da el toque policial, ¿quieres?

Ramone golpeó con el puño la puerta varias veces, esperó un momento y volvió a llamar.

—¿Quién es? —preguntó con enfado una mujer.

—La policía.

La puerta se abrió y apareció una joven con unos pantalones muy cortos y una camiseta de pijama sin mangas. Parecía estar en forma y era de curvas voluptuosas, pero tenía la piel de aspecto insano. Llevaba un piercing en la nariz y restos de maquillaje brillante en la cara. Tenía los ojos hinchados y en la mejilla las marcas de la almohada.

—¿Shaylene Vaughn? —preguntó Rhonda.

—Sí.

—Somos del grupo de Delitos Violentos de la policía. Éste es mi compañero, el sargento Ramone.

—¿Podemos pasar? —dijo Ramone, enseñándole la placa.

Shaylene asintió.

El salón estaba vacío, excepto por un cenicero lleno de colillas en la alfombra y una solitaria silla de plástico.

—¿Está Darcia Johnson en casa? —preguntó Rhonda.

—Está por ahí.

—¿Dónde?

—Últimamente se queda en casa de su novio.

—¿Y quién es y dónde vive?

—Pues no lo sé.

—¿No sabes cómo se llama?

—La verdad es que no.

—¿Te importa que echemos un vistazo? —dijo Ramone.

—¿Por qué?

—Parece que te acabas de despertar —terció Rhonda—. Darcia podría haber estado aquí mientras dormías. Tal vez esté en la parte trasera o algo así y tú no te has dado cuenta.

La chica perdió su expresión inocente y por un momento el odio llameó en sus ojos. Pero enseguida se desvaneció también, tan deprisa como había aparecido, como si se viera obligada a utilizar todos los elementos de su repertorio de emociones. Hizo un descuidado gesto con la cabeza, señalando la parte trasera de la casa.

—Ahí no está. Vayan a verlo ustedes mismos, si no me creen.

Ramone entró en la cocina, larga y estrecha, y Rhonda en uno de los dormitorios. La casa apestaba a varios tipos de humo y comida estropeada.

En la cocina había cajas abiertas de cereales con azúcar, pero ningún otro producto. En la nevera no había ni agua ni leche, sólo una lata de un refresco de naranja. Había cucarachas en el fregadero, agitando sus antenas, y también en la cocina eléctrica, junto a un cazo sucio. La basura estaba llena a rebosar, coronada por unos restos de comida rápida.

Ramone se unió a Rhonda en el dormitorio. Había un colchón en el suelo, con las sábanas arrugadas y un par de almohadas; una televisión de pantalla grande, con varios DVDs pornográficos dispersos alrededor, y varios CDs apilados junto a un estéreo portátil en el suelo. También por el suelo había tangas, varios picardías y otros artículos de lencería barata.

Rhonda y Ramone se miraron y entraron en el segundo dormitorio, una copia del primero.

Por fin volvieron al salón, donde les esperaba Shaylene Vaughn malhumorada. Rhonda sacó el cuaderno.

—¿Quién paga el alquiler de la casa?

—¿Eh?

—¿A nombre de quién está el contrato?

—Yo qué sé.

—Podemos averiguarlo llamando a la inmobiliaria.

Shaylene tamborileó con la mano contra el muslo.

—Dominique Lyons es el que paga.

—¿No decías que no lo sabías? —preguntó Rhonda.

—Me acabo de acordar.

—Tú tienes trabajo. ¿No te llega para pagar el alquiler?

—Darcia y yo le damos el dinero que ganamos en el club, y él nos lo guarda.

—¿Es el novio de Darcia? —preguntó Rhonda—. ¿O tu novio?

Shaylene se la quedó mirando.

—¿Tiene Dominique algún apodo o algo así? —quiso saber Ramone.

—No que yo sepa.

—¿Dónde vive?

—¿Eh?

—¿No tiene una dirección?

—Ya les he dicho que no lo sé.

—¿Dónde estabas anoche a eso de las doce?

—Bailando en el Twilight hasta la una y media, más o menos. Y luego vine a casa.

—¿Sola?

Shaylene no contestó.

—¿Y Darcia? —preguntó Rhonda

—También estaba trabajando.

—¿Estaba Dominique también en el Twilight?

—Igual sí. Podría ser.

—¿Conoces a un tal Jamal White? —preguntó Rhonda.

Shaylene se miró los pies descalzos y movió la cabeza.

—¿Eso es un sí o un no? —insistió Rhonda.

—Conozco a algunos Jamals, pero no sé sus apellidos.

Rhonda exhaló despacio y le tendió su tarjeta.

—Ahí está mi teléfono. Puedes dejarme un mensaje a cualquier hora del día o de la noche. Voy a hablar también con Darcia y Dominique. Tú no tienes pensado irte a ninguna parte, ¿no?

—No.

—Gracias por tu tiempo. Volveremos a vernos.

—Cuídate —dijo Ramone.

Salieron del apartamento, contentos de respirar aire fresco, y volvieron al Ford.

—Un picadero —declaró Rhonda, sentándose al volante—. Eso es lo que es.

—Y tú crees que Dominique Lyons es su chulo.

—Puede ser. Primero tengo que buscarlo en la base de datos, a ver de qué va.

—Jamal White se enamora de una bailarina y prostituta, a su chulo no le hace gracia que el chaval quiera meter la polla donde él tiene la olla, y bang.

—De momento no está mal. —Rhonda miró a través del parabrisas—. En algún momento esa chica fue una niña a quien le cantaban nanas.

—Si tú lo dices...

—Y mira dónde está ahora. No es que la culpe por haberse enamorado. ¿Sabes?, como dedico todo mi tiempo a mis hijos y a mi trabajo, a la gente se le olvida que sigo siendo una mujer. Hasta una mujer cristiana como yo... bueno, de vez en cuando también necesito un pene.

—¿De verdad?

—Pero este Dominique Lyons tiene que tener un pene muy especial. Vaya, uno de esos penes por los que una chica llega a bailar desnuda en un bar para luego darle el dinero que tanto le ha costado ganar. Uno de esos penes por los que una chica se prostituye en una cueva infestada de cucarachas donde no hay ni muebles ni comida ni bebida y aun así se siente como una reina. Vaya, que tiene que ser un pene espectacular.

—Vale.

—¿Sabes? —Rhonda encendió el contacto del Ford—. Yo no necesito esa clase de pene.

Holiday y Cook aparcaron el Town Car tres edificios más abajo de una residencia de estilo rancho en Good Luck Estates, una pulcra comunidad de clase media de Good Luck Road, en la zona de New Carrollton, del condado Prince George's. En el camino particular había un Buick último modelo. Las cortinas de la mansión, de color gris oscuro, estaban cerradas.

—Vive a diez minutos de mi casa —comentó Cook—. Me viene muy bien, para pasarme por aquí a vigilar.

—¿Cómo es? —preguntó Holiday.

—Reginald Wilson. Ahora andará cerca de los cincuenta.

—¿Dice que era guardia de seguridad?

—En la época de los asesinatos, sí. Nos interesaban los hombres que pudieran ser confundidos por policías por el uniforme.

—¿Y por qué él?

—Después del tercer asesinato, interrogamos a todos los guardias de seguridad que trabajaban en la zona, y luego, en una segunda ronda, volvimos a ver a los que vivían cerca de las víctimas. A Wilson lo interrogué yo personalmente. Tenía algo raro en la mirada, así que investigué su pasado. Había pasado un tiempo en el calabozo, cuando estaba en el ejército, por dos incidentes violentos, ambos contra compañeros suyos. Consiguió salir con una baja honrosa, lo que le permitió solicitar la entrada en la policía y las fuerzas especiales de P. G. County. Pero en ninguno de los dos cuerpos lo aceptaron. El problema no fue el test de inteligencia. De hecho, ahí sacó muy buenas marcas. Lo que falló fue el test psiquiátrico.

—De momento lo sigo. Buen coeficiente intelectual, cables cruzados. Así que ahora le va a demostrar a la policía que ha cometido un gran error, ¿cómo...?, ¿matando niños?

—Ya lo sé, es un poco peregrino. La verdad es que no había pruebas de nada, ni siquiera antecedentes de pedofilia. Sólo tenía la corazonada de que este tío no era trigo limpio. Me daba la impresión de haberlo visto antes, tal vez en la escena de algún crimen. Pero la memoria no me ayudaba. Ni el asesino tampoco. Recuerda que en los cuerpos no se encontraron restos, ni siquiera folículos de pelo humano, ni fibras de alfombras de casas, ni de coches. Ni sangre de otra persona. Ni tejido bajo las uñas. Los cuerpos estaban limpios. Lo único que había era semen en el recto. Y en aquel entonces no había manera de saber la procedencia, puesto que en 1985 no existían las pruebas de ADN.

—O sea, que dejaba algo de lefa. ¿Y qué se llevaba?

—Ya veo que eres bastante espabilado.

—Puedo serlo.

—Todas las víctimas tenían pequeños mechones de pelo cortado. Así que se llevaba recuerdos. Ése fue un detalle que jamás revelamos a la prensa.

—¿Entró alguna vez en su casa?

—Claro, le interrogué en su casa. Recuerdo que no tenía casi muebles, pero sí una colección de discos gigantesca. Todo jazz, me dijo. Jazz eléctrico, que no sé qué será eso. Nunca he llegado a entender ese ruido. Me gusta el rollo instrumental, pero sólo si se puede bailar.

—Y entonces, ¿qué pasó? —se impacientó Holiday.

—Pues que, un mes después del tercer asesinato, Reginald Wilson toqueteó a un chaval de trece años que había entrado en el almacén donde trabajaba, cerca de un edificio de apartamentos donde vivía el chico. Y lo detuvieron. Y mientras cumplía condena en la cárcel, un tipo le llamó maricón o algo así, y Wilson se lo cargó. Lo mató a puñetazo limpio. Ni siquiera pudo alegar defensa propia, así que le cayeron un montón de años. En la prisión federal lo identificaron como pederasta y acabó cargándose a otro preso que le amenazó con una cuchilla. Y le echaron encima todavía más años.

—Los asesinatos cesaron cuando entró en la cárcel.

—Exacto. Durante diecinueve años y pico. Y ahora sólo lleva fuera unos meses, y han empezado otra vez.

—Es posible que sea él —convino Holiday—. Pero lo único que tiene es que Wilson es violento y le atraen sexualmente los niños. La pedofilia no es lo mismo que el asesinato.

—Es un tipo de asesinato.

—Yo eso no lo discuto. Pero el caso es que no hay pruebas de nada. Nos costaría obtener una orden de registro. Vamos, eso si todavía fuéramos policías.

—Ya lo sé.

—¿Tiene trabajo?

—Tiene la condicional, así que no le queda más remedio. Es cajero en una gasolinera con supermercado que está abierta toda la noche, en Central Avenue. Hace distintos turnos, incluyendo el último. Lo sé porque le he seguido más de una vez.

—Podríamos hablar con su agente de la condicional, que nos diga su horario, hablar con su jefe. A ver si estaba trabajando la noche que mataron a Johnson.

—Pues sí —dijo Cook sin mucho entusiasmo.

—Esto no es un palacio —comentó Holiday, mirando la casa—, pero es un barrio bastante bueno para un tío como él, y más cuando acaba de salir de la cárcel.

—Es la casa de sus padres. Murieron mientras estaba en el trullo, y como era hijo único la heredó él. La casa está libre de cargas, así que lo único que tiene que hacer es pagar los impuestos. El Buick tampoco es suyo.

—Ya me imagino. Tenía que ser de su padre. Sólo los viejos llevan Buicks. —Holiday dio un respingo—. No quería decir...

—Ahí está —dijo Cook, que no se había sentido ofendido y no había apartado la vista de la casa.

Se había abierto una cortina del ventanal y detrás apareció un instante un hombre de mediana edad. Fue como una sombra. Desapareció enseguida.

—¿Nos habrá visto? —preguntó Holiday.

—No sé si nos ha visto. ¿Y sabes qué? Que me importa tres cojones. Porque al final acabará cometiendo un error.

—Necesitamos más información sobre la muerte de Johnson.

—Tú viste el cuerpo.

—También estuve en la escena del crimen al día siguiente.

—Joder, chico, ¿has hablado con alguien?

—Todavía no. Pero conozco al detective de Homicidios que lleva el caso. Se llama Gus Ramone.

—¿Estará dispuesto a hablar contigo?

—No lo sé. Entre él y yo hubo movida.

—¿Qué hiciste, follarte a su mujer?

—Peor. Ramone estaba a cargo de una investigación de Asuntos Internos, que pretendía acabar conmigo. Y yo no le dejé acabar el trabajo.

—Cojonudo.

—Es de los que siguen las normas al pie de la letra.

—De todas formas estaría bien que pudieras hablar con él.

—Si se baja de su pedestal, igual sí.

19

Después de un par de sándwiches de bonefish con salsa picante y tártara de un puesto de Benning Road, Ramone y Rhonda Willis acudieron a la Academia de Policía Metropolitana, en Blue Plains Drive, en una extensión de terreno entre la autopista de Anacostia y la calle South Capitol, en Southeast. Pasaron por la unidad de entrenamiento K-9 y los barracones donde habían vivido ambos en su momento, hasta llegar a un aparcamiento casi lleno de coches y autobuses.

La academia tenía el aspecto de cualquier instituto, con aulas de tamaño estándar en las plantas superiores, y un gimnasio, piscina y extensas instalaciones de entrenamiento en la planta baja. Los policías veteranos, incluido Ramone, utilizaban la sala de pesas y la piscina para mantenerse en forma. La vanidad de Rhonda había menguado con el nacimiento de sus hijos y llevaba muchos años sin hacer ejercicio. Si conseguía contar con media hora libre, consideraba más valiosos para su salud física y mental un buen baño caliente y una copa de vino, antes que una visita al gimnasio.

Al entrar al edificio advirtieron que habían pintado los marcos de un color púrpura brillante, casi fosforescente.

—Un tono muy relajante —comentó Rhonda—. No sé a qué genio se le habrá ocurrido elegir ese color.

—Supongo que en Sherwin-Williams ya no les quedaba rosa.

Enseñaron la placa a un oficial a la entrada y subieron a la segunda planta. A esas primeras horas de la tarde, muchos policías, en camiseta y pantalón corto, hacían pesas o corrían en las cintas antes de que comenzara su turno de cuatro a doce de la noche. Ramone y Rhonda estaban en un rellano desde el que se veía el gimnasio.

—Ahí está la persona que busco —dijo Ramone—. Les está enseñando algo que aprendió en Jhoon Rhee.

En la zona de canasta de la pista de baloncesto, un oficial de uniforme demostraba a un gran grupo de novatos la posición y el movimiento apropiado para dar un directo. Alzó la mano izquierda para protegerse la cara al tiempo que lanzaba la derecha, poniendo en el golpe la fuerza de las caderas y girando el pie trasero. El grupo a continuación intentó imitarlo.

—Así estábamos nosotros no hace mucho tiempo —recordó Rhonda.

—Ahora hay muchas más exigencias. Hacen falta dos años de carrera sólo para ingresar en la academia.

—Pues yo así no habría podido entrar. Y, mira, se habría perdido una buena policía.

—Pero así impiden que entren subnormales en el cuerpo.

—Gus, algún día vas a tener que aprender el vocabulario correcto de este nuevo siglo que vivimos.

—Vale, los deficientes mentales.

—¿Ves a aquellas chicas blancas ahí abajo? —Rhonda señaló con la cabeza a las numerosas reclutas de la pista—. En cuanto salgan, la mayoría acabarán fracasando o trabajando detrás de una mesa en unas dos semanas.

—Venga ya, ¿por qué dices eso?

—¿Sabes la teniente esa rubia, la chica que sale siempre en la tele? Nunca tuvo que jugársela en la calle patrullando por los barrios problemáticos. Se hizo un nombre protegiendo a los burguesitos blancos de los negros que contaminaban las aceras en Shaw. Y en la policía no hacen más que promocionarla porque su piel de porcelana y su pelo rubio quedan muy bien en la pantalla.

—Rhonda.

—Yo sólo lo digo.

—Mi madre es blanca.

—Es italiana. Y sabes muy bien que tengo razón.

—Espera, que tengo que hablar con ése —dijo Ramone, al ver que el instructor despedía al grupo de novatos.

—Nos vemos abajo.

Ramone bajó por las escaleras, en dirección a la piscina cubierta. Como pasaba siempre que andaba por allí, su mente rebobinó hasta su primer año en el cuerpo. En aquella misma puerta había visto por primera vez a Regina, con su bañador azul al borde de la piscina, mirando el agua, lista para zambullirse. Al verla, musculosa pero femenina, con las nalgas bien formadas y sus bonitos y tersos pechos, se quedó literalmente petrificado. A él no se le daban nada bien las chicas, ni era especialmente atractivo para compensar su falta de desparpajo, pero no tuvo miedo y entró directamente en la zona de la piscina, se presentó y le tendió la mano. «Por favor, que sea tan simpática como guapa», rogó, mientras estrechaba su mano suave. Ella bajó un poco sus ojazos castaños al sonreír. Y en ese momento, Ramone supo que era la que buscaba.

Regina no duró mucho en la policía. Seis meses de entrenamiento, otro mes con un compañero de más experiencia, luego un año de patrulla, como novata, y con eso tuvo suficiente. Decía que se dio cuenta la primera semana en la calle de que aquello no era para ella. Quería ayudar a la gente de alguna manera, no encerrarla. Volvió a la universidad, se sacó su licenciatura y dio clases unos cuantos años en la escuela elemental Drew, en Far Northeast. Cuando nació Diego, dejó el trabajo para dedicarse a la maternidad a jornada completa y al voluntariado a tiempo parcial en el colegio. En sus oraciones en la iglesia, Ramone a veces daba gracias por la mala decisión de Regina de unirse a la policía. Sabía que si aquel día no hubiera bajado por aquellas escaleras, si no hubiera atravesado aquella puerta, y si ella no hubiera estado pensándose la zambullida, él no tendría lo que tenía ahora. Y para él, lo que tenía lo era todo. Aunque también era capaz de joderlo todo.

Lo más curioso es que ni siquiera tenía pensado casarse o formar una familia, pero ambas cosas le llegaron, y estuvo bien. Y todo por el camino que había tomado una tarde, y por una mujer que había vacilado antes de tirarse al agua. Como la mayoría de la gente, Ramone no estaba del todo seguro de que existiera un poder superior, pero desde luego sí creía en el destino.

Ahora atravesó el gimnasio, cruzó la mirada con el instructor, John Ramirez, y esperó hasta que el último novato se hubo marchado hacia los taquilleros. Ramirez, con pecho y brazos de culturista, le estrechó la mano con poca fuerza y ojos fríos.

—Johnny.

—Vaya, Gus. ¿Qué, disfrutando del nuevo trabajo?

—Ya llevo un tiempo con él.

—Debe de ser más satisfactorio encerrar a delincuentes que a compañeros, ¿eh?

—Para mí todo es lo mismo. Si hacen mal, hacen mal, ¿me comprendes?

No era cierto. Ramone siempre había conocido las consecuencias de perseguir a policías que abusaban de su poder o cometían delitos menores. Pero no pensaba dejar que un tipo como Johnny Ramirez, un exaltado que había pasado de patrullero con problemas de inseguridad a monitor de gimnasio con placa, le echara en cara su trabajo en Asuntos Internos. Ramone había aprendido allí a investigar casos, había realizado su trabajo competentemente pero no con espíritu vengativo, y había utilizado la experiencia como puente para llegar a Homicidios.

—Pues la verdad es que no, no te comprendo.

Por lo general Ramone no había tenido problemas con sus compañeros durante su estancia en Asuntos Internos. La mayoría de los policías no querían andar cerca de otros agentes corruptos porque podían quedar manchados sólo por asociación. Jamás le habían mirado mal, jamás había oído a nadie mascullar «chivato» y jamás se había levantado nadie de la barra del bar cuando Ramone se acercaba. Asuntos Internos era un elemento necesario en el cuerpo, y la mayoría de los policías lo aceptaban. Ramirez solía beber copas con Holiday, y sencillamente le caía mal Ramone por lo que le había pasado a su amigo.

—Oye, no te quiero entretener mucho tiempo. Sólo quería saber si has visto a Dan Holiday últimamente, si seguís siendo amigos...

—Sí, le he visto. ¿Por qué?

—No, es que quería hablar con él, por un asunto privado.

—Ah, es privado. Tiene un servicio de limusinas, igual eso te ayuda.

—Ya lo había oído.

—Pero no tengo su número ni nada. De todas maneras no debería costarte mucho encontrarlo.

—Vale, Johnny. Gracias.

—¿Quieres que le diga que le andas buscando, si lo veo?

—No, no le digas nada. Quiero darle una sorpresa.

Ramone sabía por supuesto que Ramirez llamaría de inmediato a Holiday, y precisamente por esta razón había hablado con él. Quería que Holiday tuviera tiempo para pensar antes de enfrentarse a él. Así eliminaría de la conversación la mitad de las chorradas.

—Nos vemos, Ramirez.

Ramone encontró a Rhonda en las escaleras, mirando la pared cubierta de fotografías de agentes muertos en el cumplimiento del deber. En ese momento estaba delante de la foto de un genial y joven policía que Rhonda había conocido muy bien cuando ambos iban de uniforme. Le habían matado de un disparo durante un control rutinario. Rhonda tenía los ojos cerrados, y Ramone supo que estaba elevando una oración por su amigo. Esperó hasta que ella se volvió, sorprendida al verlo allí.

—¿Ya has terminado con Ramirez?

—El oficial Ramírez acaba de decirme lo mucho que admiraba mi trabajo en Asuntos Internos.

—Ya veo que no me vas a contar nada.

—Bueno, vale. Es que le he pedido una cita. Salir a tomarnos un refresco con dos pajitas o algo así.

—Ya, bueno. Tengo que volver a la oficina a echar un vistazo a la ficha de nuestro amigo Dominique.

—Te acompaño.

Por su proximidad con la mayoría de los cadáveres encontrados en la ciudad, la brigada de Delitos Violentos estaba localizada en Southeast, pero las oficinas de la mayoría de las otras unidades especializadas, como Delitos Sexuales y Violencia Doméstica, estaban en el edificio de la sede central de la policía, en el número 300 de Indiana Avenue, en Northwest. Ramone llegó poco después de dejar a Rhonda en la VCB y fue directo a las oficinas de la unidad de Casos Abiertos.

Los homicidios sin resolver pasaban de la VCB a Casos Abiertos al cabo de tres años. Algunos polis menospreciaban el trabajo de los detectives de esta unidad, puesto que la mayoría de los asesinatos antiguos que resultaban «resueltos» tenía poco que ver con la capacidad de investigación o la ciencia forense y más con criminales que de pronto ofrecían información inesperada a cambio de una reducción en sus condenas. Pero esos mismos detectives olvidaban convenientemente que también de esa manera se cerraban muchos casos más recientes.

Ramone no albergaba esos prejuicios. Los miembros de la unidad de Casos Abiertos no eran los agentes atractivos, los chulos con gafas de sol, cuerpos trabajados en el gimnasio y guapitos de cara que salían en la tele, sino más bien hombres y mujeres de mediana edad con barriga, familias y deudas, que se dedicaban a hacer su trabajo, como todos. A lo largo de los años él mismo había trabajado con algunos de ellos en otros destinos.

Encontró al detective James Dalton en su mesa. Ramone le había hecho muchos favores en otras ocasiones y esperaba ahora que éste actuara en consecuencia. Dalton era delgado, de pelo cano, blanco pero con ojos de chino. Se había criado en el norte de Montana y llegó a Washington D.C. en los años setenta con la intención de realizar labores sociales, pero acabó en la policía. Solía decir que al mudarse a Washington había pasado de un pueblo a otro. «Más gente, pero la misma actitud», sostenía.

—Muchas gracias —dijo Ramone.

—El expediente ya estaba fuera —dijo Dalton—. Estábamos esperando el informe de la autopsia antes de decidir si teníamos que involucrarnos o no. No has sido el único en advertir los puntos en común.

—Si tienes unos años de experiencia...

—Exacto. Ahí está la ficha. Es bastante gorda.

—Eso me dicen las chicas.

—¿Eh?

—Nada, un chiste muy malo.

—Pero el caso no es tuyo, ¿no?

—No, es de Garloo Wilkins. Pero yo conocía a la víctima, era amigo de mi hijo. ¿Te importa que le eche un vistazo y tome algunas notas?

—A tu aire, yo me marcho.

«Perfecto», pensó Ramone.

Dedicó las siguientes dos horas a leer los extensos expedientes del caso de los Asesinatos Palíndromos. Entre los informes oficiales se incluían recortes de prensa del *Washington Post* y un largo artículo histórico del *Washington City Paper*. Dalton había tenido el detalle de marcharse del despacho, de manera que Ramone hizo copias de todo lo que pensó que podría necesitar. Luego metió los papeles en un sobre vacío que Dalton había dejado convenientemente en la mesa y los sacó del edificio bajo el brazo.

Una vez sentado al volante de su Tahoe, llamó al móvil de Wilkins.

—Eh, Bill, soy Gus.

—¿Qué hay?

—Creo que deberías llamar al forense para pedir un informe sexual en la autopsia de Asa Johnson.

—Ya lo harán aunque no lo pida.

—Llama de todas formas, para asegurarte.

—¿Por qué?

—Por ser exhaustivos, nada más.

—Ya.

—¿Ha habido algo hoy?

—He hablado con el director del colegio de Asa, pero tengo algunos problemas con el padre del chico. Quería pasarme por su casa para echar un vistazo a la habitación de Asa, pero Terrance Johnson dice que prefiere que vayas tú primero.

—Lo siento, Bill. Es que me conocen ya de hace tiempo, eso es todo. Luego iré por su casa a hablar con él y a aclararle las cosas.

—Es mi investigación, Gus.

—Desde luego. Mira, esta tarde todavía tengo que hacer unas cuantas llamadas. Ya hablaremos cuando nos veamos.

—De acuerdo. Cuídate.

Ramone colgó el teléfono. No había razón para mencionar la posible relación con una vieja serie de homicidios no resueltos. Con eso no lograría más que confundir a Garloo, se dijo.

Y sin más se dirigió hacia la parte alta de la ciudad.

20

El colegio de Asa Johnson estaba en Manor Park, a unas manzanas tanto de la casa de Johnson como de la de Ramone. Su hijo, Diego, iba andando cuando todavía estaba allí matriculado, pero ahora recorría a pie un kilómetro y medio hasta Maryland, donde tomaba el autobús hasta su colegio en Montgomery County. Parecía una complicación innecesaria que su hijo tuviera que hacer tanto viaje para llegar a su nuevo destino, con lo cerca que le quedaba antes su antiguo centro. Claro que a Ramone no le importaba que Diego tuviera que sudar un poco para llegar al colegio, sencillamente intentaba justificar de nuevo la idea de devolver a Diego al sistema de educación pública del distrito.

Ramone pensaba en esto y en otras cosas mientras recorría el pasillo hacia la oficina de administración. Había sonado la campana, anunciando la última clase del día. Los chicos, en su mayoría negros y algunos hispanos, charlaban y se reían, metiendo libros y sacando carteras de las taquillas, listos para salir disparados hacia sus casas. Se movían en torno a los muchos guardias de seguridad. Con las ventanas enrejadas, la tenue iluminación y la constante presencia de guardias de aspecto policial, aquello parecía un correccional.

Ramone reconoció a algunos chicos, tanto del barrio como del equipo de fútbol de Diego, y un par de ellos le saludaron con un «señor Ramone» o «señor Gus». Sabían que era policía. Algunos, por esa razón, no le miraban a los ojos, pero casi todos se mostraban amistosos y respetuosos.

Unos cuantos, sobre todo los que vivían con familias problemáticas, ya se habían descarrilado, y otros estaban a punto de hacerlo. Pero a la mayoría le iría bien.

Ramone sentía un gran respeto por los profesores. Estaba casado con una de ellos y sabía con lo que bregaban: no sólo con chicos rebeldes, sino también con padres furiosos y poco razonables. Pocas profesiones eran tan difíciles como la de educador de secundaria, pero aun así, lo que aquellos adolescentes más necesitaban era que ni los profesores ni la administración perdieran la fe en ellos. Aquél era el período más crítico de sus vidas.

Una cosa era cierta de aquel colegio, pensó Ramone mirando las caras en torno a él. Allí los profesores se fijaban en el comportamiento, no en la raza ni en la clase social.

Pero también advirtió las condiciones del lugar: las paredes en las que faltaba una mano de pintura, los baños sin puertas, los retretes estropeados, los cubos que recogían el agua de las goteras, la escasez de material escolar. Se acordó de las razones por las que Regina y él habían sacado a Diego de allí.

Era un infierno tratar de averiguar qué era lo mejor para un hijo.

Entró por fin en la oficina de administración, se identificó y explicó que ya había llamado antes para pedir cita. Al cabo de unos momentos estaba sentado ante la mesa de la señorita Cynthia Best, directora del colegio, una atractiva mujer de piel oscura, postura erguida y ojos sabios.

—Bienvenido de nuevo, señor Ramone.

—Me gustaría que fuera bajo mejores circunstancias. ¿Cómo va todo?

—Ayer trajimos a un terapeuta para que ayude a los alumnos a superar la muerte de Asa.

—¿Aprovechó alguien ese servicio?

—Acudieron dos chicos, pero más por curiosidad que

otra cosa. O tal vez buscaban una manera novedosa de saltarse las clases. Los mandé de vuelta, de buenas maneras.

—Señorita Best, ¿ha oído usted algo? ¿Ha llegado hasta los profesores algún rumor proveniente de los alumnos?

—Nada aparte de las conjeturas habituales. Ya sabe que a estos chicos les gusta idealizar la vida de la calle, pero en este caso no ha habido muchos rumores sobre drogas. En cuanto a los profesores, tienen una idea bastante aproximada del entorno de sus alumnos. Conocen a los padres, están con los chicos todos los días. Ninguno de los profesores de Asa ha aventurado ninguna hipótesis, ni basada en hechos ni meramente teórica.

—¿Les ha dicho que iba yo a venir?

—He hablado con el profesor de matemáticas y la de lengua, que le están esperando. Si necesita ver a algún otro, educación física, salud, ciencias, lo que sea, también lo puedo arreglar.

La señorita Best le tendió un papel en el que aparecían los números de las aulas y los nombres de los profesores. Ramone se lo metió en el bolsillo de la chaqueta.

—¿Ha hablado con el detective Bill Wilkins? Oficialmente es su caso.

—Sí, me llamó por teléfono. Me pidió que no vaciemos la taquilla de Asa hasta que él eche un vistazo.

—Muy bien. —Ramone empezaba a pensar que había subestimado a Wilkins.

—¿Quiere ir a verla usted mismo?

—Después de hablar con los profesores. —Ramone dio unos golpecitos con el bolígrafo en el pequeño cuaderno de espiral que tenía en el regazo—. Si me permite, por lo que me dice deduzco que los alumnos no han llorado mucho que digamos por la muerte de Asa.

—No pretendía que fuera una crítica.

—Y no lo he entendido así. Sólo me gustaría conocer su impresión sobre Asa.

—La verdad es que he tenido muy poco contacto con él

los últimos dos años. Sólo hemos hablado unas cuantas veces. Era un chico tranquilo, que no ofrecía problemas de disciplina. Yo no diría que fuera muy enérgico. No era ni popular ni impopular.

—Vamos, un chico bastante anodino, me está diciendo.

—Eso lo ha dicho usted.

—Por favor, esto no es oficial. Puede hablar con libertad.

—Asa no era de la clase de estudiantes que me llaman la atención, es lo más sincero que puedo decirle.

—Se lo agradezco.

—¿Cómo está Diego? —preguntó la directora.

—Pues la verdad es que ha tenido algún que otro tropezón en el nuevo colegio, para serle franco.

—Siempre será bienvenido aquí.

—Gracias, señorita Best. Voy a hablar con los profesores.

—Buena suerte.

Ramone encontró el aula de la profesora de lengua, la señorita Cummings, en la segunda planta. Dentro no había nadie, de manera que se dedicó a mirar un poco por allí para matar el tiempo. Había papeles arrugados por el suelo y las papeleras estaban a rebosar. Las sillas y pupitres, que parecían estar en uso desde la época de la Depresión, se encontraban mal alineados, en hileras apenas detectables.

En la pizarra la profesora había escrito citas del doctor King, James Baldwin y Ralph Ellison. También se veían dos notas, una de ellas era el anuncio de un inminente examen y la otra recordaba a los alumnos que pusieran al día sus diarios. Al ver que la profesora no aparecía, acabó marchándose del aula.

El señor Bolton, profesor de álgebra de Asa, le esperaba en el aula 312. Ésta, a diferencia de la de lengua, estaba ordenada y limpia. El profesor se levantó de su mesa y fue a saludar a Ramone.

Bolton era un hombre de piel oscura, color chocolate, cerca ya de los cuarenta años. Llevaba pantalones de sport, una camisa bien planchada y mocasines. La ropa no parecía muy cara, lo cual no era de extrañar dado el anémico salario del profesor, pero sí estaba pensada. Ramone esperaba encontrarse con un friqui, pero se encontró con un tipo de buena facha, vestido con cierta elegancia y recién afeitado. Su nariz, bastante grande y algo amorfa, impedía que pudiera calificársele de guapo. Sus ojos eran grandes y brillantes.

—¿Detective Ramone?

—Señor Bolton. —Ramone le estrechó la mano.

—Llámeme Robert.

—De acuerdo. No le robaré mucho tiempo.

—En lo que pueda ayudarle...

Ramone sacó el cuaderno.

—¿Cuándo fue la última vez que vio a Asa Johnson?

—En clase, el día de su muerte.

—Es decir, el martes.

—Exacto. Y luego ese mismo día, después de clase.

—¿Por qué? ¿Estaba castigado o algo?

—No, no, nada de eso. Vino a que le pusiera deberes extras. Le encantaban las matemáticas, detective. La verdad es que le gustaba resolver problemas. Asa era uno de mis mejores alumnos.

—¿Y qué le dio?

—Nada, unos ejercicios para subir la nota. Problemas matemáticos, esas cosas.

—¿Le pareció que estuviera preocupado por algo aquella tarde?

—No, no me dio esa impresión.

—¿Llegó a sospechar alguna vez que estuviera metido en algo... raro?

—No sé muy bien a qué se refiere.

—No me refiero a nada en particular. Sólo me gustaría conocer su impresión.

—Es una falacia pensar que la mayoría de los chicos del distrito andan metidos en actividades delictivas. Tiene que darse cuenta de que la inmensa mayoría de estos estudiantes no tienen nada que ver con robar coches o pasar drogas.

—Sí, soy consciente de ello.

—Son chicos. No les ponga una etiqueta sólo porque son afroamericanos y viven en D.C.

«Afroamericanos.» Años atrás Diego le había dicho:

—No llames nunca a mis amigos «afroamericanos», porque se reirán de ti. Somos negros, papá.

Ramone esbozó su sonrisa de poli, que era una sonrisa sólo en el nombre.

—Yo vivo en este barrio.

Bolton se cruzó de brazos.

—A veces la gente llega a conclusiones erróneas, es lo único que digo.

Ramone escribió en el cuaderno «a la defensiva» y «gilipollas».

—¿Alguna otra cosa que recuerde que pueda ser pertinente a la investigación?

—Lo siento. La verdad es que le he dado muchas vueltas. Para mí era un chico feliz y equilibrado.

—Gracias —dijo Ramone, estrechando la fuerte mano de Bolton.

Por fin encontró a Andrea Cummings en el aula. La señorita Cummings era joven, una veinteañera alta, de largas piernas y piel oscura. Parecía bastante anodina a primera vista, pero cuando sonreía era decididamente guapa. Y en cuanto Ramone entró en el aula, esbozó una bonita sonrisa.

—Soy el detective Ramone. Pensé que ya no la vería.

—No, no. Tengo trabajo que hacer después de clase. Es que había ido a por un refresco.

Ramone acercó una silla a su mesa y se sentó.

—Cuidado con eso —advirtió ella—. Debe de tener más de sesenta años.

—Deberían sacar estos trastos del colegio y llevarlos a un museo.

—Y que lo diga. Ahora mismo estamos sin papel ni lápices. Casi todo el material que ve aquí lo compro de mi propio bolsillo. Le aseguro que aquí alguien está metiendo mano a los fondos. No sé si serán los abogados, los contratistas o la dirección, pero alguien se está forrando, y eso es un robo puro y duro. Les están robando a los alumnos. Vamos, yo lo que digo es que esa gentuza debería arder en el infierno.

Ramone sonrió.

—No se corte.

—Huy, yo con eso no tengo problemas.

—¿Es de Chicago?

—Por Dios, si es que no se me quita el acento. Me crie en una casa de protección oficial, y mis primeros dos años de profesora los pasé en mi barrio, en Northwestern. Ya se imaginará que las instalaciones eran bastante penosas, pero jamás he visto nada como esto.

—Seguro que les cae bien a sus alumnos.

—Bueno, empiezo a caerles bien. Mi filosofía es asustarlos al principio de curso, poner cara de bulldog. Que sepan desde el primer momento quién manda. Ya les caeré bien más adelante. O no. Lo que quiero es que empiecen a aprender algo. Así es como me recordarán.

—¿Y Asa Johnson? ¿Tenía una buena relación con él?

—Asa era un buen chico. Nunca me dio ningún problema y siempre hacía los deberes.

—¿A usted le caía bien?

—Lloré cuando me enteré de la noticia. Es imposible no conmoverse cuando matan a un niño.

—Pero ¿le gustaba?

La señorita Cummings se relajó en la silla.

—Los profesores tienen favoritos, como los padres también tienen favoritos entre sus hijos, aunque no quieran admitirlo. No le puedo mentir diciendo que era de mis favoritos. Pero no porque fuera mal chico.

—¿A usted le parecía un chico feliz?

—No especialmente. Sólo con verle la postura se notaba que algo le preocupaba. Además, rara vez sonreía.

—¿Por alguna razón que se le ocurra?

—Que Dios me perdone por hablar sin saber.

—Dígame lo que piensa.

—Podría haber sido su vida familiar, lo digo porque he conocido a sus padres. Su madre es una persona callada, sometida a su marido. Y el padre es uno de esos que van de machos, seguramente para compensar sus complejos. Se lo digo con toda sinceridad. No tenía que ser muy divertido para Asa vivir en ese entorno, no sé si me entiende.

—Le agradezco la sinceridad. ¿Tiene alguna razón para creer que estuviera metido en actividades delictivas?

—En absoluto. Pero, claro, nunca se sabe.

—Pues sí. —Ramone miró la pizarra—. No me importaría echarle un vistazo a su diario, si lo tiene usted.

—No lo tengo —contestó la señorita Cummings—. Me los entregan al final del semestre, y yo les echo sólo un vistazo para ver si se han esforzado un poco. Vamos, que no los leo. Mi tarea consiste en asegurarme de que están trabajando algo, porque eso ya es un logro.

Ramone le tendió la mano.

—Ha sido un placer conocerla, señorita Cummings.

—Lo mismo digo, detective. Espero haberle sido de alguna ayuda.

Ramone volvió a su Tahoe y sacó un par de guantes de látex que se metió en el bolsillo. Luego se dirigió de nuevo a la oficina de administración y, acompañado de un guardia de seguridad, se acercó a la taquilla de Asa. El hombre leyó un papel, marcó la combinación de la cerradura y dio un paso atrás para que Ramone inspeccionara su contenido.

En el estante superior había un par de libros de texto. Pero ni en los libros ni en el fondo metálico se veía ningún papel ni ninguna otra cosa. Lo normal era que un chico de su edad tuviera en la taquilla fotos de figuras deportivas, raperos o estrellas de cine. Asa no había puesto nada.

—¿Ha terminado? —preguntó el guardia.

—Ya puede cerrar.

Esperaba encontrar el diario del chico, pero allí no estaba.

21

Terrance Johnson abrió la puerta para que pasara Ramone. Tenía los ojos rojos y apestaba a alcohol. Johnson le estrechó la mano y se la retuvo un momento.

—Gracias por recibirme. —Ramone retiró la mano.

—Ya sabes que quiero ayudar.

—Pero necesito que cooperes también con el detective Wilkins, Terrance. Estamos trabajando todos juntos en esto, y el caso es suyo.

—Si tú lo dices, lo haré.

En la casa reinaba un silencio sepulcral. No se oían voces humanas ni ruidos de la televisión o la radio.

—¿Está Helena?

Johnson negó con la cabeza.

—De momento se queda con su hermana. Y también se ha llevado a Deanna. Helena no puede soportar ahora mismo estar en esta casa. No sé cuándo lo va a superar.

—Se pondrá mejor. El duelo tiene sus etapas.

—Ya lo sé —replicó Johnson, haciendo con la mano un gesto de fastidio. Tenía la mirada como perdida, la boca entreabierta y los ojos velados por el alcohol.

—Tú también tienes que cuidarte.

—Descansaré cuando aclaréis todo esto.

—¿Puedo echar un vistazo al cuarto de Asa?

—Te acompaño.

Subieron a la segunda planta por la escalera central. Era una casa típicamente colonial del barrio, con tres dormitorios y baño completo arriba.

—¿Quién ha entrado aquí desde su muerte? —preguntó Ramone al llegar a la habitación de Asa.

—Helena y yo. Y Deanna, supongo. Tal como me dijiste, no he dejado entrar a nadie más.

—Bien. Pero también estoy pensando en los días antes de su muerte. ¿Tuvo aquí a algún amigo o conocido, que tú recuerdes?

Johnson se quedó pensando un momento.

—Bueno, durante el día yo estaba en el trabajo, claro. Tendría que preguntárselo a Helena. Pero podría asegurar casi con toda certeza que la respuesta es que no.

—¿Por qué estás tan seguro?

—Porque los últimos seis meses, desde el final del curso pasado, supongo, Asa no tenía ningún amigo en particular.

—¿Ninguno en particular?

—Se había alejado de los amigos con los que solía ir. Ya sabes cómo son los chicos.

Las niñas lo hacían con más frecuencia, pensó Ramone. Los niños solían aferrarse más tiempo a las amistades. Pero sabía que lo que decía Johnson era cierto. Diego y Asa también habían sido amigos, hasta el punto de verse casi todos los días. Pero hasta el día en que habían matado a Asa, Diego llevaba mucho tiempo sin hablar de él.

—¿Me necesitas aquí? —preguntó Johnson.

—No, no hace falta que te quedes.

Johnson se marchó y Ramone echó un vistazo mientras se ponía los guantes de látex. La habitación se encontraba más limpia de lo que había estado jamás la de Diego. La cama estaba hecha. En la pared colgaba el obligatorio póster de Michael Jordan con la ropa de los Bulls. Los pocos trofeos de fútbol, en un estante donde había un sorprendente número de libros, eran premios al trabajo de todo el equipo, no a un esfuerzo individual.

Examinó los cajones de la cómoda. Miró en el armario y registró los bolsillos de pantalones y cazadoras. Pasó la mano bajo el borde de la cómoda y bajo el somier de la cama. No encontró nada que Asa pudiera haber escondido. No encontró nada que le pareciera pertinente a la investigación.

Examinó también el contenido de su bolsa, una Jan-Sport de una sola correa. Dentro encontró una agenda, una novela juvenil y el libro de texto de álgebra, en el que no había ningún papel. El diario de Asa tampoco estaba allí.

Intentó ponerse un guante de béisbol para zurdos que encontró en el armario, pero no le encajaba.

En la mesa había una pantalla de ordenador. Ramone se sentó en la silla y sacó el cajón donde estaban el teclado, el ratón y la alfombrilla. En cuanto movió el ratón se iluminó la pantalla. El fondo era un sencillo azul, y los iconos eran numerosos, con Microsoft Outlook, Word e Internet Explorer entre ellos. Ramone no era un experto en ordenadores, pero tenía en casa y en la oficina y conocía esos programas.

Abrió el Outlook. Aparecieron varios mensajes en la bandeja de entrada, pero todos parecían ser spam. Entró en la carpeta de elementos enviados y en la papelera. Estaban vacías. Hizo lo mismo con Diario, Notas y Borradores, con el mismo resultado.

A continuación fue a Internet y le salió la página de Yahoo. Abrió los favoritos. Asa tenía pocas páginas archivadas, la mayoría de juegos y entretenimiento, y unas cuantas de la guerra civil y de fuertes y cementerios locales de dicha guerra. Luego abrió el Word y examinó las carpetas de Documentos de Asa. Todos los archivos parecían estar relacionados con el colegio: ensayos y trabajos de ciencias e historia, y muchos sobre temas y personajes de libros.

Era curioso encontrar tanto material escolar y nada de naturaleza personal en el ordenador de un adolescente.

Por fin se levantó y fue al centro de la habitación. Mientras se quitaba los guantes miró las paredes, las estanterías y la cómoda. La experiencia le decía que había averiguado algo, aunque todavía no supiera qué era. Pero era siempre exasperante llegar a esa fase de inercia en una investigación.

Volvió a bajar a la silenciosa primera planta. Encontró a Terrance en el jardín, sentado en una hamaca con una cerveza en la mano. Ramone encontró una silla parecida plegada y apoyada contra la pared, y se acercó con ella a Johnson.

—¿Una cerveza? —preguntó Terrance, alzando su lata.

—No, muchas gracias. Todavía tengo trabajo que hacer.

—Bueno, cuéntame —pidió Johnson. Sus puntiagudos dientes blancos asomaban bajo el labio sudoroso.

—Todavía no tengo nada sólido que contar. La buena noticia es que no hay razones para creer que Asa estuviera metido en ninguna clase de actividad delictiva.

—Eso ya lo sabía. Para eso lo eduqué.

—¿Tenía móvil? Me gustaría echar un vistazo al registro de llamadas.

—No, ya le conté al detective Wilkins que no pensábamos que Asa estuviera listo para esa responsabilidad.

—Pues así es como Regina y yo sabemos por dónde anda Diego.

—Yo no necesitaba tenerle localizado. No le dejaba ir a fiestas, ni quedarse a dormir en casa de amigos ni nada de eso. Por la noche estaba en casa y en paz. Así sabía siempre dónde estaba.

Ramone se aflojó la corbata.

—Asa llevaba un diario, por lo visto. Debía de ser un cuaderno, o incluso un libro encuadernado sin título, con las páginas en blanco. Sería de gran ayuda poder localizarlo.

—No recuerdo haber visto nada parecido. Pero sí le gustaba escribir. Y también leer, mucho.

—Tiene muchos libros en su habitación.

—Demasiados, si quieres saber mi opinión.

¿Cómo podía haber demasiados libros en la habitación de un adolescente?, se preguntó Ramone. A él le encantaría ver a Diego interesado aunque fuera sólo en uno.

—No me importaba que leyera, ¿eh? No me entiendas

mal. Pero me preocupaba que se centrara sólo en eso. Un chico tiene que hacer de todo, y eso es mucho más que ser muy culto o sacar buenas notas.

—Te refieres a los deportes.

—Sí.

—Me han dicho que se salió del programa de fútbol.

—Me enfadé mucho cuando lo dejó, no te voy a mentir. Si eres competitivo en el campo, eres competitivo en la vida. Además, que la vida es muy dura, y no quería que el chico fuera un blando. Tú tienes un hijo, seguro que me entiendes.

—Supongo que para ti sería una decepción. Vaya, que tú jugabas mucho al fútbol a su edad, ¿no?

—Sí, de niño. Jugaba aquí en la ciudad, pero me rompí un tobillo y nunca me recuperé del todo. Se me partía una y otra vez. Para cuando llegué al instituto ya no podía competir. Y habría sido un buen jugador, ¿eh? Pero me traicionó mi cuerpo, eso fue lo que pasó.

Ramone recordaba a Johnson en los partidos de fútbol de los chicos. Era uno de esos padres que constantemente cuestionaban a los entrenadores e insultaban a los árbitros. Había visto muchas veces a Johnson hablando con Asa, exhortándole a poner más ganas, animándole a atacar. Siempre diciéndole lo que hacía mal. Ramone había visto al chico herido en sus sentimientos. No era de extrañar que se le hubieran quitado las ganas de jugar. Su padre era uno de esos tipos que exigen a sus hijos que sean los atletas que ellos mismos nunca fueron o nunca pudieron ser.

—Yo mismo le compré la cazadora North Face que llevaba —dijo Johnson con voz grave, mirando el césped plagado de malas hierbas a sus pies—. Doscientos setenta y cinco dólares me costó. Hice un trato con él. Si le compraba la cazadora, tendría que apuntarse al fútbol el próximo curso. Pero llegaron las pruebas del verano y ya me estaba poniendo excusas, que si hacía mucho calor, que no se encontraba bien para jugar... en fin. Joder, le metí una buena bronca. Le dije lo avergonzado que me sentía de él. —A Johnson le temblaba el labio—. Le dije: «¿Qué, te vas a meter en tu cuarto como un maricón mientras otros chicos están jugando ahí fuera, haciéndose hombres?»

Ramone, avergonzado y algo enfadado, no le miró.

—¿Cuándo fue la última vez que le viste?

—Trabajo de siete a tres, así que suelo estar en casa para cuando el chico vuelve del colegio. Él se marchaba y le pregunté adónde iba. Me contestó que a dar un paseo. Yo le dije que hacía demasiado calor para ir con la cazadora, y que además no debería ponérsela porque había roto su promesa.

—¿Y?

—Me dijo: «Te quiero, papá.» —A Johnson se le escapó una lágrima que rodó por su mejilla—. Fue todo lo que dijo. Y se marchó. Y cuando volví a verlo, estaba frío. Le habían metido una bala en la cabeza.

Antes de levantarse, Ramone miró el cielo y las sombras que se alargaban en el césped. Quedaban pocas horas de luz.

A Diego Ramone le habían echado del falso 7-Eleven en Montgomery County esa tarde. Fue un empleado con pinta de indio. Podría haber sido paquistaní o incluso chiíta. Por lo menos llevaba un turbante.

—Fuera —le espetó el hombre—. No os quiero aquí.

Diego iba con su amigo Toby. Ambos vestían tejanos caídos y macutos a la espalda. Toby llevaba un gorro tejido negro. Diego quería comprar un refresco antes de tomar el autobús para volver al Distrito.

—Quiero comprar una lata —dijo.

—No quiero tu dinero —replicó el hombre, señalando la puerta—. ¡Largo!

Diego y Toby le clavaron una mirada torva, pero se marcharon.

Ya en la calle, en una avenida flanqueada de bloques de apartamentos, Toby alzó los puños en pose de boxeador.

—Debería presentarle a rayo y trueno.

—¿Te has dado cuenta de que no ha salido de detrás del mostrador?

—Menudo cabrón.

No era la primera vez que a Diego lo echaban de una tienda por ser negro y joven. También le había acosado la policía. Era típico que la guardia urbana se ensañara con los chicos que vivían o rondaban por los bloques. Una noche de fin de semana Diego y Shaka volvían andando de una fiesta cuando se acercaron un par de coches patrulla. Los agentes salieron y se les echaron encima. Los pusieron contra uno de los vehículos y los cachearon. Les dieron la vuelta a los bolsillos. Uno de los polis, un joven blanco llamado O'Shea, quiso provocar a Shaka para que se pasara de la raya. Insistió en que le encantaría que Shaka lo insultara, pero que ya sabía que no lo haría porque era un cobarde. Diego era consciente de que Shaka, que sabía pelear de verdad, le podría haber dado una paliza. Pero se callaron la boca, como les había aconsejado Ramone que hicieran con la policía.

Al día siguiente, cuando Regina fue a protestar a la comisaría, le indicaron que Diego y Shaka encajaban en la descripción de dos jóvenes que habían robado un coche esa misma noche.

—¿La descripción exacta? —preguntó Regina—. ¿O sólo por ser dos jóvenes negros?

Esa noche, Diego oyó a sus padres hablar del incidente.

—Son espantapájaros —dijo Ramone, el término con el que calificaba a los malos policías.

—No me gusta nada ese barrio —aseguró Regina—. Con las pegatinas esas que llevan en los coches.

—«Celebra la diversidad», sí. Menos cuando la diversidad ande paseando por la calle un sábado por la noche.

Diego y Toby estaban cerca del edificio de este último.

—Mañana hablarán contigo —dijo Toby.

—¿Quién?

—La señorita Brewster, supongo. El señor Guy dijo que están realizando una investigación. Seguro que quieren echarme del colegio, porque los padres del niño al que le metí han puesto el grito en el cielo. Esta vez me largan, fijo, o me mandan al colegio ese para niños problemáticos.

—Pues fue una pelea justa.

—Ya lo sé, pero están buscando pruebas para darme la patada. No veas cómo se ha puesto mi padre con toda esta mierda. Quiere denunciar al colegio.

—Mi padre también está furioso con ellos.

—No les dirás nada a Brewster y al señor Guy, ¿no?

—Qué va, colega. —Ambos chocaron los puños—. Nos vemos en el entrenamiento.

—Vale.

Diego se acercó a la parada mirando atrás el falso 7-Eleven. Lo cierto es que Toby y él sí que habían robado un par de chocolatinas allí hacía tiempo. Pero el del turbante no lo sabía.

Ya en la parada Diego llamó a su madre.

—¿Dónde estás? —preguntó Regina.

—A punto de tomar el doce. Seguramente me pasaré por las canchas para echar unas canastas. Esta noche tengo entrenamiento.

—¿Tienes deberes?

—Los he hecho en el estudio. —Había hecho la mitad, así que era sólo una mentira a medias.

—No llegues tarde.

—Vale.

—Te quiero.

—Yo también te quiero, mamá —dijo Diego, en voz muy baja para que el tipo que tenía al lado en la parada no lo oyera.

Justo en ese momento llegó el autobús.

Ramone llamó a Regina para avisar de que llegaría un poco más tarde. Preguntó por Alana y Diego y ella le dijo que Alana estaba en su cuarto y Diego jugaba al baloncesto en Coolidge. Ramone andaba por el barrio, así que se acercó a las pistas.

Diego alzó la cabeza en cuanto oyó el motor del Tahoe, reconociendo el sonido de los amortiguadores. Estaba echando un partido de dos contra dos, Shaka y él contra los gemelos Spriggs. Ronald y Richard iban perdiendo, como siempre, entre coloridos insultos a sus contrincantes y las familias de sus contrincantes, como siempre también. Antes habían estado hablando del asesinato de Asa. Los Spriggs lo habían visto el día de su muerte, igual que Diego y Shaka. No sabían nada del asunto, pero tenían ganas de hablar. Todos se sentían algo culpables, puesto que durante el último año le habían dado la espalda en diversos grados. Lo cierto es que Asa también se había alejado de ellos, pero aun así dolía. Se consideraban duros chicos de ciudad, pero aquél era el primero de sus amigos en pasar al otro barrio.

Gus Ramone se acercó a las pistas. Con sus Ray-Ban, su traje azul marino, la corbata y el bigote negro, tenía toda la pinta de poli. Estrechó la mano de Shaka y saludó a Ronald y a Richard, acertando al identificarlos, aunque eran gemelos idénticos. Hacía diez años que los conocía, desde que eran pequeños, y los distinguía porque Ronald tenía unos ojos más pícaros, más inteligentes.

Ramone rodeó con el brazo los hombros de su hijo y ambos se alejaron por la calle. Al cabo de unos minutos Diego volvió a la pista, y Ramone se marchó en el Tahoe.

—El detective está hoy muy serio —comentó Shaka.

—Pensé que te llevaba a la comisaría —terció Ronald.

—¿Qué quería? —preguntó Richard.

«Me ha dicho que vuelva a casa antes de que se haga de noche. Me ha preguntado cómo me ha ido hoy en el cole. Me ha dicho que me quiere. Igual que me dice siempre mi madre antes de colgar.»

—Nada —contestó Diego—. Me ha dicho que os dé una paliza de muerte, por pringados.

—Tú sí que eres un pringado.

—A ver la pelota.

22

Raymond Benjamin vivía en un piso nuevo y bien equipado de la calle U, entre la Décima y la Novena, en el nuevo Shaw. Todos los muebles y electrodomésticos se habían pagado al contado. En la declaración de hacienda aparecía como autónomo, un «vendedor registrado de coches usados». Para ser más precisos, viajaba varias veces al mes al norte de Nueva Jersey, donde compraba en subastas coches de gama alta y bajo kilometraje para clientes en D.C. Con su experiencia era capaz de comprar un Mercedes, un Cadillac, un BMW o un Lexus por diez mil dólares menos de lo que habrían costado en cualquier concesionario. Luego entregaba el coche él mismo, bien cuidado y en buenas condiciones, y cobraba unos honorarios de mil dólares.

A primera vista Benjamin era un honesto y respetado hombre de negocios. Hacía ya seis años que había cumplido una condena por narcotráfico. Ya había terminado su condicional y parecía estar limpio.

Tal vez ya no tocaba la droga, pero sí el dinero de la droga. Había seguido en contacto con los hijos de su antiguo contacto en Nueva York, un colombiano ahora en prisión, y Benjamin todavía hacía de intermediario y a veces incluso financiaba transacciones entre Nueva York y distribuidores en Washington sin llegar a involucrarse directamente. Era tan experto en conseguir heroína al mejor precio como negociando con los coches, y la calidad del material era siempre buena. Sus comisiones eran formidables y le permitían seguir con el estilo de vida al que se había acostumbrado cuando era traficante de alto nivel.

Los riesgos eran relativamente bajos. Sus ayudantes hacían las llamadas y hablaban en una especie de código, una variante del argot que había desarrollado cuando estaba en la movida. Utilizaban móviles desechables, que eran muy difíciles, si no imposibles, de pinchar.

A sus treinta y cinco años, Raymond Benjamin estaba en lo mejor de la vida.

Excepto por días como aquél. Su hermana mayor, Raynella Reese, se cernía sobre él y la butaca art déco en que se hallaba sentado. Raynella tenía una mano en la cadera y con la otra extendía el índice para apuntarle a la cara. Era muy alta y, como todos sus hermanos, se llamaba así por su padre, Big Ray Benjamin, un conocido corredor de apuestas ilegales en la calle Catorce.

También se encontraba en la sala Tommy Broadus, sentado en una butaca similar que se hundía bajo su peso. Broadus se miraba los pies.

En la puerta estaban dos empleados de Benjamin: Michael *Mikey* Tate y Ernest *Nesto* Henderson. Oficialmente estaban contratados como vendedores en el negocio de coches, Cap City Luxury Vehicles, pero trabajaban para Raymond Benjamin en una variedad de actividades.

—No va a pasar nada —dijo Benjamin, haciendo un gesto tranquilizador con las manos.

—Ya, nada, ¿eh? —replicó Raynella Reese. Su voz histérica contrarrestaba los efectos de los cálidos colores que Benjamin había elegido para la habitación.

—La bala lo atravesó limpiamente —explicó Tommy Broadus.

—Tú te callas, gordo —le espetó Raynella. Luego se volvió hacia su hermano—. ¿Dónde está Edward? Quiero verle con mis propios ojos para saber que está bien.

—Está descansando —contestó Benjamin—. Ya lo ha visto el médico.

—Querrás decir el médico de perros, ¿no, Raymond?

—Doc Newman es fiable.

—¡Es veterinario! —exclamó Raynella.

—Es verdad, pero es fiable.

Por una elevada suma, el doctor Newman trataba a las víctimas de disparos de la ciudad que no querían ir a un hospital. Llevaba una clínica veterinaria en Bladensburg Road, hacia el Peace Cross, en Maryland. Solía dejar cicatrices, por la sutura que utilizaba, pero era un maestro de la irrigación. Pocos pacientes morían por infección o pérdida de sangre, y en general hacía un buen trabajo.

—Edward está bien —insistió Broadus—. Lo han dejado durmiendo en la parte posterior de la consulta.

Si es que podía dormir, pensó, con los putos perros ladrando y todo aquel jaleo.

—¿Cómo ha podido pasar esto? —preguntó Raynella—. Y no quiero que me conteste don Michelín, te lo estoy preguntando a ti, Raymond.

—Alguien obtuvo información de la transacción que Tommy estaba a punto de realizar. Pensamos que tiene que ser alguien del laboratorio donde se cortó, alguien que se ha enterado del negocio y se ha ido de la lengua.

—Supongo que cuando fuiste a la casa no dejarías de darte pisto —le dijo Raynella a Broadus.

—Yo le dije que hiciera saber a todo el mundo que estaba solo en esto —replicó Benjamin—. Que él mismo ponía el dinero.

—¿Y qué coño hizo, dar la dirección de su casa?

—Para nada —protestó Broadus.

—No sé cómo dieron con su dirección —terció Benjamin—. Pero te aseguro que lo vamos a averiguar.

—Desde luego que lo vais a averiguar. Porque mi hijo Edward está tirado en una puta perrera con un agujero en el hombro, y algún hijo de puta tendrá que pagar por ello. —Los ojos de Raynella ardían como los de una fiera—. Y no sólo estamos hablando de mi hijo. Es tu sobrino, Raymond.

—Ya lo sé. —Benjamin se enjugó la frente como para secarse el sudor, aunque no estaba sudando y la habitación estaba fresca.

En ese momento Raymond Benjamin pensaba que comprar y vender coches en subastas era una manera de ganarse la vida relativamente libre de estrés. Pero sabía perfectamente, incluso mientras jugaba con la idea de renunciar a sus otras actividades, que los ingresos de su negocio legal jamás serían suficientes para un hombre como él.

Tenía que elegir con más cuidado a sus clientes, nada más. Había conocido a Tommy Broadus al conseguirle el Cadillac CTS, seis meses atrás. Y luego Broadus, que sabía quién era Benjamin, le contó que estaba dispuesto a jugarse el todo por el todo.

Benjamin había albergado sus dudas, pero el hombre se iba a llevar una buena tajada, y él sacaría un buen capital, si todo iba bien. Además, en ese asunto había visto una oportunidad para adoctrinar a su sobrino Edward, que llevaba tiempo dándole la lata para entrar en el negocio, con un hombre mayor y no violento, en un trato que tenía pinta de ser provechoso.

Pero al chico, el muy bocazas, no se le había ocurrido otra cosa que provocar a un tipo que empuñaba una pistola. Su hermana mayor olvidaba convenientemente lo que él había intentado hacer por Edward. De hecho, era ella la que llevaba tiempo insistiendo en que «se encargara» del muchacho. Y, en lugar de aceptar las consecuencias, Raynella le quería echar las manos al cuello.

—Nos vamos a ocupar del tema, Raynella —le aseguró—. Que los cincuenta mil del ala que se han llevado eran míos. Sabes que no lo puedo dejar pasar.

—El que le pegó el tiro a Edward dijo su nombre —terció Broadus—. Al menos eso tenemos.

—Romeo Brock —añadió Benjamin.

—Pero eran dos. El otro era bajo y fuerte —dijo Broadus.

—¿Habéis conseguido una dirección o un teléfono que esté a ese nombre? —preguntó Raynella—. ¿Sabéis de alguien que conozca a ese cabronazo que se hace llamar Romeo?

—No está exactamente en la guía de teléfonos —contestó Raymond.

—Entonces, ¿qué vas a hacer «exactamente»? Yo en tu lugar iría al laboratorio y empezaría a cortar algunas cabezas.

—No serviría de nada —explicó Raymond—. Tengo que hacer negocios a largo plazo con esa gente. Ya me enteraré de quién se fue de la lengua, pero en este momento no puedo cortar por lo sano esa relación.

—Entonces, ¿qué?

—De momento tenemos una opción mejor. Cuéntaselo, Tommy.

—Ese tal Romeo Brock —comenzó Broadus, en apenas un murmullo y sin mirar a Raynella a los ojos— se llevó a una mujer con la que yo salía.

—Te quitó a la chica en tus narices, ¿eh?

—De todas formas esa tía tenía telarañas en el chocho —replicó Broadus, incapaz de aceptar la derrota ni siquiera en un momento tan serio—. El caso es que la chica tiene un trabajo, y es demasiado orgullosa para dejarlo. No será difícil seguirla hasta la guarida de Brock.

—¿Hoy? —apremió Raynella.

—Hoy tiene el día libre. —Broadus intentó no imaginarse a Chantel con Romeo Brock, celebrando el botín.

—Pero mañana irá a trabajar —interrumpió Benjamin, levantándose y estirándose en toda su altura de más de uno noventa—. Ya sabemos dónde es.

—¿Quiénes «sabemos»?

—Mikey, Nesto y yo. —Benjamin señaló con paciencia a los dos jóvenes junto a la puerta.

—¡Pues poneos a ello! —exclamó Raynella con un espantoso chillido.

—Eso pienso hacer.

—¡Deja de pensar y hazlo!

Benjamin se frotó las sienes.

—Me estás dando dolor de cabeza, hermana.

Romeo Brock abrió las cortinas del dormitorio y vio a su primo Conrad, de camino a su casa desde el punto de encuentro al que iba todas las mañanas, en Central Avenue. En ese momento pasaba bajo la sombra del gran tulipero en dirección a la puerta principal.

Gaskins tenía la camiseta sudada y los pantalones caqui manchados por haber estado cortando hierba y arbustos todo el día. Parecía agotado. A Brock casi le dio pena. Llevaba en la calle bajo aquel sol de otoño desde el amanecer, mientras que él, Romeo Brock, se había pasado el día en la calidez del hogar, bebiendo champán y fumando algo de hierba con una mujer que era toda una mujer. Era como uno de esos caballos de carreras que admiras mientras el entrenador lo pasea.

Dejó caer la cortina y miró la cama. Chantel Richards dormía con una camisa de rayón de Romeo. El sujetador se le veía entre los botones abiertos. Completaba el conjunto un tanga de encaje negro. Junto a la cama estaba abierta la maleta Gucci, con el dinero. Debajo de Chantel había algunos billetes que había tirado Brock. Habían follado encima de ellos.

Recordaba una película que vio en la tele cuando era más joven. Steve McQueen, el blanco más cabrón que jamás había caminado frente a una cámara, era un tipo que robaba un banco y luego huía con su novia de la mafia, la ley y un hombre vengativo que era quien había planeado el golpe. Hacia el final de la película, antes de que empezaran los tiros, McQueen y su chica empezaban a enrollarse en un lecho de billetes, y en ese instante Romeo se prometió hacer aquello mismo algún día con una mujer.

La chica de la película estaba demasiado flaca para su gusto; de hecho le había parecido una gallina de pelo negro. Pero algo tenía, eso sí. Aun así no había punto de comparación entre esa mujer y la que dormía ahora mismo en su cama. No podría haber soñado siquiera que él, Romeo Brocks, estaría con una mujer tan fantástica como Chantel Richards, bebiendo White Star y follando como conejos en una cama de sábanas limpias y billetes verdes.

Se la quedó mirando un momento. Luego, con sólo los calzoncillos por todo atuendo, encendió un Kool y tiró la cerilla a un cenicero con forma de neumático. Al marcharse cerró la puerta suavemente.

Recorrió el pasillo, dejando atrás la cocina, la habitación de Gaskins y el baño, hasta entrar en el amplio salón comedor donde estaba Gaskins.

—¿Un día duro? —preguntó.

—Pues sí. —Gaskins lo miró entre divertido y asqueado—. ¿Y tú?

—Venga ya, primo. Deja de fingir. Está claro que te mueres por estar en mi lugar.

—Sí, desde luego. Pasarme todo el día en una habitación a oscuras con una mujer, beber lo que hayas bebido, que se te nota en el aliento, y fumar lo que huelo en el aire. Me gustaría volver a probar algo de hierba, cuando acabe la condicional. Siempre me ha gustado pillarme un buen colocón.

Brock dio una calada al cigarrillo, exhalando a la vez algo de humo, al estilo francés.

—¿Y por qué no lo haces?

—Porque tengo que trabajar. Y no me refiero a que tenga que aparecer por allí todos los días por lo de la condicional, que es verdad. Lo que digo es que necesito ir a trabajar todos los días.

—Pues ya no deberías. Tenemos pasta.

Gaskins movió la cabeza.

—No me estás entendiendo, Ro.

—Primo, somos ricos.

—No mucho. Todavía hay que repartir. Y sé que con lo que quede te vas a comprar de todo, y dentro de poco estarás buscando más.

—Y lo conseguiré. Como he conseguido lo que hay en esa maleta.

—¿Y cómo crees que terminará esta historia?

—¿Eh?

—Todas las historias tienen un final.

Brock se lo quedó mirando, respirando por la boca abierta y con ojos vidriosos. Luego sonrió.

—Pero mira que eres cenizo, tío. Ahora mismo lo tenemos todo, y tú lo ves todo negro.

Gaskins vio que era inútil intentar explicárselo. A veces la gente es bastante espesa. Y de todas formas, ¿quién era él para enmendarle la plana? Su primo pequeño acabaría entendiéndolo al final. Sería demasiado tarde, pero bueno.

—Vale, Romeo, vale.

—Eso es.

—¿Has sabido algo de nuestro hombre?

Brock asintió con la cabeza.

—Dice que nos veremos pronto. Ya le he dicho que el dinero está a salvo.

Gaskins se quitó la camiseta. Tenía el rostro de un hombre de treinta años y el cuerpo de uno de diecinueve.

—Me voy a dar una ducha.

—Llévate una cervecita fría.

—Buena idea.

Gaskins fue a la cocina y Brock volvió al dormitorio.

Chantel Richards estaba levantada, sacando la botella de Moët del cubo de hielo que había en la cómoda. Se sirvió en un vaso y dio un trago.

—¿Te he despertado? —preguntó Brock, dando la última calada al Kool antes de apagarlo en el cenicero.

—No pasa nada. Hacía mucho tiempo que no dormía la siesta. Me ha sentado muy bien.

—¿Has descansado?

Chantel le dedicó una sonrisa irónica. El pelo se le escapaba del recogido para caerle en rizos sobre los hombros de la camisa roja. Echó atrás la cabeza para beber de nuevo, pero no tragó. Dejó el vaso en la cómoda, se acercó a Brock y le escupió el champán en el pecho desnudo. Algunas gotas rodaron de sus pezones hasta el estómago. Ella le puso las manos en las caderas para lamerle el líquido de los abdominales y luego ascendió hasta su pecho.

—Chica —dijo Brock con la voz tensa. Le costaba hasta respirar.

Chantel se quitó la camisa, un hombro después de otro. Se desabrochó el sujetador con el pequeño gancho que había entre las copas para dejar libres los pechos. Con los pulgares se bajó el tanga por las largas piernas hasta los pies de uñas pintadas. Por fin lo apartó de una patada.

Luego se sentó desnuda en la cama, con los billetes de cincuenta y cien dólares diseminados por las sábanas. Se abrió de piernas para mostrarse, húmeda, sin afeitar. A Brock se le quedó la boca seca. Le gustaban las mujeres naturales.

Chantel se tocó los pezones con los dedos, comenzó a trazar círculos. Las aureolas se fruncieron y los pezones se pusieron duros.

—Dios —murmuró Brock, como un niño viendo a una mujer desnuda por primera vez.

—¿Cómo quieres? —preguntó Chantel.

—Date la vuelta. Frótate el dinero en la cara, bésalo.

—Muy bien.

—Sí, por favor.

23

Ramone llamó a Regina cuando volvía a las oficinas de la VCB, le contó que había visto a Diego en las canchas de baloncesto y que el chico había prometido volver a casa antes de que anocheciera. Él se quedaría trabajando hasta tarde y no llegaría a cenar. Le pidió a Regina que le guardara algo de cena, que ya se lo calentaría cuando llegara.

—¿Qué ibas a preparar? —preguntó.

—Pasta.

—¿Qué clase de pasta?

—La que viene en una caja larga y se pone en agua hirviendo.

—No la hiervas demasiado. Ocho minutos como máximo.

—¿Ahora me vas a enseñar a hervir espaguetis?

—La última vez los dejaste doce minutos y aquello era un puré.

—Pues ven a prepararlos tú, si los quieres perfectos.

—Al dente, cielo.

—No me vengas con eso de «cielo».

—Hoy he estado pensando en ti.

—¿Ah, sí?

—Con aquel bañador que tenías, en la piscina de la academia.

—Hoy no me entraría ni con calzador.

—Pues para mí que estás mejor ahora.

—Mentiroso.

—Lo digo de verdad, cariño. Ya no somos jovencitos ninguno de los dos, pero cuando te miro...

—Gracias, Gus.

—¿Tú crees que esta noche...?

—Ya veremos.

Ramone llamó a la oficina de camino a South Dakota Avenue, en el barrio de Langdon. Rhonda Willis todavía estaba trabajando. Le dijo que tenía cosas que contarle y que Bill Wilkins estaba en la oficina y también quería hablar con él.

—Llego en diez minutos.

Aparcó detrás del centro comercial Penn-Branch y entró en las oficinas. Algunos detectives del turno de la mañana se mezclaban con los de la tarde, atestando los cubículos. Intercambiaban información y trivialidades sobre asuntos no policiales. Algunos oficiales hacían horas extras y otros se quedaban por no irse a un bar o por no enfrentarse a la soledad, depresión, tareas o aburrimiento de su vida personal.

Rhonda Willis estaba sentada a su mesa, riéndose con Bo Green, de pie junto a ella. Ramone le hizo un gesto con el dedo, indicando que tardaría un minuto, y siguió andando esquivando detectives, agentes de paisano y una mujer de la unidad de Atención a la Familia.

Anthony Antonelli tenía los pies encima de la mesa, con la Glock en el tobillo. En ese momento le tendía un impreso de horas extras a Mike Bakalis.

—Venga, Armadillo, fírmame la once-treinta, ¿quieres?

—Si me la chupas igual me lo pienso —contestó Bakalis.

Bill Wilkins estaba sentado delante de su ordenador, tecleando. Ramone acercó una silla.

—¿Qué tienes?

Wilkins le tendió un sobre de papel de Manila que contenía el informe de la autopsia.

—La bala era del treinta y ocho.

—¿Se lo han pasado a balística?

—Sí, a ver si las marcas coinciden con alguna otra arma de

homicidio. La muerte se debió a la herida de bala en la cabeza, hasta ahí nada nuevo.

«Sien izquierda», leyó Ramone.

—No se asfixió ni estaba drogado ni ninguna otra cosa. No había tóxicos, ni narcóticos, ni alcohol en el cuerpo.

—Lo mataron en la escena del crimen.

—Eso parece. Ahí está la hora probable. —Wilkins miró a Ramone, cuyos ojos llamearon un instante—. Ya lo has visto.

—Le encontraron semen dentro —dijo Ramone con un hilo de voz. Estaba asqueado, no sólo por el chico, sino también por sus padres.

—Sigue leyendo.

El forense había detectado lubricante, además de semen. No había señales de desgarramiento rectal y sólo magulladuras menores.

Después de leerlo entero, Ramone dejó el informe en la mesa. Pensó en las víctimas de los Asesinatos Palíndromos, en los restos de semen encontrados en los chicos, en la desconcertante ausencia de violencia, prueba de sexo anal consentido.

Por otra parte, el sexo podía haberse iniciado tras la muerte de las víctimas. Ramone tenía que considerar la posibilidad de que a Asa también lo hubieran violado de esa manera.

—Y han encontrado lubricante también —comentó Wilkins.

Ramone se acarició el bigote negro.

—Ya lo he leído.

—No parece que lo violaran.

—Tampoco está demostrado lo contrario.

—Ya.

Wilkins le dejó un momento para asimilar la información.

—He inspeccionado la habitación del chico —dijo Ramone por fin, ya recuperado—. Y su taquilla.

—¿Has encontrado algo?

—Nada relativo al caso. Por lo visto llevaba un diario, pero ha desaparecido. A la luz de este informe, debería ser una prioridad dar con el diario.

—El señor Johnson me ha comentado que no tenía móvil.

—Es verdad.

—¿Tenía ordenador en casa?

—Había un ordenador en su cuarto, pero no he encontrado casi nada personal. Las carpetas de correo enviado y eliminado estaban vacías. En los favoritos sólo tenía algunas páginas de juegos y otras de la guerra civil. Nada más.

—¿Has mirado el historial?

—Anda, pues no.

—Tú tienes un hijo adolescente —dijo Wilkins—. Más te vale estar un poco al tanto del rollo informático. Puedes borrar los correos y las páginas que visitas y todo eso, pero se quedan archivadas en el ordenata, en el historial, a menos que se borren específicamente. Los chicos cautelosos programan el ordenador para que borre el historial automáticamente todos los días, o semanalmente o una vez al mes. Es como borrar las huellas. Pero si Asa no eliminó el historial, estarán archivados todos esos datos. Es fácil dar con ellos.

—Pues todo tuyo.

—Sí, ya me encargo yo. —Wilkins tamborileó con el lápiz sobre la mesa—. ¿Qué más tienes?

Ramone vaciló.

—Nada que se me ocurra ahora mismo.

—A ver... Alguien tendrá que informar a la familia de la autopsia.

—Ya hablaré con el padre, cuando llegue el momento.

—Si no quieres hacerlo, lo entiendo. En realidad sería cosa mía.

—No, ya iré yo. —Ramone se levantó.

—¿Te marchas?

—Me voy a casa.

Ramone se detuvo ante la mesa de Rhonda y se sentó en el borde. Bo Green se había marchado y Rhonda estaba mirando el jaleo de papeles como si los hubieran espolvoreado con ántrax.

—Veo que tienes diversión —comentó Ramone.

—Tú también tienes papeleo en tu mesa, Gus. Aunque no es que la visites mucho últimamente.

—Espero que lo haga mi secretaria.

—¿Has hablado con Garloo?

Ramone le comentó el informe de la autopsia.

—¿Y tú qué tienes?

—He investigado a Dominique Lyons. Nuestro hombre tiene todo un historial. Asalto con agresión, que prosperó, e intento de asesinato, que se quedó en nada. Los testigos al final no testificaron, por posible intimidación. Fue sospechoso de otros dos asesinatos, pero no llegaron a ir a juicio. No se encontraron armas, ni testigos. Así que a continuación saqué de los archivos una fotografía de Lyons y me fui con ella y varias fotos de Jamal White, nuestra víctima, hasta ese bar de categoría, en New York Avenue, donde bailan en bolas Darcia Johnson y Shaylene Vaughn, puta número uno y puta número dos.

—Creo que en el Twilight llevan tanga, si no recuerdo mal. Técnicamente eso no es en bolas.

—Pues casi. Así que tuve una charlita con nuestro amigo, el agente Randolph Wallace, el que trabaja en la puerta cuando no está de uniforme, ¿sabes?

—Así que ahora es tu amigo, ¿eh?

—Bueno, no somos exactamente íntimos. Pero se mostró muy dispuesto a ayudar. Parece ser que aquí el amigo Dominique Lyons estuvo anoche en el club, ¿y sabes qué? Que Jamal White también. Wallace conocía bien a Lyons, porque va mucho por el Twilight y suele marcharse con Darcia o con Shaylente, y a veces con las dos.

—¿Y cómo es que se acordaba de Jamal?

—Por lo visto Jamal estaba sentado en la barra. Dominique habló un momento con él, más en plan burla que otra cosa, y Jamal se marchó solo. Una hora más tarde, Dominique y Darcia se largaron también.

—¿Juntos?

—Pues sí. Para mí que Jamal tomó el autobús en New

York Avenue, hizo transbordo a la línea Diecisiete-Georgia y volvía a casa desde Georgia Avenue cuando le dispararon.

—Y te parece que Dominique Lyons podría ser el asesino.

—Pues sí, tanto me parece que lo he puesto en el informe. Y también es posible que Darcia Johnson sea una testigo.

—No estaría nada mal.

—He intentado llamarla al móvil, pero no contesta.

—Venga ya.

—Y también he puesto una patrulla junto al apartamento de las chicas, entre la Dieciséis y W, ¿no?

—Dominique sabe que queremos hablar con él. ¿Tú crees que se acercará por allí?

—Si Shaylene andaba con algún cliente allí anoche, y a mí me parece que sí, Dominique querrá ir a por su dinero, más tarde o más temprano.

—Vale. Me has dicho antes que querías hablarme de algo en concreto, ¿qué es?

—Igual es un poco rebuscado, pero las balas encontradas en el cuerpo de Jamal White eran del treinta y ocho, y Garloo me ha dicho que a Asa Johnson también lo mató una treinta y ocho.

—¿Y?

—Un arma del mismo calibre utilizada en dos asesinatos a pocas manzanas de distancia y dentro de las mismas veinticuatro horas. Y ya sabes que un treinta y ocho no es el revólver preferido entre los jóvenes. Vaya, que podría ser una coincidencia, pero vale la pena investigarlo.

—O sea, que estás diciendo que deberíamos comprobar las marcas, a ver si las balas proceden de la misma pistola.

—Ya he pedido las pruebas.

—¿Y qué demonios podría relacionar a un tipo como Dominique Lyons con Asa Johnson?

—Yo no digo que guarden relación, pero más nos vale comprobarlo todo.

—¿Se lo has dicho a Garloo?

—Pienso decírselo —contestó Rhonda.

—Muy bien —suspiró Ramone—. Vale.

—Tienes pinta de necesitar una copa.

—Podría ser.

—Hay un bar ahí en la Segunda, con reservados. Por la noche ponen música tranquila. ¿Te acuerdas de aquel camarero, el generoso?

—No, me voy a casa.

—Tú mismo, guapo. No apagues el móvil, por si surge algo.

Ya en el aparcamiento, donde había cobertura, Ramone marcó el número que le había dado Janine Strange ese mismo día.

—Diga.

—¿Dan Holiday?

—Soy yo.

—Soy Gus Ramone.

Holiday no contestó. Ramone aguardó un momento, y tomó la iniciativa.

—¿Quieres pasarte por las oficinas para hacer una declaración oficial? —preguntó—. ¿O te envío un coche?

—Ninguna de las dos cosas —repuso por fin Holiday, tras otro silencio—. Si quieres que nos veamos en un sitio neutral, estoy de acuerdo.

—¿Tú y yo solos?

—Habrá otra persona.

—No tengo tiempo para abogados.

—No es abogado. Seguro que te acuerdas de él, pero no te voy a estropear la sorpresa.

—Siempre con las mismas.

—¿Quieres que nos veamos o no?

—¿Dónde?

—Hay un bar...

—Ni hablar, te quiero sobrio.

Al final fue Ramone el que indicó el lugar del encuentro, y Holiday accedió a encontrarse allí con él.

24

Ramone bajó por Oglethorpe Street y aparcó el Tahoe detrás del Town Car negro de Holiday, enfrente del refugio de animales. Holiday estaba en el jardín comunitario, junto a la cinta policial que todavía rodeaba la escena del crimen. Con él se veía a un hombre mucho mayor. El sol se había puesto y la temperatura había bajado. Partes del jardín estaban envueltas en sombras, mientras que la luz del ocaso teñía de dorado otras zonas.

Al acercarse Ramone reconoció al otro hombre. Su fotografía había aparecido en los recortes del expediente que había copiado en la unidad de Casos Abiertos. En el *Post* sobre todo había mucha información de cuando lideraba la brigada que investigaba los Asesinatos Palíndromos, así como en el artículo del *City Paper*. Y luego estaba el sombrero Stetson, que Ramone no había olvidado.

Cook no había envejecido bien, seguramente por problemas de salud. Tenía la boca torcida a un lado, señal de un derrame cerebral.

—Sargento Cook —saludó Ramone, tendiendo la mano—. Soy Gus Ramone, me alegro de verle de nuevo.

—Debía de ser usted muy joven cuando nos conocimos.

—La verdad es que nunca nos presentaron oficialmente. Yo acababa de salir de la academia, pero le conocía por su reputación. —A continuación saludó a Holiday—: Dan.

—Gus.

De cerca Holiday tampoco se conservaba demasiado bien. Tenía la piel cetrina del bebedor, arrugas de fumador, y una barriga que destacaba en su cuerpo flaco.

Ramone y Holiday no se dieron la mano.

—Tú fuiste el que encontró el cadáver —dijo Ramone.

—Sí.

—Dime cómo fue.

—Pues, para resumir, entré en esta calle algo después de medianoche, digamos la una y media.

—¿Habías bebido mucho?

—Un poco. Me quedé dormido en el coche, me desperté unas horas más tarde, salí a echar una meada y me encontré con el cuerpo. Subí a Blair Road y llamé desde una cabina junto a la tienda de licores.

—¿Tocaste el cadáver? ¿Contaminaste de alguna manera la escena del crimen?

Holiday esbozó una tensa sonrisa.

—Para nada.

—Te lo pregunto porque como estabas... adormilado...

—La respuesta es no.

—¿Oíste algún disparo?

Holiday negó con la cabeza.

—¿Qué más? ¿Qué recuerdas haber visto esa noche?

Holiday miró a su alrededor.

—Díselo —le apremió Cook.

—Antes de eso me desperté un par de veces. Es lo que ocurre cuando te espabilas un poco pero luego te vuelves a dormir. No miré el reloj ni nada, es todo un poco brumoso.

«Porque estabas borracho.»

—Dime lo que viste —pidió Ramone.

—Pasó un coche patrulla, venía desde la calle cortada. En el asiento de atrás iba un detenido, detrás de la reja, de hombros delgados y cuello fino.

—¿El policía era hombre?

—Un hombre blanco.

—¿Se paró a echarte un vistazo?

—No.

—¿Tomaste la matrícula?

—No.

—¿Cómo sabes que el pasajero era un detenido?

—No lo sé.

—¿Qué más?

—Más tarde vi a un tipo con aspecto de ser un semental que cruzaba el jardín. Yo diría que era joven, por la energía que ponía al andar.

—¿Por qué sabes que era negro?

—Todavía no había amanecido, pero el cielo empezaba a aclararse. Lo que sí te digo es que no era blanco. También por su pelo. Y porque andaba doblando mucho las rodillas... Vaya, que lo sabía.

—Dices que a éste le viste más tarde. ¿Cuánto tiempo pasó entre el coche patrulla y el joven negro?

—No lo sé.

—Vale. Y luego, ¿qué? Te dormiste otra vez, te despertaste y fuiste a hacer pis.

—Eso es todo. Llevaba una linterna pequeña. Leí el nombre del chico en su carnet del colegio, reuní todos los elementos y llamé al sargento Cook.

—Llamaste al sargento Cook por lo de los Asesinatos Palíndromos.

—Exacto.

—¿Por eso está usted aquí? —preguntó Ramone, mirando a Cook.

—No se pueden pasar por alto los puntos en común —respondió Cook.

—Ni las diferencias —repuso Ramone.

—¿Que son...?

—Ya hablaremos luego de eso. —Ramone se volvió hacia Holiday—. Doc, me imagino que podrías demostrar dónde estuviste esa tarde, antes de venir a Oglethorpe, y que otros podrán confirmarlo.

Holiday pensó en el bar de Reston, en el joven representante con el que había bebido, y en la mujer, registrada en el hotel. También estaban los dos hombres que discutían sobre el disco de Paul Pena, y el camarero con el que había hablado en el Leo's.

—Pues sí. Pero no soy sospechoso, ¿no, Gus?

—Sólo intento protegerte.

—Quieres cuidarme, ¿eh?

Ramone se mordió el labio. Ya se esperaba aquella actitud, y en cierto modo se lo merecía. Pero no pensaba tolerar más de lo indispensable.

—¿El caso lo lleva usted? —preguntó Cook.

—No, sólo echo una mano. Bueno, en realidad es algo más complicado. El fallecido era amigo de mi hijo, un chico del barrio, y conozco a sus padres.

—¿Han averiguado algo de momento?

—No se ofenda, pero le voy a pedir que hable usted primero.

—No es muy deportivo por su parte.

—¿Qué habría hecho usted en su día? Soy oficial de policía, trabajo en un caso y ustedes son civiles. Vale, ex policías, pero eso no servirá de nada si se presentan cargos o si esto se jode en el juicio. Ya conoce las reglas.

—Gilipolleces —masculló Holiday entre dientes.

Ramone siguió con la mirada fija en Cook, sin hacer caso.

—No... no tenemos nada nuevo —contestó Cook por fin—. En su día tuve un sospechoso muy probable para los asesinatos. Un tal Reginald Wilson. No había pruebas consistentes, era sólo una corazonada.

—El guarda de seguridad —dijo Ramone—. He leído los informes.

Cook lo evaluó con la mirada.

—Ingresó en prisión hace veinte años por meterle mano a un chico —dijo—, y se alargó su condena por comportamiento violento. Salió hace poco. Todavía me gustaría atraparle por aquellos asesinatos. Creo que habría que investigarlo.

—¿Nada más?

—De momento, no. —Cook le señaló con el mentón—. Ahora usted.

—Aquí es donde normalmente digo «gracias por la charla, pero cualquier información sobre el caso es confidencial».

—¿Pero?

—Por respeto a usted, sargento, le voy a contar algo. Y también porque quiero que ambos se olviden del asunto y dejen que la policía haga su trabajo.

—Me parece justo —respondió Cook.

—En primer lugar —dijo Ramone—, los puntos en común. El nombre de Asa es un palíndromo, evidentemente, y se encontró el cuerpo en un jardín comunitario, como los otros. Como ya sabe, murió de un tiro en la cabeza.

—¿Qué dice la autopsia? —preguntó Holiday—. ¿Abusaron de él?

Ramone vaciló.

—¿Y bien? —insistió Cook.

—Se halló semen en el recto. Los padres no lo saben...

—Esto no va a salir de aquí —se impacientó Cook—. ¿Fue violación?

—No había desgarros, y muy pocas magulladuras. Al parecer se utilizó lubricante. Es posible que el sexo fuera consentido. También es posible que ocurriera después de la muerte. Posible.

—Como con los otros —dijo Cook.

—Pero no se pueden pasar por alto las diferencias —repuso Ramone—. A Asa Johnson no lo mataron en otra parte para luego dejar el cuerpo en el jardín. No lo tuvieron prisionero varios días antes de su muerte, y no le habían puesto ropa limpia. Tampoco provenía de familia pobre. Vivía en un barrio de clase media, y no en Southeast, sino en la otra punta de la ciudad.

—¿Le faltaba pelo de la cabeza?

—La autopsia no decía nada.

—Aun así tienen que echar un ojo a Reginald Wilson —declaró Cook—. Hay que investigarlo. Con las pruebas de ADN que hay ahora, si tuvieran una muestra suya se podría comparar con las que se encontraron en el cuerpo del chico.

—O también podrían exonerarlo —repuso Ramone.

—¿Y qué? ¿No tiene curiosidad? —respondió Cook.

—No se le puede obligar a que dé una muestra. Habría que tener alguna prueba que lo relacionara con Johnson de alguna forma. Con una corazonada no basta.

—Eso no hace falta que me lo diga, joven.

—Lo que digo es... Mire, nada de esto tiene importancia si el hombre no pudo haber cometido el crimen, ¿no es así?

—Quiere decir si tiene una coartada sólida.

—El tío trabaja de noche —terció Holiday. El comentario le valió una gélida mirada de Cook.

—¿Sabe dónde trabaja? —preguntó Ramone a Cook.

—Sí. En Central Avenue, en P.G.

—Pues, para que se quede tranquilo, estoy dispuesto a comprobarlo.

—¿Ahora?

Ramone se miró el reloj.

—Muy bien. Ahora mismo, y así nos olvidamos del tema.

Echaron a andar los tres, por delante del caprichoso huerto de las banderas y los carteles de «*I Heard It Through the Grapevine*», «*Let It Grow*» y «*The Secret Life of Plants*».

—El pequeño Stevie Wonder —dijo Cook de pronto, traicionando sin darse cuenta su edad—. Si iban a mencionar uno de sus discos, podían haber elegido uno bueno.

—Para mí que es por el tema del jardín —sugirió Ramone.

—¿Ah, sí?

Holiday, notando aquel toque gélido en el hombro, se detuvo para mirar un momento los carteles. Luego siguió a los otros hasta los coches.

—¿Te importa conducir? —preguntó Ramone a Holiday.

Doc quitó la gorra del asiento de al lado del Town Car para ponerla en el suelo, tras sus pies.

La gasolinera estaba en el tramo de la Ruta 214 conocido como Central Avenue, que salía del distrito por East Capitol en dirección a P.G. County. Al otro lado de la calle había un centro comercial que había visto mejores tiempos. Había caído la noche, pero el aparcamiento estaba tan iluminado como si fuera de día. Ante los surtidores se veían SUVs trucados y vehículos de importación. En uno de los coches se oía un tema go-go que Ramone reconoció porque su hijo lo ponía mucho últimamente. Era de un grupo llamado UCB. Ramone se preguntó si Diego habría vuelto ya a casa, como prometió.

—¿Vas a entrar? —preguntó Holiday.

—Sí —contestó Ramone, recordando por qué estaba allí—. Se llama Wilson, ¿no?

—El nombre es Reginald, no Reggie —apuntó Cook.

—No creo que tarde mucho.

Ramone salió del asiento trasero y se acercó hacia el supermercado con los hombros cuadrados y el pecho fuera. La Glock le marcaba un visible bulto en la chaqueta del traje azul.

—Ese Ramone —dijo Holiday—. El cabrón es más tieso que un palo, ¿a que sí?

—Los hay que tienen pinta de polis —replicó Cook—. Yo también era así.

—Pues no todo son las pintas.

Se quedaron un rato en silencio. Holiday fue a sacarse el tabaco del bolsillo, pero pensó en la salud del viejo y lo dejó estar.

—Joder, ese tío debe de estar metiendo ahí como sesenta dólares de gasolina —comentó Cook, mirando a un joven que llenaba su Yukon Denali—. A casi un dólar el litro, no sé cómo la gente no compra coches más pequeños.

—En Estados Unidos nunca hay crisis de combustible —comentó Holiday—. Ni siquiera cuando la hay.

—Gasolina y televisión. Dos cosas de las que nadie puede prescindir en este país.

—¿Sabe los apartamentos esos de Woodland Terrace, en Langston Lane?

—Casas de protección oficial —dijo Cook—. Yo tuve bastantes asuntos por allí.

—Alguna de esa gente está pagando once dólares al mes de alquiler, subvencionado. Y luego se gastan ochenta al mes en los canales de pago de la televisión. Si eso no es chupar del estado...

—¿Tú tenías esa zona?

—Joder, yo estuve patrullando en la Uno, la Seis y la Siete-D. Me curraba cualquier distrito. La gente me conocía. Veían el número del coche y me saludaban, tanto los camellos como sus abuelas. No como nuestro amigo Ramone, que se quedaba trabajando en el despacho mientras yo me jugaba el tipo por la calle.

Cook se sacó de la chaqueta unos chicles sin azúcar y le ofreció uno a Holiday, que lo rechazó con un gesto.

—¿Qué pasó entre vosotros dos? —preguntó Cook.

—Un asunto que me pilló de refilón. Un caso gordo que acabó salpicándome.

—¿Cómo te salpicó, exactamente?

—A ver, Ramone tenía un caso de Asuntos Internos. Estaban investigando a un grupo de polis a los que unos chulos pasaban pasta para que dejaran en paz a sus chicas. Los infiltrados tenían problemas para hacer detenciones porque a las putas las avisaba alguien.

—¿Sí?

—Bueno, yo ya había oído que algunos aceptaban sobornos, sí.

—¿Y?

—Los de Asuntos Internos andaban vigilando la calle que hacían esas chicas, sacando fotos desde los coches y esas historias. Y me sacaron en una, hablando con Lacy, una chica blanca. Más de una vez.

—¿Y qué hacías con ella?

—Hablaba con ella habitualmente, para conseguir información. Era mis oídos en la calle. Las prostitutas ven muchas cosas, eso ya lo sabe. Además, éramos amigos, más o menos.

—Dudo que a su chulo le hiciera mucha gracia.

—Si se hubiera enterado se habría cabreado bien. El tío no se andaba con chiquitas. Era un tal Mister Morgan, un asesino a sangre fría.

—¿Y Lacy era su «favorita»?

—Eso le decía. Pero se ponía violento con ella, y a veces la chica necesitaba escaparse un poco. Yo la invitaba de vez en cuando a un café, esas cosas.

—¿Y qué pasó?

—Pues que Ramone no sé cómo consiguió que Lacy testificara contra los polis corruptos. Era una yonqui, y estaba cansada de la droga y de hacer la calle. Lacy sabía exactamente quién estaba pringado y quién no en la brigada Antivicio, y era la testigo estrella de Ramone. Él le ofreció la protección de testigos y toda la pesca. Pero la chica la jodió. Deberían haberla hecho declarar ante el gran jurado cuando la tenían en las oficinas, pero la dejaron volver a su casa a por sus cosas. Había un coche patrulla delante de su casa, pero la chica debió de salir por el callejón o algo.

—Total, que la perdieron.

—Pues sí. Ramone y su gente encontraron a un testigo que me había visto hablar con Lacy ese mismo día, y aquélla fue la última vez que fue vista.

—¿Y de qué hablasteis Lacy y tú?

—De nada importante. Oiga, yo no era un poli corrupto, no recibía sobornos. Lo único que puedo decirle sobre esa chica es que hice lo correcto.

—¿Y Ramone te iba a acusar?

—Pues sí, así que me largué. Que le den por culo.

—Ahí está.

Ramone se acercaba al coche.

25

—Reginald Wilson no es nuestro hombre —declaró Ramone, sentado er la parte trasera del Lincoln—. Por lo menos en este caso.

—¿Con quién ha hablado? —preguntó Cook.

—Con el mánager y propietario, un tal Mohammed.

—¿Y qué ha dicho?

—Que Wilson hace varios turnos, y que esa noche estaba trabajando de las diez de la noche a las seis de la mañana. O sea, que estaba aquí la noche que mataron a Asa.

—¿Y este Mohammed vio a Wilson trabajar con sus propios ojos? —quiso saber Holiday.

—Pues sí, hasta medianoche. Luego Mohammed se fue a su casa. Pero aunque no lo hubiera visto, hay pruebas. Tiene una cámara de seguridad rodando constantemente, porque por lo visto le han robado un par de veces. He echado un vistazo a la cinta. Tal como está la cámara, enfoca directamente a quien esté en la caja, siempre que se encuentre detrás del mostrador. Si Wilson hubiera abandonado el puesto de trabajo, habría aparecido en la grabación.

—Hijo de puta —masculló Cook.

—Puedo hablar con su oficial de la condicional —se ofreció Ramone—, para confirmar su horario y todo eso. Pero no creo que sea necesario, ¿no?

Cook negó con la cabeza.

—¿Y ahora qué? —preguntó Holiday.

—Voy a necesitar una declaración tuya en algún momento. No tienes de qué preocuparte. Estás limpio —indicó Ramone.

—No estaba preocupado —dijo Holiday.

—Por lo menos puede quedarse tranquilo, sargento —dijo Ramone.

Cook no contestó.

—Vamos a tomar una birra o algo —sugirió Holiday.

—A mí déjame en mi coche —pidió Ramone.

—Venga ya, Ramone. ¿Cuántas veces nos vemos tú y yo?

—Yo sí me tomo una cerveza —terció Cook.

Ramone le miró. Parecía muy pequeño, apoyado contra la puerta en el asiento delantero.

—Está bien —cedió por fin—. Una cerveza.

Ramone estaba acabando la tercera cerveza cuando Holiday volvió de la barra con otras tres y unos chupitos. Estaban sentados en una mesa cerca del pasillo que llevaba a los servicios, escuchando a Laura Lee cantar *Separation Line* en la jukebox. El bar era el Leo's, lo cual le parecía bien a Ramone, puesto que estaba cerca de su casa. Qué demonios, si hacía falta podía volver andando. Pero esperaba que la cosa no llegara a tanto. Había recogido el Tahoe del jardín de Oglethorpe y pensaba volver a su casa en coche.

—¿Qué es eso? —preguntó cuando Holiday dejó los chupitos en la mesa atestada de botellas vacías.

—No es Alizé ni Crown ni esas mariconadas de fruta que están de moda. Es Jackie D del bueno —contestó Holiday.

—Hacía mucho, pero qué demonios. —Cook se bebió el chupito de un trago, sin esperar un brindis.

Ramone bebió un buen sorbo. El fuerte sabor amargo era agradable. Holiday apuró el suyo y lo regó con cerveza. Él y Cook bebían Michelob, mientras que Ramone tomaba una Beck's.

—¿Qué hora es, Danny? —preguntó Cook.

Holiday miró el reloj de la pared, a la vista de todos. Entonces se acordó del reloj de casa de Cook, atrasado varias horas, y se dio cuenta de que el hombre no llevaba reloj. No podía leer la hora.

—¿No lo ve? —preguntó Holiday.

—Todavía tengo problemas con los números —contestó Cook.

—Pensé que podía leer.

—Un poco, titulares de prensa, y los artículos principales, si me esfuerzo. Pero los números no he podido recuperarlos.

—¿Tuvo usted un derrame? —preguntó Ramone, sabiendo la respuesta por el aspecto de Cook, pero queriendo ser cortés.

—No fue muy grave. Me machacó un poco, nada más —repuso Cook.

—¿Y cómo utiliza el teléfono?

—Me resulta muy difícil llamar. Mi hija se pasó unas horas programando la agenda de mi móvil y mi fijo, y luego está el botón para devolver las llamadas. También tengo una mujer de El Salvador que viene una vez a la semana a hacer las cosas que no puedo hacer yo. Forma parte de mis prestaciones como veterano. Ella es la que organiza mis citas, escribe los cheques y esas cosas.

—Pero ahora hay teléfonos que se activan por voz, ¿no? —dijo Holiday.

—Puede, pero tampoco me apetece. Todo este rollo es bastante frustrante, pero hay gente que tiene más problemas de salud que yo. Cuando voy a las revisiones en el hospital de veteranos, veo a muchos peor que yo de largo, y más jóvenes además.

—Usted está bien —dijo Holiday.

—Comparado con algunos, sí.

Holiday encendió un Marlboro y exhaló el humo sobre la mesa. Ya no le cortaba fumar delante de Cook. El local estaba lleno de humo.

—Ha estado bien trabajar hoy —comentó Cook.

Holiday sentía lo mismo, pero no pensaba admitirlo delante de Ramone.

—Era usted uno de los mejores —declaró Ramone, señalándole con el vaso.

—Era el mejor, en mis tiempos. Y no lo digo por presumir, es un hecho. —Cook se inclinó sobre la mesa—. Te voy a preguntar una cosa, Gus. ¿Cuántos casos resuelves?

—¿Yo? Pues en torno a un sesenta y cinco por ciento.

—Eso es mejor que la media del departamento, ¿no?

—Ahora mismo sí.

—Pues yo, en mis mejores tiempos, resolvía casi el noventa por ciento. Claro que ahora no sería tanto. Yo ya me lo vi venir cuando llegó el crack a la ciudad en el ochenta y seis. Podría haber trabajado unos cuantos años más, pero me jubilé poco después de aquello. ¿Sabes por qué?

—¿Por qué?

—Porque el trabajo cambió. Los federales amenazaban con cortar el grifo al distrito a menos que el departamento de policía pusiera más patrullas en las calles y empezara a hacer más detenciones relacionadas con la droga. Pero ya sabéis que lo único que se consigue encerrando a la gente sin ton ni son es destruir familias y poner a los ciudadanos en contra de la policía. Y no hablo de los criminales, sino de ciudadanos honrados. Porque parece que prácticamente todo el mundo de clase humilde en D.C. tiene algún pariente o algún amigo que ha ido a la cárcel por asunto de drogas. Antes la gente podía ser amiga de la policía, y ahora somos el enemigo. La guerra de las drogas acabó con el trabajo de policía, eso es lo que yo pienso. Y las calles se hicieron más peligrosas para los agentes. Se mire como se mire, la cosa está fatal.

—Cuando yo empecé en Homicidios —terció Ramone—, había veinte detectives trabajando en cuatrocientos casos de asesinato al año. Es decir, veinte casos al año por agente. Ahora tenemos cuarenta y ocho detectives en la brigada, todos con cuatro o cinco asesinatos al año. Y resolvemos menos casos que cuando yo entré.

—Es porque nadie quiere testificar —explicó Holiday—. A menos que la víctima sea un niño o un viejo. E incluso entonces, tampoco está claro que se vaya a presentar nadie.

—Ya nadie habla con la policía —convino Cook, dando unos golpecitos con el dedo en la mesa—. Es lo que decía. Un barrio sólo es seguro si los vecinos trabajan con la ley.

—Eso se acabó. —Holiday dio un largo trago a la cerveza y una calada al cigarrillo, antes de sacudir la ceniza.

Tomaron otra ronda. Ramone empezaba a notar los efectos del alcohol. Hacía mucho tiempo que no pasaba tanto tiempo en un bar.

—*Monkey Jump* —dijo Cook, cuando empezó a sonar un tema instrumental—. De Junior Walker y los All-Stars.

—Está bien el local —comentó Ramone, mirando alrededor los distintos grupos de edades y clases en la sala.

—A Gus le gustan todas las razas —terció Holiday.

—Calla, Doc.

—Una cosa que tiene el Leo's es que aquí de verdad puedes conocer chicas. Mira, justo ahí.

Una joven atravesaba el bar. Era alta y tenía un culo que en ese momento atraía muchas miradas.

—A ésa me la tiraba yo ahora mismo.

—Hablas como un catedrático.

—Soy un hombre al que le gustan las golosinas. No sé qué tiene de malo.

Ramone vació la cerveza hasta la mitad de la botella.

—¿Qué pasa, Giuseppe, te he ofendido? ¿O es que crees que una «mujer de color» no querría nada con un tío como yo?

Ramone apartó la mirada.

—Gus está casado con una hermana, ¿no se lo ha dicho? —Holiday se volvió hacia Cook.

—Calla la boca de una puta vez, Holiday —le espetó Ramone, con tono cansado.

—¿Que se ha casado con tu hermana? —dijo Cook, queriendo relajar la tensión.

—Mi hermana murió de leucemia a los once años.

—Es una broma —explicó Ramone—. A mí ya me la gastó cuando íbamos de uniforme. Y ya entonces no tenía ninguna gracia.

—No es broma.

Ramone y Cook aguardaron a que prosiguiera. Pero Holiday no dijo nada más.

Cook carraspeó.

—¿Así que tu mujer es negra, Gus?

—Eso creo.

—¿Y qué tal os va?

—Supongo que de momento no me va a abandonar.

—¿Un camino sin baches? —preguntó Holiday.

—Algunos —repuso Ramone.

—¿Sólo algunos? Pues por ahí se contaba que hace tiempo tuvisteis... ¿cómo lo llamaban? Problemas de fidelidad.

—Rumores de mierda. ¿Quién te lo ha contado, tu amiguito Ramirez?

—No me acuerdo. Podría ser. La gente hablaba del tema.

—Chorradas.

—Johnny dice que has ido hoy a verle a la academia.

—Sí, le he visto. Llevaba su cinturón rosa. Estaba enseñando a los novatos a bloquear un puñetazo, con la postura adecuada y todo eso. Otro tipo que ha subido a lo más «alto».

—Como yo, quieres decir.

—Yo no he dicho eso.

—Aunque trabajaras otros veinte años, jamás serías el policía que yo era.

—No deberías beber tanto, Doc. Cuando bebes hablas con el culo.

—¿Y tu excusa cuál es?

—Voy a mear. —Ramone se levantó y se encaminó hacia el pasillo.

Cook les había observado mientras ellos discutían entre forzadas sonrisas y mentones tensos. Y ahora Holiday estaba relajado, rodeando con la mano la botella de cerveza.

—Has estado algo duro con él.

—Es un tipo duro. Sabrá asimilarlo.

—¿Conoces a su mujer?

—La conocí hace mucho tiempo. Fue policía unos meses. Una tía guapa, y lista. Y me han contado que tienen un par de hijos bastante guapos también.

—Entonces ¿cuál es el problema?

—No hay ningún problema. Que me gusta meterme con él. El tío se casa con una negra y se cree Hubert H. Humphrey o no sé qué coño.

—No ha sido él quien ha sacado el tema.

—Bah, sólo me estoy divirtiendo un poco a su costa. No pasa nada.

Ramone volvió del servicio, pero no se sentó ni tocó lo que le quedaba de cerveza. Sacó la cartera y dejó veinticinco dólares sobre la mesa.

—Eso será lo mío. Me marcho.

—Por curiosidad —le detuvo Cook—, no nos has dicho si tenéis algún sospechoso.

—Todavía no sabemos gran cosa, es la verdad. Pero vosotros habéis acabado con esto, ¿no?

Holiday y Cook asintieron sin convicción. Aquello estaba muy lejos de ser una promesa.

—Ha sido un placer, sargento. —Ramone tendió la mano a Cook.

—Lo mismo digo, detective.

Holiday tendió también la mano y Ramone se la estrechó.

—Gus.

—Doc.

Le vieron alejarse con pasos algo escorados.

—Sabe más de lo que cree saber —comentó Cook—. Lo que pasa es que todavía no se ha dado cuenta.

—Aun así, no me importaría llegar antes que él.

—Bueno, tampoco hemos prometido apartarnos del caso.

—¿Nos estaba haciendo una pregunta? Porque yo sólo asentía con la cabeza por seguir el ritmo de la música.

—Yo también.

—¿Otra cerveza?

—He llegado a mi límite. —Cook miró a la mujer sobre la que Holiday había hecho comentarios, que ahora hablaba con un tipo en la barra—. Tú a lo tuyo. Yo me quedo aquí sentado, soñando.

Ramone conducía con cierta imprudencia por las calles secundarias que llevaban a su casa, dando bruscos giros, demasiado deprisa. Hay quien con unas cuantas cervezas pone más cuidado al volante, pero a Ramone el alcohol siempre lo había tornado agresivo y descuidado. Qué coño, que lo parase la policía. Les enseñaría la placa y en paz.

No estaba enfadado con Holiday. Es cierto que los estúpidos comentarios sobre su mujer no venían a cuento, pero no iban en contra de Regina, sino contra él, insinuando que se había casado con una mujer negra para demostrar algo. Lo cual no podría ser menos cierto. Ramone se había enamorado de Regina por casualidad. Luego habían tenido la suerte de llevarse bien, como cualquier otra pareja, y su matrimonio sobrevivió.

Ramone ni siquiera había pensado en la diferencia de raza en mucho tiempo, desde luego no desde que nacieron sus hijos. Diego y Alana habían borrado cualquier diferencia. No era que Ramone no «viera el color», aquella ridícula declaración que algunos blancos se sentían obligados a hacer. Era que no lo advertía en sus hijos. Excepto, por supuesto, para notar lo guapos que eran con aquel tono de piel.

Cierto que a finales de los ochenta, cuando se casaron, se habían encontrado con prejuicios en algunas reuniones familiares o por la calle. Desde muy pronto Ramone y Regina acordaron deshacerse de cualquier pariente o «amigo» que fuera por esos derroteros, puesto que ninguno de los dos tenía ganas de «comprender» a la gente que todavía pensaba de esa manera.

No es que ellos mismos estuvieran totalmente libres de culpa. Ramone no tenía empacho en admitir que todavía conservaba restos de prejuicios raciales que jamás desaparecerían del todo. Igual que Regina. Eran productos de su época y su educación. Pero también sabían que la siguiente generación estaría mucho más libre de tales limitaciones, y gracias a eso era probable que su familia fuera fuerte y estable. Y así parecía ser. Ahora casi nunca encontraban a nadie en la zona de D.C. que les mirara raro cuando Ramone paseaba con su mujer y sus hijos. Y si sucedía, tampoco se le ocurría pensar que era por la diferencia de color de piel. Lo primero que pensaba siempre era: «¿Llevaré abierta la bragueta?» o «¿Tengo comida entre los dientes?»

Eso no significaba que sus hijos no fueran a encontrar racismo en el mundo. Él lo veía casi todos los días. Era difícil quedarse de brazos cruzados cuando a su hijo lo despreciaban por su color o por su manera de vestir. Pero ¿qué podía hacer, liarse a tortas con cada dependiente que echara a su hijo de la tienda, o amenazar a todos los polis de vía estrecha que intentaban detener a Diego? Había que elegir las causas por las que luchar, si uno no quería volverse loco de rabia.

Ramone no pretendía demostrar nada. Ya era bastante difícil sencillamente salir adelante en el día a día.

Se detuvo delante de su casa. El Volvo de Regina estaba en la puerta. Había dejado encendida la luz del porche y la del pasillo del primer piso. Alana dormía mejor sabiendo que el pasillo estaba iluminado. En la ventana de Diego también había luz. El chico seguramente estaría despierto, tumbado en la cama oyendo música con sus auriculares, pensando en la chica que le gustaba o soñando con atrapar un buen pase en el momento clave del partido. Todo eso estaba bien.

Ramone se quedó sentado al volante del SUV. Estaba casi borracho, y más confuso que nunca sobre la muerte de Asa. Aquel día había visto algo, o había oído algo. Algo que se le escapaba, que le miraba como una mujer coqueta. Sólo quedaba esperar el beso.

En ese momento le sonó el móvil. Ramone miró el número y descolgó.

—¿Qué hay, Rhonda?

—Tengo algo, Gus. ¿Sabes el informe de balística que había pedido?

—Dime.

—Las marcas de las balas encontradas en los cuerpos de Asa Johnson y Jamal White son idénticas.

—¿Me estás diciendo...?

—Sí. Salieron de la misma pistola.

Cinco minutos más tarde Ramone entraba en su casa. Guardó la placa y la pistola, fue a ver a Alana y a Diego y luego entró en su dormitorio, cerrando la puerta tras él. En el baño se lavó los dientes, se enjuagó con el colutorio y se tomó un par de aspirinas. De nuevo en la habitación, trastabilló al quitarse los pantalones y oyó a Regina agitarse en la cama. Se quitó también los calzoncillos y los tiró al suelo. Apagó la lámpara y se metió desnudo en la cama, para acercarse a Regina y darle un beso tras la oreja. En la oscuridad le besó el cuello.

—¿Dónde has estado, Gus?

—En el Leo's, un bar.

—¿Estás borracho?

—Un poco.

Ramone deslizó la mano bajo el elástico del pijama de Regina, que no se resistió. Cuando comenzó a acariciarla, ella le guio la mano a un lugar mejor, lanzó un gemido y abrió la boca. Ramone le besó los labios. Ella terminó de quitarse el pantalón del pijama. Ramone se incorporó sobre un codo y ella tomó el pene con la mano para frotárselo contra la cara interna del muslo. Luego se estrechó contra él, apretando el glande contra su cálido y plano vientre.

—¿Te acuerdas de mí? —preguntó Ramone.

—Algo me suena, sí.

Esa noche hicieron el amor apasionadamente.

26

Al día siguiente las oficinas de la VCB hervían de actividad. Habían aparecido dos cadáveres y se discutían los equipos de trabajo. Además era viernes, así que los detectives se preparaban para el aumento de víctimas mortales propio de los fines de semana. Encima de todo eso, era día de cobro estatal, lo cual significaba un mayor consumo de drogas y alcohol por la tarde, que solía resultar en un aumento de delitos violentos.

Ramone, Bo Green y Bill Wilkins rodeaban a Rhonda Willis, sentada a su mesa como la abeja reina.

—¿Cómo lo sabías? —preguntó Wilkins.

—No lo sabía —contestó Rhonda—. Era dar palos de ciego, pero mira. ¡Atiné!

—No entiendo qué relación puede haber entre Asa Johnson y Jamal White —declaró Ramone—. Dominique Lyons tenía motivos para matar a White, pero ¿por qué a Asa?

Por más que lo pensaban, no daban con la respuesta. Se quedaron mirando la mesa, el techo...

—Pasaron veinticuatro horas entre los dos asesinatos —dijo por fin Green—. Podrían ser dos asesinos.

—La pistola pudo cambiar de manos. Igual se vendió —apuntó Wilkins.

—O se alquiló —añadió Green—. El que mató a Asa Johnson se la alquiló a Lyons.

Ramone miró a Rhonda.

—Bueno, en cualquier caso hay que localizar al señor Lyons —dijo ella—. Así se aclarará un poco el asunto.

—¿Ha habido algo en la calle W? —preguntó Ramone.

—Todavía no ha aparecido por allí. Ni Darcia tampoco.

—¿Cuál es el plan de hoy?

—Voy a Petworth, a ver a la madre de Darcia. A ver si ella puede conseguir que Darcia asome la nariz, o darme alguna pista de su paradero. Y no sé, igual presiono un poco más a Shaylene, la amiga de Darcia. Nada, voy a ir un poco de puerta en puerta, Gus.

—A la antigua usanza —comentó Wilkins.

—¿Y vosotros?

—Bill se va a poner con el ordenador de Asa —contestó Ramone—. Yo andaré por el barrio. Todavía no he terminado por allí.

—¿Quieres compañía? —le preguntó Green a Rhonda.

—Siempre es agradable llevar refuerzos. —Rhonda señaló el corpachón de Green—. Me da confianza.

—Estamos en contacto —se despidió Ramone.

Bill Wilkins y Ramone se separaron en el aparcamiento. Ramone tomó un Taurus azul que iba razonablemente bien. Con él se dirigió al Starbucks entre la calle Octava y Penn para tomar un café. Se sentía bastante mal y pensó que la cafeína lo espabilaría.

De camino a la parte alta de la ciudad llamó a Cynthia Best, la directora del colegio de Asa.

—Ronald y Richard Spriggs.

—Los gemelos —contestó ella—. Los conozco muy bien.

—Esperaba poderlos sacar de clase un momento, con su permiso. Me gustaría hablar con ellos, si puedo.

—Un momento. —La directora se ausentó unos minutos—. Por lo visto no han venido.

—¿Están enfermos?

—No lo sé. Al ver que no aparecían esta mañana hemos llamado a su madre al trabajo para informarla de su ausencia. Es el procedimiento habitual. Hemos descubierto que es el mejor disuasorio para ellos.

—¿Faltan mucho al colegio los gemelos?

—Bueno, yo no los describiría como estudiantes modelo, detective.

—Sé por dónde viven, pero no el número de su casa. ¿Me lo podría dar?

—Ahora mismo le paso con alguien que pueda.

Los gemelos Spriggs vivían en la calle Novena, entre Peabody y Missouri, en un conjunto de viviendas de ladrillo rodeado por una verja de hierro negro. Al otro lado de la calle había otro jardín comunitario, y desde allí se veía el antiguo instituto Paul Junior, ahora una escuela pública que había mantenido el nombre. Los rasgos distintivos del barrio eran la torre de radio, parecida a la torre Eiffel, que se alzaba detrás de la comisaría del Distrito Cuatro, y otra torre más pequeña en el mismo lado de la calle Novena que el apartamento que Ramone buscaba.

Cuando llamó a la puerta le abrió Ronald Spriggs. Llevaba una camiseta con un personaje pintado con brillo, un tipo con una gorra de béisbol puesta de lado, armado con lo que parecía una pistola de rayos. Había cortado las mangas en flecos sobre los hombros. Los flecos estaban trenzados y terminaban en pequeñas bolas, el tipo de ornamento que uno podría encontrar en una lámpara. Ronald tenía talento como artista y buen ojo para el diseño, y Diego le debía varias de sus camisetas personalizadas. Había sido Ronald quien dibujó el logo de «Dago» en las gorras de Diego.

—¿Qué he hecho, señor Gus? ¿Cruzar un semáforo en rojo o algo?

—Nada tan grave. Sólo quería hablar contigo y con tu hermano, sobre Asa.

—Pase.

Las cortinas del salón estaban cerradas y no se movía una

brizna de aire. Richard estaba sentado en un gastado sofá, en la penumbra, jugando al Madden 2006 en la Xbox. Ramone reconoció el juego, puesto que la banda sonora se oía a menudo en su propia casa.

—Richard, está el señor Gus.

Richard Spriggs no volvió la cabeza.

—Un momento —pidió, operando con destreza el mando de la consola.

—Ponlo en pausa —le pidió su hermano—. Para que pueda darte una paliza luego.

Pero Richard siguió jugando. Habían programado un encuentro entre Broncos y Eagles; una versión animada de Champ Bailey interceptó un pase de Donovan McNabb.

—Mierda —exclamó Richard.

—Vaya cagada —se burló Ronald.

—Te voy a dar una paliza, Ronald.

—¿Sí? ¿Cuándo?

Richard puso el juego en pausa y la pantalla del televisor se quedó azul. Ramone se sentó en una butaca frente a la mesa de centro donde estaban la Xbox y los mandos, junto con una bolsa vacía de Doritos y varias latas de refresco abiertas. Ronald se sentó en el sofá junto a su hermano. Richard llevaba unos pantalones pirata cortados deshilachados, algo estilo Dogpatch a lo D.C. Ramone supuso que serían también creación de Richard.

—¿Qué, estáis con gripe o algo? —preguntó.

—Sólo había medio día de clase —contestó Ronald.

—Había reunión de profesores —sonrió Richard.

—¿Le han pasado a la brigada de Menores, señor Gus?

—No es mi departamento. De eso ya se encargará vuestra madre.

—Se ha puesto como una moto cuando han llamado del colegio.

—Le hemos dicho que estábamos malos —explicó Richard—. Tuvimos que comer algo que nos sentó mal, porque a los dos nos duele el estómago.

Ramone se limitó a asentir con la cabeza. Conocía a los gemelos desde muy pequeños. No eran malos chicos. Podían dar algo de guerra, pero no les iba la violencia ni la provocación. Vivían con su madre, siempre muy ocupada con dos trabajos para poder sacar adelante a sus hijos y además darles los equipos electrónicos, los juegos y la ropa de marca que llevaban otros chicos. Era toda una lucha ganar dinero suficiente para comprar a sus hijos prendas Nike, North Face y Lacoste, y eso la mantenía lejos de casa y todavía más lejos de sus vidas.

Ramone y Regina, capaces de cometer los mismos errores que todo el mundo, se sentían presionados a hacer lo mismo por sus hijos, y a menudo sucumbían a ello, aun sabiendo que era un error.

En ausencia de su madre, y con un padre inexistente, los gemelos Spriggs empezaban a meterse en líos. Sus actos no eran distintos ni más graves que los hurtos menores y el vandalismo que Ramone había perpetrado con sus amigos cuando tenía su edad. Los chicos tenían adrenalina, y la quemaban de mala manera.

Los gemelos Spriggs sabían muchas cosas, puesto que se pasaban la mayor parte del tiempo en la calle. Cuando a Diego le robaron la bicicleta del jardín, Ramone acudió a ellos, y esa misma noche la devolvieron sin más comentario. Ramone no les preguntó cómo la habían recuperado, ni tampoco olvidó lo que habían hecho. El invierno anterior, los detuvieron y los llevaron a la comisaría del Distrito Cuatro por robar objetos de jardines vecinos. Ramone acudió con su madre y sacó a los chicos libres de cargos.

Se preocupaba por ellos, pero sin inmiscuirse porque no eran sus hijos. Richard, a quien le faltaban motivación y dirección, era el que probablemente se encontrara en aguas más turbulentas con el paso de los años. Sería una pena que Ronald, que contaba con las herramientas para lograr algo en la vida, siguiera a su hermano por lealtad.

—Bueno, lo de Asa —comenzó Ramone.

—No sabemos nada de Asa —contestó Ronald—. Sentimos lo que le ha pasado y todo eso, pero...

—Vosotros salíais con él, ¿no?

—Ya no mucho.

—¿Por qué no? ¿Pasó algo entre vosotros?

—La verdad es que no —dijo Ronald.

—Entonces ¿por qué os distanciasteis?

Ronald y Richard se miraron.

—¿Por qué? —insistió Ramone.

—No nos gustaba hacer las mismas cosas —dijo por fin Ronald.

—¿Qué, atracar a las ancianitas para robarles el bolso?

—Eso nunca lo hemos hecho. —Richard esbozó una tímida sonrisa.

—Era broma.

—No, digo cosas normales, como jugar al baloncesto, ir a fiestas, a conciertos... —repuso Ronald.

—Salir con chicas —dijo Richard.

—De todas formas su padre no le dejaba salir —explicó Ronald—. No sé. El caso es que dejamos de verle.

—¿Qué más?

Richard, el más gallito de los dos, chasqueó la lengua.

—Se volvió un blando.

—¿En qué sentido?

—Que cambió mucho. Ahora sólo le interesaban los libros y eso.

—¿Y eso os parece mal?

—Vaya, que a mí no me va pasarme el día en la biblioteca.

—De hecho el día que le vimos llevaba un libro —agregó Ronald.

—¿Qué día?

—El día que lo mataron. Richard y yo volvíamos a casa. Veníamos de jugar al baloncesto con Diego y Shaka.

—¿Y dónde estabais, exactamente?

—Un par de manzanas detrás del Coolidge. Supongo que estaríamos en Underwood.

—¿Y hacia dónde iba Asa?

—Hacia Piney Branch Road.

—¿Hablasteis?

Ronald lo pensó un momento.

—Le dijimos hola, pero él no se paró. Yo le pregunté adónde iba y él me contestó, pero sin pararse.

—¿Y qué te contestó?

—Que iba al monumento de Lincoln y Kennedy, nada más.

—¿El Lincoln Memorial?

—El monumento —le corrigió Ronald.

—¿Visteis el título del libro que llevaba?

—Qué va.

—No tenía título, idiota —repuso Richard.

—¿Cómo?

—Que en la portada del libro no ponía nada —dijo Richard—. Me acuerdo porque me pareció raro.

«Un diario», pensó Ramone.

—No le diga a mi madre que estábamos jugando con la Xbox —le pidió Ronald.

—Le hemos dicho que estábamos estudiando —apuntó Richard.

—No deberíais mentirle a vuestra madre. Es una buena mujer.

—Ya lo sé. Pero si le decíamos la verdad, que no nos apetecía ir al colegio, se iba a preocupar —dijo Ronald.

—Y además, paso de que me dé una torta —explicó Richard.

Ronald señaló la chaqueta de Ramone.

—¿Lleva encima la Glock?

Ramone asintió y el chico sonrió.

—Mola llevar pipa, ¿eh?

—Espero que os mejoréis. —Ramone dejó una tarjeta de visita sobre la mesa—. Descansad un poco.

Volvió al coche y puso rumbo a la casa de Terrance Johnson con la intención de reunirse con Bill Wilkins, que ahora estaría investigando el ordenador de Asa. Cuando iba por Peabody le sonó el móvil.

—Regina.

—Gus...

—¿Qué pasa?

—No te vayas a enfadar.

—Dime qué pasa.

—Han expulsado a Diego del colegio.

—¿Otra vez?

—Es por lo de la pelea de su amigo Toby. El señor Guy ha dicho que no ha querido cooperar como testigo, y luego no sé qué de insubordinación.

—Gilipolleces.

—Además, también ha mencionado que la directora nos quiere hacer unas preguntas sobre nuestro lugar de residencia.

—Supongo que habrán descubierto que vivimos en D.C.

—Yo qué sé. Voy a recoger ahora a Diego. He hablado con él por teléfono y se ha tomado esto bastante mal. Supongo que intentaré hablar con la directora, ya que estoy allí.

—No, tú sólo recógelo. Ya hablaré yo con ella.

—Pero cálmate antes de ir para allá.

—Ve a por Diego. Luego te llamo.

Ramone paró el Taurus y llamó a Bill Wilkins, a casa de los Johnson.

—Bill, soy Gus. Voy a tardar un buen rato en llegar.

—Estoy revisando los archivos del historial de Asa —informó Wilkins en voz baja—. Deberías echar un vistazo a una cosa.

—En cuanto llegue. Dime, ¿tú has oído hablar de un monumento a Lincoln?

—Pues sí.

—A ver si encuentras ahí alguna referencia.

—Vale, pero Gus...

—Luego hablamos.

Ramone se dirigió hacia Maryland.

27

Rhonda Willis y Bo Green estaban en el salón de una casa adosada de Quincy Street, en la zona de Petworth de Northwest. Tenían ante ellos unas tazas de café sobre una mesa de estilo provenzal francés. La casa estaba bien conservada y limpia, los muebles eran de buen gusto y bien elegidos. No parecía el hogar de una chica que bailaba en el Twilight y andaba con un asesino. Pero allí se había criado Darcia Johnson.

Su madre, Virginia Johnson, sentada en un sillón, era una mujer atractiva, de piel clara y algunas pecas, vestida con elegancia y de manera apropiada a su edad. Tenía en el regazo a un niño de once meses que hacía ruiditos de satisfacción. Sonreía mirando a Bo Green, que le hacía muecas.

—¿Qué ha hecho, detective? —preguntó Virginia.

—Queremos hablar con un amigo suyo, Dominique Lyons —explicó Rhonda.

—Sí, lo conozco. ¿De qué quieren hablar con él?

—Es en relación a una investigación de asesinato.

—¿Es mi hija sospechosa de asesinato?

—De momento no —contestó Green. Apenas cabía en su silla, parecía el proverbial elefante que hubiera decidido tomar asiento en la cacharrería.

—Sabemos que Darcia y Dominique se ven a menudo —explicó Rhonda—. Hemos estado en el apartamento del Southeast que comparte con Shaylene Vaughn. También sabemos dónde trabaja, pero no ha aparecido por ninguno de estos lugares desde hace un par de días.

—¿Ha sabido usted algo de ella? —preguntó Green.

—Llamó anoche —contestó Virginia, mientras el niño le sujetaba los dedos—. Para ver cómo estaba el pequeño Isaiah, pero no sé desde dónde llamó.

—¿Isaiah es su hijo?

—Ella le dio a luz.

—¿El padre es Dominique Lyons?

—No, otro joven que desapareció hace tiempo.

—No tenemos la dirección de Lyons. ¿Sabe usted dónde vive? —preguntó Green.

—No, lo siento.

Green se inclinó para coger el café y beber un sorbo. La taza era delicada, pintada a mano, y parecía en peligro en su enorme manaza.

—Sentimos molestarla con todo esto —se disculpó Rhonda, con sinceridad.

—Nosotros creíamos que lo hacíamos todo bien con ella —dijo Virginia Johnson con voz queda.

—No se puede acertar siempre.

—Este barrio ahora está cambiando, para mejor, pero no ha sido siempre así, como ya saben. Mi marido se crio aquí en Petworth, y estaba empeñado en aguantar en el sitio hasta que pasaran los malos tiempos. Decía que unos padres fuertes y atentos como nosotros, con nuestro compromiso con la iglesia, serían suficiente para que nuestros hijos no se metieran en problemas. Y en su mayor parte tenía razón.

—¿Tienen otros hijos?

—Otros tres, todos mayores. Fueron a la universidad y a todos les va muy bien. Darcia es la pequeña. Era muy amiga de Shaylene desde el parvulario. Y Shaylene cayó de cabeza en las drogas y la promiscuidad ya desde los trece años. Esa chica nunca estuvo bien. Que Dios me perdone por decirlo, porque en realidad no fue culpa suya. Es que su familia no se preocupaba de ella.

—Pues eso lo explica —dijo Green.

—Pero con eso no basta —sentenció Virginia—. Puedes estar pendiente de ellos constantemente, darles todo el amor que necesitan, y aun así ellos cogen y se tiran del puente.

—¿Tiene Darcia mucha relación con el pequeño?

—Le quiere mucho, pero no está en condiciones de hacer de madre. Yo trabajé veinticinco años de funcionaria y tomé la jubilación anticipada. Mi marido tiene una carrera sólida, así que podemos seguir adelante sólo con un sueldo. Nosotros criaremos a Isaiah. A menos que cambien las cosas.

—Como ya le he dicho, Darcia no es sospechosa de este crimen —dijo Green.

—Pero tendrá que pasarse por nuestras oficinas —explicó Rhonda—. Podría ser un testigo.

—¿Tiene coche? —preguntó Green.

—No, no llegó a sacarse el carnet.

—Así que es probable que Dominique la lleve de un lado a otro —dijo Rhonda.

No era una pregunta, estaba pensando en voz alta.

—¿Ha matado a alguien ese chico? —preguntó Virginia.

Rhonda hizo un gesto a Bo Green, indicándole que contestara, y que era el momento de empezar a hacer presión.

—Hay muchas posibilidades —respondió éste.

—Estaría muy bien, como primer paso, sacar a Dominique Lyons de la calle y alejarlo de su hija —explicó Rhonda.

—Tenemos el móvil de Darcia —dijo Green.

—Pero no contesta cuando llamamos —terminó Rhonda.

—A lo mejor si creyera que su hijo está enfermo o algo así... —sugirió Green.

—Se preocuparía y vendría —dijo Rhonda.

—La voy a llamar —cedió Virginia Johnson, limpiándole la baba al niño con un pañuelo.

—Se lo agradeceríamos —replicó Rhonda.

—Seguro que viene. —Virginia miró a Rhonda—. Quiere mucho a este niño.

Ramone estaba en la sala de espera del colegio de su hijo en Montgomery County, sentado junto a un hombre negro de su edad. Había llegado hacía diez minutos, pidiendo hablar con la directora Brewster. Cuando le dijeron que para eso necesitaba una cita, Ramone enseñó la placa a la secretaria, la informó de que era el padre de Diego Ramone y que esperaría hasta que lo llamaran. La mujer le dijo que tomara asiento.

Diez minutos más tarde, salió del pasillo de las oficinas una mujer alta y delgada, cerca de los cincuenta años. Rodeó el mostrador sonriendo y miró en torno a la sala de espera. Por fin se acercó al hombre negro tendiendo la mano.

—¿Señor Ramone?

—Yo soy Gus Ramone.

Ramone se levantó para darle la mano. La señora Brewster tenía el rostro alargado, serio, lo que a veces se califica de «equino». Parecía tener demasiados dientes. Su forzada sonrisa se desvaneció, pero consiguió recuperarla. Sus ojos, sin embargo, no se recobraron. Había visto a Regina varias veces, pero nunca a Ramone. Era evidente que había supuesto que era negro.

—Acompáñeme, por favor.

Ramone la siguió, echándole un vistazo al culo, puesto que era un hombre, y viendo que era de trasero ligero.

El señor Guy estaba sentado en una de las tres sillas del despacho de la señora Brewster, con una tablilla pegada al pecho. A diferencia de la directora, el subdirector tenía un amplio trasero, que completaba con una barriga y tetas de mujer.

—Guy Davis —se presentó, tendiendo la mano.

—Señor Guy —saludó Ramone. Le estrechó la mano y se sentó delante de la mesa de la directora.

La señora Brewster tomó asiento tras su mesa, echó un vistazo a la pantalla del ordenador y no pudo resistirse a tocar el ratón para comprobar algo. Luego miró a Ramone.

—Bien, señor Ramone...

—Detective Ramone.

—Detective, me alegro de que haya venido. Nos ha llegado cierta información y queríamos discutir el asunto con usted. Ahora es un buen momento.

—Primero hablemos de mi hijo. Me gustaría saber por qué le han expulsado hoy.

—Se lo explicará el señor Guy.

—Recientemente se ha producido un incidente entre un alumno, Toby Morrison, y otro estudiante —explicó el señor Guy.

—Quiere decir que se pelearon —dijo Ramone—. Sí, lo sé.

—Tenemos razones para creer que su hijo fue testigo.

—¿Y cómo lo sabe?

—Hemos interrogado a varios alumnos —explicó el señor Guy—. Estoy llevando a cabo una investigación.

—¿Una investigación? —Ramone esbozó una significativa sonrisa.

—Sí —repitió el señor Guy, mirando su tablilla—. Llamé a Diego al despacho para hablar de los hechos, y él se negó a contestar a mis preguntas.

—A ver si lo he entendido bien. Diego fue testigo de una pelea justa fuera del colegio que, según tengo entendido, se libró entre dos chicos. Nadie más se metió en la pelea contra el otro chaval ni nada parecido.

—Esencialmente así fue. Pero el otro chico resultó herido en el altercado.

—¿Y qué es exactamente lo que Diego ha hecho mal?

—Bueno —terció la señora Brewster—, para empezar no hizo nada. Podría haber detenido la pelea, pero prefirió quedarse mirando.

—O sea, que lo expulsan por inacción.

—Básicamente, sí. Por eso y por insubordinación —dijo la señora Brewster.

—Se negó a contestar a mis preguntas en el curso de la investigación —dijo el señor Guy.

—Eso es una gilipollez —exclamó Ramone, notando que le subía el calor a la cara.

—Tengo que pedirle que se abstenga de utilizar ese lenguaje —le reprendió la señora Brewster, con los dedos entrelazados sobre la mesa.

Ramone exhaló lentamente.

—Diego podía habernos ayudado a resolver este asunto —aseguró el señor Guy—. Pero en lugar de eso, ha obstaculizado todos nuestros esfuerzos por llegar al fondo del incidente.

—¿Sabe una cosa? Me alegro de que mi hijo no contestara a sus preguntas.

La señora Brewster parpadeó deprisa, un tic nervioso que hasta ese momento había logrado dominar.

—Desde luego usted precisamente debería comprender el valor de la cooperación en asuntos de esta índole —dijo la señora Brewster.

—Esto no es un homicidio. Los chicos se pelean. Se ponen a prueba unos a otros y descubren cosas de sí mismos que les acompañarán el resto de su vida. Y esto no era un caso de *bullying* y nadie resultó herido de gravedad.

—El chico recibió un puñetazo en la cara —aclaró el señor Guy.

—Es una manera de perder una pelea.

—Veo que estamos contemplando el caso desde puntos de vista muy diferentes —observó la directora.

—Yo no he educado a mi hijo para que traicione a sus amigos. —Ramone miraba deliberadamente a la señora Brewster, evitando al señor Guy—. Ahora Toby Morrison sabrá la clase de amigo que es Diego, y siempre estará de su lado. Y Diego se habrá ganado el respeto de los demás. Eso para mí y para mi hijo es más importante que sus normas.

—Diego está protegiendo a un chico peligroso —afirmó la directora.

—¿Cómo?

—Toby Morrison es un joven peligroso.

«Ahora ya sé de qué vas», pensó Ramone.

—Es un chico duro, señora Brewster —le espetó—. Conozco a Toby, juega en el equipo de fútbol de mi hijo. Ha venido a mi casa muchas veces, y siempre es bienvenido. Si no conoce la diferencia entre duro y peligroso...

—Desde luego que conozco la diferencia.

—Por curiosidad, estoy seguro de que en este colegio habrá algunos chicos blancos que también se habrán metido en peleas alguna vez. ¿Alguna vez los ha calificado de «peligrosos»?

—Por favor. —La señora Brewster hizo un breve gesto con la mano. Su sonrisa era falsa y empalagosa—. Soy directora de un colegio donde hay más de un cincuenta por ciento de afroamericanos e hispanos. ¿Le parece que me habrían dado este puesto si no comprendiera bien y simpatizara con las minorías?

—Es evidente que cometieron un error. Usted separa a estos chicos por los resultados de los exámenes. Ve el color y ve los problemas, pero jamás el potencial. Y, claro, al final usted misma crea el resultado que predecía. Y tener a un negro que le haga el trabajo sucio no excusa nada de eso.

—¡Un momento! —saltó el señor Guy.

—Estoy hablando con la señora Brewster, no con usted.

—No tengo por qué aguantar esto —protestó el subdirector.

—¿Ah, no? ¿Y qué piensa hacer?

—En cualquier caso —terció la señora Brewster, sin perder la compostura—, todo eso es ya insustancial. En el curso de las investigaciones del señor Guy, un alumno nos informó de que usted no vive en Montgomery County, sino que reside con su familia en D.C.

—¿Quiere que le enseñe las escrituras de mi casa de Silver Spring?

—Las escrituras no sirven de nada si no reside usted en la casa, detective. Su familia reside en Rittenhouse Street, en Northwest, lo hemos confirmado. De manera que Diego está ilegalmente matriculado en este colegio. Me temo que tendremos que cancelar su matrícula desde este mismo momento.

—O sea, que le echan.

—Se cancela la matrícula. Si quiere reclamar...

—Lo dudo. No quiero que esté aquí.

—Entonces la conversación ha terminado.

—Muy bien. —Ramone se levantó—. No me puedo creer que hayan puesto a alguien como usted a cargo de los chicos.

—Le aseguro que no sé a qué se refiere.

—Me lo creo. Pero eso no le da la razón.

—Buenos días, detective.

El señor Guy también se levantó. Ramone pasó bruscamente a su lado y se marchó del despacho. Andaba con paso alegre. Sabía que se había mostrado agresivo e innecesariamente insultante, pero no se arrepentía en absoluto.

Llamó a Regina desde el aparcamiento. Diego había llegado a casa, pero sólo para recoger su pelota y marcharse de inmediato. No estaba enfadado, dijo Regina. Sólo callado.

Ramone se dirigió por la línea District hacia la Tercera y Van Buren. Dejó la chaqueta en el coche, se aflojó la corbata y se encaminó hacia el patio. Diego estaba tirando unas canastas, con unos pantalones demasiado grandes, una camiseta sin mangas y sus Exclusive. En ese momento saltaba para entrar a canasta. Al ver a su padre cogió la pelota y se la metió bajo el brazo. Ramone le esperó a un metro de distancia, con las piernas separadas.

—Ya lo sé, papá. La he cagado.

—No te voy a regañar. Tomaste una decisión, hiciste lo que pensabas que estaba bien.

—¿Cuánto tiempo me han suspendido?

—No vas a volver. Han descubierto que utilizamos la dirección de Silver Spring para matricularte.

—¿Y entonces adónde voy a ir?

—Tengo que hablar con tu madre, pero supongo que irás a tu antiguo colegio lo que queda de curso. Luego ya pensaremos algo.

—Lo siento, papá.

—No pasa nada.

Diego miró hacia la calle.

—Esta semana, todo...

—Ven aquí.

Diego tiró la pelota y se arrojó en brazos de su padre. Ramone lo estrechó con fuerza. Olió el sudor de Diego, el desodorante Axe que se había echado, el champú barato que usaba. Notó los músculos de sus hombros y su espalda y el calor de sus lágrimas.

Por fin Diego se apartó, se enjugó los ojos y cogió la pelota.

—¿Quieres jugar? —preguntó.

—Estoy en desventaja. Tú con tus zapatillas de ochenta dólares y yo con zapatos de cuero.

—Tienes miedo, ¿eh?

—A once.

Diego cogió el balón. El juego se decidió realmente desde el principio. Ramone intentó ganar, pero no pudo. Diego era ya mejor atleta a sus catorce años que Ramone en toda su vida.

—¿Vas a volver al trabajo así? —preguntó el chico, señalando las manchas de sudor que tenía Ramone en la camisa.

—Nadie se va a dar cuenta. Hace años que las mujeres ya no me miran.

—Mamá te mira.

—De vez en cuando.

—Te apuesto cinco dólares a que puedo encestar a nueve metros.

—A ver.

La pelota rebotó en el cristal y encestó. Diego dobló el brazo, se dio un beso en el bíceps y sonrió.

«Ése es mi hijo.»

—No ha sido limpia.

—Te acepto los cinco pavos.

Ramone le pagó.

—Bueno, me voy, que tengo mucho trabajo.

—Te quiero, papá.

—Yo también te quiero. Llama a tu madre si vas a alguna parte, dile dónde estás.

Ramone se sentó de nuevo al volante del Taurus, pero antes de que pudiera ponerlo en marcha, Rhonda Willis le llamó al móvil. Tenían a Dominique Lyons y a Darcia Johnson en las oficinas de la VCB.

—Voy para allá.

28

La madre de Darcia Johnson llamó a su hija diciéndole que el niño tenía fiebre y le costaba respirar. Los agentes a los que llamaron de refuerzo por radio tuvieron poco tiempo para llegar a sus puestos: al cabo de media hora se acercaba por Quincy un Lexus GS 430 negro que se detuvo frente a la casa de los Johnson. Virginia Johnson, que observaba desde una ventana de la primera planta, llamó a Rhonda Willis, que esperaba con Bo Green en el Impala granate aparcado en la calle. Virginia informó de que la mujer que salía del Lexus era su hija Darcia, y que por lo que ella veía, el conductor del vehículo era Dominique Lyons, reconocible por sus trenzas. Rhonda hizo un gesto a Bo Green, que hablaba por radio con el sargento al mando de los agentes de uniforme.

De pronto dos coches patrulla bloquearon los accesos este y oeste de la calle Quincy, mientras varios policías a pie salían del callejón Warder Place pistola en mano, gritando al conductor del Lexus que saliera del vehículo con las manos a la vista. La acción fue ruidosa y rápida, concebida para impactar y distender cualquier posible situación problemática. Conociendo el historial de Lyons, Rhonda no quería correr ningún riesgo.

Darcia Johnson se sentó de inmediato en los escalones de la casa de sus padres y se tapó la cara con las manos. Dominique Lyons salió del coche con las manos en alto. Lo esposaron y lo metieron en un coche patrulla. A Darcia, también esposada, la llevaron a otro coche. Registraron concienzudamente el Lexus, pero no se encontraron armas de ninguna clase. Bajo el asiento del conductor había apenas treinta gramos de marihuana.

Virginia Johnson salió de casa con Isaiah en brazos. Miró a su hija, ya en el coche patrulla, y vio en sus ojos miedo y odio. La mujer le preguntó a Rhonda si podía ir con ellos y Rhonda asintió.

—Tenemos una zona de juegos para los niños. —De hecho había sido Rhonda la que presionó para que se estableciera la guardería en las oficinas de la VCB. A pocos de sus compañeros se les habría ocurrido la idea de montar una zona de espera para esposas, novias, abuelas e hijos de los acusados o aquellos sometidos a un interrogatorio por casos de asesinato.

—Le diré a mi marido que se reúna allí conmigo.

—Al final esto será bueno para su hija —le aseguró Rhonda—. Ha hecho usted bien.

Dan Holiday estaba en el jardín comunitario de Oglethorpe, fumándose un cigarrillo. Tenía un trabajo más tarde e iba vestido con su uniforme. Había ido porque sabía que la respuesta que buscaba se hallaba allí.

El escenario del crimen había vuelto a su estado anterior a la muerte de Asa Johnson. Habían quitado la cinta policial. Algunos habían acudido ya al jardín para trabajar en sus parcelas pero sobre todo para charlar unos con otros, puesto que el otoño había caído sobre Washington, las verduras se habían cosechado y flores y plantas crecían ya más despacio.

Holiday se acercó a su coche. Lo había dejado en el mismo sitio en el que se quedó dormido la noche que descubrió el cadáver.

Se sentó al volante del Lincoln para terminar de fumar el Marlboro. Dio una calada, examinó el cigarrillo entre los dedos y volvió a fumar antes de tirarlo al suelo. Se quedó mirando el humo que se alzaba de la colilla.

Luego se volvió hacia la parcela con los banderines y los ventiladores y los carteles con títulos de canciones relacionadas con plantas. El día anterior, al pasar por allí había notado aquel dedo gélido.

Let it Grow. «Déjalo crecer.»

Aquéllas eran las palabras que le habían cruzado la mente cuando pasó el coche patrulla durante la noche. Pero en aquel momento todavía no había visto el cartel.

Entornó los ojos con la mirada perdida, pensando en el poli blanco y el detenido en el asiento trasero. Luego recordó a su hermano haciendo como que tocaba la guitarra, hacía tanto tiempo, con su pelo largo en el sótano de la casa de sus padres, en Chillum.

—¡Joder!

Lanzó una carcajada y sacó el móvil y la tarjeta de Gus Ramone.

—Aquí Ramone.

—Gus, soy Holiday.

—Ah.

—Oye, tío, estoy en el jardín, el de Oglethorpe. Se me ha ocurrido una cosa.

—Dime.

—El coche patrulla, el que vi aquella noche, ¿te acuerdas? Pues el número era el cuatro sesenta y uno. Como en *Ocean Boulevard*.

Ramone no dijo nada. Intentaba visualizar algo. El número del coche le había traído algo a la memoria.

—Me he acordado porque mi hermano era un fanático de Clapton —comentó Holiday.

—Qué interesante.

—Debería ser bastante fácil buscar en los registros de la comisaría, ¿no? A ver quién lo llevaba aquella noche.

—Sólo que estoy ocupado. Voy para la VCB ahora mismo. Tenemos a un par de testigos.

—Si me das el nombre del agente, Cook y yo...

—No sois policías.

—Ese poli podría ser un testigo. Querrás hablar con él, ¿no?

—Yo sí, pero tú no.

—Cook y yo podríamos, no sé, ir a echar un vistazo. Como estás tan liado...

—No tienes ni puta idea del día que tengo por delante.

—Pues más a mi favor.

—No.

—Bueno, llámame.

Holiday salió del coche y encendió otro cigarrillo, sabiendo que Ramone acabaría llamando. Lo había visto la noche anterior. «Le daba pena el viejo, y en el fondo sabe que conmigo se pasó de rosca. No es un mal tipo, en realidad. Se pasa mucho, eso sí, pero tampoco es para tanto. No me mantendrá al margen de esto, aunque vaya contra las reglas.»

Al cabo de un cuarto de hora sonó el móvil.

—Lo he pensado —dijo Ramone.

De hecho había recordado lo que buscaba. El arrogante patrullero rubio que estaba en la escena del crimen de Asa Johnson se encontraba apoyado contra el coche 461 cuando Ramone llegó. Y recordaba el nombre de su placa: G. Dunne. Pero eso no pensaba contárselo a Holiday. Doc y el viejo se movían por pura pasión y desesperación. La pasión siempre era positiva. Lo que le preocupaba era la desesperación.

—¿Y?

—Sería una locura pasarte esa información —dijo Ramone—. Ni hablar.

—No te necesito. Lo puedo averiguar por mi cuenta.

—Pero, hazme un favor, no hagas nada sin hablar primero conmigo.

—Vale.

—Lo digo en serio, Doc.

—Entendido.

—Entre otras cosas, llevar tu propia investigación —insistió Ramone—. Hacerse pasar por agente de policía es un delito grave.

—No te preocupes, Gus. No te voy a traicionar.

—Qué gracioso.

—Gracias por llamar.

A continuación Holiday llamó a T. C. Cook, que descolgó al segundo timbrazo. «El viejo estaba esperando mi llamada», se dijo Holiday.

T. C. Cook estaba sentado en la cocina, tomando un café. Desde la oficina le llegaban los chirridos y las voces de los diálogos entre los patrulleros y la operadora que salían de la página de Internet en el ordenador. Era a menudo el único sonido en una casa por lo demás silenciosa. La mujer salvadoreña que le había enviado la Asociación de Veteranos sí hacía algunos ruidos, animando un poco el ambiente. Cook siempre esperaba con ganas su visita, pero sólo iba una vez a la semana.

Por lo general el aburrimiento hacía largos sus días. Se levantaba temprano, leía lo que podía del periódico y luego pasaba un tiempo en su oficina o en el taller del sótano, buscando algo que hacer. Esperaba el correo, a eso de las doce, y tardaba más de lo necesario en prepararse la comida. A pesar de sus esfuerzos, solía sucumbir a una siesta. Intentaba no ver mucha televisión, aunque al menos eso sí lo podía hacer sin frustraciones. Pero era una actividad pasiva, recibir sin dar. Cook siempre había vivido para algún objetivo, y ahora no tenía ninguno.

No era mentalmente débil. Tenía más razones que muchos para ser infeliz, pero no se permitía caer en la depresión. Había pocas cosas que le impulsaran a levantarse por las mañanas, pero se levantaba a pesar de todo y se vestía antes de desayunar, como cualquiera que tuviera que ir a trabajar.

Tenía la opción de participar en actividades de la iglesia, pero no era muy religioso. Su mujer había sido devota baptista, una mujer de mucha fe. Algunos policías se aferraban a Dios, pero en Cook el trabajo y lo que había visto obraron el efecto contrario. Ahora que estaba más cerca de la muerte, habría sido fácil y comprensible que volviera a ir a la iglesia, pero se sentiría un hipócrita. No había sido un marido modelo, ni especialmente atento, pero había amado a su mujer y le había sido fiel, y si existía Dios, y si además era bueno, tenía que volver a unirlos a Willa y él, tanto si Cook iba a misa como si no.

Ahora miraba su taza de café vacía.

El médico le había dicho que sólo podía tomar un café al día, como mucho. La cafeína le aceleraba el corazón, y no le hacía ningún bien. El caso era que el médico también le había dicho que tenía muchas posibilidades de sufrir otro derrame, y que sería peor que el último. Por lo visto, renunciar a una segunda taza no iba a evitarlo.

Según parecía tenía el sistema circulatorio muy frágil. Y no, no podían decirle cuándo se produciría el «siguiente episodio». Podrían pasar semanas, o años. Tantas décadas de fumar y comer mal. «Ojalá pudiéramos hacer más por usted, señor Cook. Por desgracia sería demasiado arriesgado operarle de nuevo. Siga llevando una vida activa, pero con cuidado. Tome la medicación.» Una gilipollez detrás de otra.

Cook miró el mostrador. Tenía uno de esos pastilleros con compartimentos separados para los días de la semana. Dos pastillas en cada uno. Para que no se le olvidara tomar la medicación, o para que no se tomara doble dosis por equivocación. A eso había llegado. Si sobrevivía al siguiente derrame, seguramente acabaría convertido en uno de esos viejos que no se pueden ni mover. Entonces tendrían que mandarle a alguien que le bañara y le pusiera un babero para comer. Enviarían a alguna pobre inmigrante para que le lavara el culo a un viejo.

Antes se pegaría un tiro. Pero eso sería otro día.

Holiday le había llamado. Cook llamó a continuación a un viejo amigo del Distrito Cuatro, de quien había sido mentor a principios de los ochenta. Ahora era teniente. Cook le explicó que un oficial de la comisaría del Distrito Cuatro había tenido un detalle con su sobrina y la chica quería escribirle una carta de agradecimiento, pero que sólo se acordaba del número de su coche patrulla. Cook no tenía ninguna sobrina y, por la vacilación del teniente, supo que se había olido la mentira. Pero el hombre le pasó la información igualmente. Cuando Cook le preguntó por el horario del agente, el teniente le dijo, tras una larga pausa, que aquel día tenía el turno de ocho a cuatro.

Cuando Holiday llegara se pondrían a trabajar. El joven llevaba mucho equipaje a cuestas, pero tenía energía y pasión. Tal vez entre los dos dieran con la clave de aquel asunto.

Cook fue a su coche, un Mercury Marquis dorado con una pegatina de la estrella azul de la policía en el parabrisas trasero. Imaginaba que Holiday y él trabajarían hasta tarde y que llevarían dos coches. Abrió el maletero, a pesar de saber que sus cosas seguirían allí, que no las había movido, pero estaba algo nervioso y quería echar un vistazo de todas formas.

Allí guardaba los útiles del coche, el aceite, el anticongelante, cables, líquido de frenos, trapos, un juego de reparación de pinchazos y un gato. Una caja de herramientas y otra que contenía una cinta métrica de treinta metros, cinta adhesiva, prismáticos de 10 x 50, unas gafas de visión nocturna que no había usado jamás, una caja de guantes de látex, una porra extensible, unas esposas Smith and Wesson, varias pilas, una cámara digital que no sabía utilizar y una linterna de acero Streamlight Stinger recargable, que podía hacer las veces de arma. En el maletero también había una palanca de acero.

Todo estaba en su sitio. Holiday aún tardaría en llegar, de manera que volvió a su casa para sacar la treinta y ocho y el kit Hoppe. Había llegado el momento de limpiar su pistola.

Michael *Mikey* Tate y Ernest *Nesto* Henderson se encontraban en un bonito Maxima negro, el nuevo modelo con los cuatro tubos de escape, en un parking de la zona comercial de Riggs Road, en Northeast D.C., no lejos de la línea Maryland. Había un bazar, una casa de empeños, una tienda de licores, un bar mexicano, otro de bocadillos y comida china, un cajero automático y dos peluquerías, una especializada en uñas y la otra, llamada Hair Raisers, conocida por sus trenzas y sus extensiones. Chantel Richards trabajaba en Hair Raisers. Henderson la veía en el escaparate frontal, detrás de una mujer, ambas moviendo los labios mientras Chantel trabajaba. Era Henderson el que realizaba la mayor parte de la vigilancia. Tate hojeaba el último *Vogue*.

—Joder, sí que está buena —exclamó Henderson.

—Es mucha mujer. —Tate alzó la vista. Llevaba unos tejanos holgados, una camisa Lacoste de manga larga y zapatos a juego con cocodrilitos cosidos a los lados.

—Y muy alta. —Henderson llevaba una gorra azul de los Nationals, no porque siguiera el béisbol, sino porque el color hacía juego con su camisa. La gorra estaba ligeramente ladeada.

—Con ese pelo parece más alta. Además, llevará tacones. A las tías les gusta lo de hacerse más altas. Así parecen más delgadas.

—Pues tiene curvas donde hay que tenerlas.

—Viste bien para el tipo que tiene.

—¿Dónde has leído eso, en una revista de tías?

—Yo sólo digo que ha conseguido el efecto que buscaba. —Tate se fijaba en la ropa de las mujeres, los zapatos y las joyas, su porte, todo eso. Le interesaba, nada más. Pero no hablaba mucho del tema con Nesto, que pensaba que leer revistas sobre esas cosas, o de hecho leer cualquier cosa, era de maricas.

—Me tienes preocupado, chaval.

—Sólo admiraba su estilo, nada más.

—Sí, ya, pues ya la hemos admirado bastante.

—No, si yo también estoy harto. Me duele el culo de estar aquí sentado.

—¿Seguro que no te duele por otra razón?

—¿Eh?

—¿No será que alguien te ha estado metiendo su cosita?

—Vete a la mierda, tío.

—Te pasas la vida leyendo revistas de moda. Me preocupa.

—Yo por lo menos sé leer.

—Mientras te dan por detrás.

—Venga ya, Nesto.

Eran compañeros, pero tenían poco en común. Michael Tate consideraba que se encontraba en un punto transitorio hacia el lugar que le estaba reservado. Era como todos esos camareros de Nueva York sobre los que había leído, que no eran camareros de verdad, sino actores intentando alcanzar la fama en el cine o la televisión. Así se consideraba Tate. Claro que él no estaba dispuesto a trabajar por un sueldo mínimo hasta que pudiera triunfar. De ninguna manera iba a salir de casa sin un buen atuendo o dinero en el bolsillo. Él era así. Así que ahí estaba.

William, su hermano mayor, ahora en la cárcel, estaba en el bisnes con Raymond Benjamin cuando eran jóvenes, y cuando Benjamin salió de la cárcel, empleó a Michael.

Pero Michael Tate no era tonto y sabía que el dinero que hacían, aunque no estaba nada mal, no era más que calderilla comparado con lo que ganaban los diseñadores de moda. Qué coño, si unos raperos de mierda podían conseguirlo, ¿por qué no él?

La cuestión era: ¿cómo llegar de un punto al otro? Suponía que la manera de empezar era sacarse el certificado escolar. Pero ése era un tema sobre el que reflexionaría en otro momento.

Por ahora ahí estaba con Nesto Henderson, en un parking de mierda, vigilando a una tía que seguramente no había hecho daño a nadie. Aguantando que le llamara «maricón» un palurdo que no se comía una rosca y que le insultaba sólo por leer revistas. Y para colmo, se estaba muriendo de hambre.

—Tengo hambre.

—Pues vete a aquel bar y píllate una hamburguesa con queso o algo. Ya puestos, tráeme a mí una también.

—Pero ¿cómo eres tan gilipollas? No te puedes pedir una hamburguesa en un bar donde hay comida china. Y no se puede comer comida china en un bar que vende hamburguesas.

—Pues yo paso de papeo mexicano —le espetó Henderson.

—Oye, la chica no se va a ir a ninguna parte en un rato. Tiene que atender a la clienta, y además, es demasiado temprano para que se marche. Vamos a buscar un sitio para comer como es debido y ya volvemos más tarde.

Henderson observó a Chantel Richards admirando el movimiento de sus caderas, que se contoneaban al ritmo de la música de la peluquería.

—Sería una pena tener que matarla. No hay muchas periquitas que se meneen así.

—Sólo tenemos que seguirla hasta la guarida de ese Romeo.

—Yo sólo digo que igual hay que cargársela. —Henderson señaló las llaves del contacto—. Venga, vámonos.

Tate puso en marcha el Nissan. Se detuvo en un semáforo en ámbar en Riggs y puso cuidado en señalar con el intermitente en la intersección. Llevaban armas bajo los asientos y no quería arriesgarse a que los parase la pasma.

Nesto Henderson ya había matado. O al menos eso decía. Michael Tate podía cuidarse y defender a Raymond Benjamin si se terciaba, pero no había firmado por cargarse a nadie. Al fin y al cabo, Benjamin le había dicho que él había terminado ya con esa parte del bisnes.

«No pienso matar a ninguna mujer —se dijo Michael Tate—. Yo no soy así.»

29

El ambiente de la sala de interrogatorios estaba muy cargado, como siempre. Dominique Lyons se hallaba sentado en una silla clavada al suelo. Era deliberadamente pequeña y le resultaría incómoda a un tipo de su tamaño. Lyons no estaba esposado a la pata de la silla. En aquel punto del interrogatorio, el detective Bo Green, sentado frente a él, era todavía su amigo. Sólo llevaban hablando un rato.

Lyons llevaba un jersey de los Authentic Redskins con el nombre de Sean Taylor y el número 21 cosido a la espalda. Los Authentic costaban ciento treinta y cinco dólares, ciento cuarenta en la calle. Las Jordan que llevaba costaban ciento cincuenta. Sus joyas, un Rolex auténtico, anillos, pendientes de diamante y una cadena de platino, sumaban cinco cifras. Cuando Green le preguntó cómo se ganaba la vida, Lyons dijo que tenía un negocio de coches en la calle donde vivía.

—Veo que eres fan de Taylor.

—El chico es un monstruo. —Lyons, alto y de largos miembros, tenía los hombros anchos y un rostro anguloso y atractivo. Llevaba largas trenzas que enmarcaban sus pómulos. Sus ojos eran de un tono castaño oscuro y liso, el ideal de un taxidermista.

—Estudió en Miami, así que no es de extrañar. Ya sabes cómo juegan siempre los Hurricanes.

Lyons asintió y le miró algo inexpresivo.

—Tú jugaste al fútbol en la liga estudiantil, ¿no? —preguntó Green. Lo aventuraba basándose en la altura de Lyons, su peso y su complexión atlética. Green sabía que algún entrenador tenía que haberle echado el ojo en algún momento de su vida.

—Sí. Eastern.

—¿Corner o safety?

—Free safety.

—¿Y eso cuándo fue, a finales de los noventa o así?

—Sólo jugué un año, 1999.

—Los Ramblers tenían equipo ese año, si no recuerdo mal. Joder, creo que te vi jugar. Aquel año os enfrentasteis a Ballur, ¿no?

Era mentira y Lyons supo verlo. Pero su ego no pudo dejarlo pasar.

—Entré en el equipo universitario en mi segundo curso.

—Tienes pinta de haber sido un fiera.

—Me los llevaba a todos por delante.

—¿Y por qué jugaste sólo una temporada?

—También me licencié en mi segundo año.

—Te fuiste deprisa, ¿eh?

—Supongo que soy uno de esos jóvenes prodigio de los que hablan. Estaba en el plan acelerado.

—El fútbol es un gran juego. Y para algunos también muy útil. Podrías haber llegado a algo, de haber seguido.

—Supongo que debería hablarlo con mi orientador. Si encuentro alguno.

—Yo entreno a un equipo de fútbol en Southeast —comentó Green, con tono paciente y firme—. Con otros tíos de la zona. Tenemos tres divisiones, por peso. Si los chicos vienen con regularidad a los entrenamientos y aprueban en clase, les garantizo pasar tiempo en el campo. Ni siquiera me importa que sean buenos.

—¿Y?

Bo Green esbozó una sonrisa gatuna.

—Eres muy gracioso, tío. ¿Nunca te lo han dicho?

—Quiero decir que me parece muy bien y eso, pero no estamos aquí para charlar. Así que o me acusas de algo, o yo me largo porque tengo cosas que hacer.

—Estás acusado de posesión de marihuana.

—Pues vale. Eso en esta ciudad es como... ¿qué?, ¿una multa de aparcamiento? Así que dame mis papeles y la fecha del juicio y ya está.

—Ya que estás aquí, me gustaría hacerte unas preguntas.

—¿Sobre qué?

—Un homicidio. La víctima era un joven llamado Jamal White. ¿Lo conocías?

—Que venga mi abogado.

—Sólo te pregunto si te suena ese nombre.

Lyons se lo quedó mirando.

—Tienes razón, Dominique. Tienes derecho a un abogado. Pero ¿sabes?, si el abogado te aconseja no hablar con nosotros, perderás la oportunidad más adelante de indulgencia. Quiero decir que si cooperas, si nos das alguna información que sea relevante a este caso, por ejemplo, lo más seguro es que la acusación de posesión de marihuana acabe en humo.

—Ya he visto esa serie.

—¿Qué serie?

—Ya sabes. Esa en la que el tío blanco mete a los sospechosos en la sala de interrogatorios y les va con el rollo de que tienen derecho a un abogado. La llevan poniendo diez años, todas las semanas. Y luego les planta delante un papel y les dice que firmen la confesión. Y el sospechoso la firma. Sí, la he visto. El problema es que no conozco a ningún cabrón tan gilipollas como para hacer eso. A lo mejor en Nueva York son así de ignorantes, pero no en D.C.

—Eres muy listo, Dominique.

—Ya te lo he dicho.

—Como Doogie Howser.

—Si tú lo dices...

—Vamos a hablar también con tu novia, Darcia.

—¿Ah, sí?

—¿Es tan lista como tú?

Bo Green se levantó y miró a Lyons, que examinaba la mesa. Aunque durante todo el interrogatorio se había mostrado sereno, ahora tamborileaba rítmicamente la marcada superficie.

—Voy a por un refresco —dijo Green—. ¿Tú quieres algo?

—Un Slice.

—De eso no tenemos. ¿Qué tal un Mountain Dew?

Lyons asintió con la cabeza, en un gesto brusco. Green se miró el reloj y alzó la cara hacia la cámara del techo.

—Once y veinte, a.m.

Luego esperó a que la puerta se cerrara a su espalda con un audible chasquido antes de dirigirse a la sala del vídeo, donde aguardaban los detectives Ramone y Antonelli, este último con la sección de deportes abierta en el regazo. En una pantalla se veía a Dominique Lyons, todavía con la vista fija en la mesa, agitándose en la silla buscando una postura cómoda. En otro monitor aparecían Rhonda Willis y Darcia Johnson, en el box número dos. Ramone estaba concentrado en esa imagen. Por los altavoces se oía la voz suave y serena de Rhonda.

—¿Ha habido algo? —preguntó Green.

—Rhonda lo va llevando despacio —respondió Ramone.

—Pero la cabrona esa todavía no ha abierto la mui —dijo Antonelli.

—Me encanta cuando hablas así, Tony. Queda muy callejero, muy auténtico —dijo Green.

—Ahora, que menudo culo tiene la chorba —comentó Antonelli.

—Mira, una expresión que no se oye mucho últimamente —comentó Green—. Vamos, ahora que lo pienso, no se oye desde hace décadas.

—Veo que tu amigo Dominique está muy dispuesto a cooperar —terció Ramone.

—Ése es mi chico. Cuando acabe todo esto nos vamos a ir de campamento o algo, para cantar el *Kum Bah Ya* junto a la hoguera —dijo Green.

—No es por ser negativo, pero me da la impresión de que Dominique no va a confesar —explicó Ramone.

—Ha visto la serie de televisión. De todas formas, voy a buscarle un Mountain Dew —aclaró Green.

Ramone no apartó la vista de la pantalla. Rhonda Willis se inclinaba sobre la mesa para dar fuego a Darcia Johnson con una cerilla.

—Aquí dice que *Lee*-Var Arrington no está al cien por cien —comentó Antonelli, leyendo el periódico—. Es dudoso para el partido del domingo. Gana el tío diez millones al año, o lo que sea, y no tiene que ir a trabajar porque le duele la puta rodilla. Y yo, que tengo unas hemorroides como un racimo de uvas colgándome del culo, vengo todos los días. Algo estoy haciendo mal.

—Es posible —contestó Ramone.

Rhonda Willis apagó la cerilla en el monitor.

Darcia dio una calada al cigarrillo y echó la ceniza en un cenicero de papel de aluminio. Tenía pecas, los ojos avellanados y un cuerpo lleno de curvas. No había perdido la línea al dar a luz. En todo caso se había tornado más voluptuosa, una ventaja en su trabajo.

—Háblame de Jamal White —pidió Rhonda.

Darcia Johnson apartó la mirada.

—No pasa nada por hablar de Jamal. —Rhonda repetía a propósito el nombre del joven—. Conozco vuestra relación. Nos lo contó el amigo de Jamal, Leon Mayo, ¿sabes?

—No había nada entre nosotros. Yo estoy con Dominique.

—Pero a Jamal le gustabas.

—Podría ser. Tampoco lo conocía tanto.

—¿Ah, no? El gorila de la puerta del Twilight es policía, y dice que estuvisteis hablando en la barra la noche que asesinaron a Jamal.

—Yo allí hablo con muchos tíos. Para eso me pagan. Y además, así consigo las propinas.

—Y bailando.

—También.

—¿Y qué más?

Darcia no contestó.

—He estado en la casa que compartes con Shaylene Vaughn —dijo Rhonda, sin animosidad ni agresividad en la voz—. Tengo ojos en la cara.

—¿Y qué?

—¿Le das a Dominique todo el dinero que ganas?

Darcia dio otra calada al cigarrillo.

—¿Es tu chulo?

Darcia exhaló una nube de humo.

—Chica, yo no te estoy juzgando. Sólo quiero saber qué le pasó a ese joven. He hablado con su abuela, la he visto llorar. Su familia merece saber qué le pasó, ¿no te parece?

—Jamal era sólo un conocido.

—Si tú lo dices...

—Siento que le mataran, pero yo no sé nada.

—Muy bien.

—¿Puedo ver ya a mi hijo?

—Está con tu madre, en la guardería que tenemos. Supongo que estará también tu padre.

—Isaiah no está enfermo, ¿verdad?

—Está bien.

—Mi madre me mintió para que me detuvieran.

—Mintió para ayudarte, Darcia. Hizo lo mejor para ti y para tu hijo.

—¿Cómo voy a estar con mi hijo, metida en el talego?

Darcia dio una última calada y apagó el cigarrillo en el cenicero. Luego se frotó los ojos.

—A ver, Jamal.

Darcia hizo un gesto con la mano.

—Tómate tu tiempo.

—Por mí hemos terminado.

—Todavía no. A mí también me gustaría marcharme, pero todavía tenemos que hablar de algunas cosas. Por desgracia, llevo yo este caso...

—No me podéis retener por posesión de marihuana.

—Pero el papeleo va a tardar un rato.

—Eso es mentira, y lo sabes.

Rhonda dejó que ventilara su rabia.

—¿Estás bien? No estarás mareada ni nada, ¿no? ¿Estabas colocada?

Darcia negó con la cabeza.

—Bien. Oye, ¿quieres un refresco o algo?

—Una Coca Light, si hay.

—Tendrá que ser Pepsi. ¿Te vale?

La chica asintió y Rhonda se puso en pie, miró el reloj y dijo en dirección a la cámara:

—Once treinta y cinco, a.m.

A continuación fue a sacar una Pepsi Light de la máquina y la llevó a la sala de vídeo, donde Ramone y Antonelli observaban a Bo Green y a Dominique Lyons en la pantalla número uno.

—¿Dónde está mi carro? —preguntó Lyons.

—Seguramente de camino al depósito municipal —contestó Green.

—Más os vale que no tenga ni un arañazo, porque de lo contrario os pienso denunciar.

—Es un Lexus muy bonito. ¿Qué modelo es, el cuatrocientos?

—Cuatro treinta.

—¿Era el que conducías la otra noche?

—¿Qué noche?

—La noche que asesinaron a Jamal White.

—¿A quién?

—A Jamal White.

—No me suena ese nombre.

—Tuviste una pelea con él en el Twilight la noche de su muerte. Tenemos un testigo.

—Mi abogado —volvió a pedir Dominique Lyons.

Green cruzó los brazos sobre su enorme torso y se arrellanó en la silla con la mirada fija al frente.

—A Bo se le ve un poco triste, ¿no? —comentó Antonelli.

—Exasperado, más bien —repuso Ramone.

—Vosotros veis a un tío mudo —dijo Rhonda—. Yo veo a uno que habla por los codos.

—¿De verdad?

—Ya lo veréis.

—¿Necesitas ayuda? —se ofreció Antonelli—. Sé muy bien cómo aflojarle la lengua a una mujer. Sólo necesito mi encanto.

—Y mucho alcohol —dijo Ramone.

—No, ya sigo yo. —Y Rhonda se marchó.

Ramone bajó el volumen de la pantalla uno porque no había nada de interés. Por fin Rhonda entró en el box dos y ofreció el refresco a Darcia, que abrió la lata y bebió un largo trago. A continuación encendió otro pitillo.

—Tengo cuatro hijos —comenzó Rhonda, apagando la cerilla.

Darcia siguió fumando.

—Cuatro hijos, y estoy sola. No es que me queje. Son de dos padres distintos, pero ninguno de ellos era lo que podríamos llamar un hombre de familia. Al primero lo eché, y cuando vi que el segundo era un pendón, le dije que se fuera por el mismo camino. Hasta hoy ninguno de los dos me ha mandado ni un céntimo, pero es que si me lo ofrecieran tampoco lo aceptaría. No digo que mis hijos no estarían mejor con un hombre bueno en casa, pero no tuvimos esa opción. Es difícil, no voy a mentir. Ha sido una lucha, y todavía lo es, pero nos va bien. Saldremos adelante.

»Mírame, Darcia, y dime lo que ves. Una mujer ya madura, con un poco de barriga y ropa del JCPenney, con ojeras y zapatos planos. Hace cinco años que no voy a un buen restaurante, y ya ni me acuerdo de cuándo fui por última vez a una fiesta de verdad. Pero no hace mucho yo era como tú, también tenía lo que hay que tener. En los años ochenta solían mandarme de infiltrada a los clubes donde los peces gordos de la droga celebraban sus fiestas. Hablo del R Street Crew, el

Mr. Edmond, todos, porque sabían que los jovencitos con pasta querrían hablar conmigo. Hoy cuando voy por la calle, apenas me miran. Así de rápido se pasa, cariño. Y entonces, ¿qué te queda?

»Te voy a decir lo que te queda. Te quedan las personas a las que quieres, y que te quieren. Cuando miro a mis hijos no me arrepiento de un solo minuto de los que he pasado con ellos. Ni siquiera me importa lo que veo en el espejo, porque sé que al final no significa gran cosa. Mi objetivo no era este trabajo, ni el sueldo, ni nada que se pueda comprar. Mi objetivo era sacar adelante a mi familia, saber que siempre me llevarán en el corazón. ¿Entiendes lo que te estoy diciendo?

—Venga, Rhonda —la animó Ramone desde la otra sala.

—Tienes la oportunidad de salir del camino en el que te has metido —insistió Rhonda—. Quedarte limpia y empezar a criar a tu hijo como es debido, tú misma. Como hicieron contigo tus padres. Apártate de la clase de hombres con que has estado y empieza de nuevo. Te podemos ayudar. Tenemos un programa de protección de testigos. Te pondríamos en un piso, lejos de donde estás ahora. Te dejaríamos instalada.

—Yo no sé nada —insistió Darcia. La ceniza se acumulaba en el pitillo. Había dejado de fumar y todavía no la había sacudido.

—¿Cómo vas a proteger a ese hombre? Está ahora mismo en otra sala de interrogatorios como ésta, traicionándote.

—No es verdad.

—Joder. ¿Te crees que eres su chica, es eso? Me imagino que a Shaylene le habrá dicho lo mismo, y a todas las chicas a las que se esté follando y explotando. ¿No lo sabías? Y ahora está ahí dentro diciendo que fuiste tú la que tuviste la idea de matar a Jamal.

—Eso no es verdad.

—Pues sea o no verdad, es lo que va a declarar. Puede que fuera él quien apretara el gatillo, pero la sentencia será menor si la idea fue tuya.

—Pero ¿por qué iba yo a querer hacer daño a Jamal?

—No lo sé. Dímelo tú.

—Jamal era bueno.

—Habla, Darcia. Tú puedes, tú no eres una asesina. Tienes la misma mirada bondadosa de tu madre. Te van a acusar de cómplice de asesinato y te vas a pasar una buena temporada a la sombra, ¿y todo por qué? Tú no has hecho daño a nadie, no podrías. Eso lo sé.

A Darcia se le escapó una lágrima que rodó por su mejilla.

—Háblame. Yo no te puedo ayudar si no me dejas. Ya sé que estás cansada de la vida que llevas, ¿no es así?

Darcia asintió con la cabeza.

—Habla.

La chica apagó el cigarrillo y se quedó mirando el humo que ascendía de la colilla en el cenicero.

—Esa noche Jamal me trajo una rosa. Fue su único error.

—¿Y qué pasó?

—Pues estábamos hablando en la barra, y Dominique vio que me daba la rosa. Y no es que Dominique estuviera celoso ni nada de eso, pero sabía que Jamal y yo...

—Jamal no era un cliente. Era tu novio.

—Yo no le dejaba darme dinero. Y eso fue lo que cabreó a Dominique. Yo ni siquiera consideraba a Jamal un cliente. Era bueno conmigo.

—¿Discutieron Jamal y Dominique en el Twilight?

—Dominique quería achantarlo, pero Jamal no se dejó, lo cual empeoró las cosas. Yo sabía el autobús que pillaba para ir a su casa y todo eso, y Dominique me obligó a decírselo y a ir con él. A mí me dio miedo decir que no. No pensaba que Dominique le fuera a machacar demasiado. Me imaginé que intentaría darle un par de hostias y eso, pero no lo que pasó al final. En el fondo pensé que, si iba, podría calmarlo.

—¿Disparó Dominique a Jamal White?

—Lo alcanzó con el coche entre la Tercera y Madison, en el lado del parque. Entonces salió del Lex y le pegó tres tiros.

—Darcia, esta pregunta es muy importante. Sé que el gorila de la puerta cachea a todo el mundo por si llevan armas, así que no es probable que Dominique fuera armado en el Twilight. ¿Llevaba una pistola en el coche?

—No.

—¿No qué?

—Que antes no llevaba pistola. Cuando salimos del Twilight fuimos a ver a un tío que le vendió una.

—¿Esa noche?

—Sí.

—Mierda —masculló Ramone en la oscuridad de la sala de vídeo.

—Parece que Dominique no es tu hombre —dijo Antonelli.

Ramone se frotó la cara. En ese momento apareció en la puerta el detective Eugene Hornsby, con la ropa arrugada y desaliñada.

—Garloo está en el parking, Gus. Dice que tiene que hablar contigo ahora mismo. Tiene algo que enseñarte y quiere que salgas.

—Me cago en la puta. —Ramone se levantó al instante con expresión muy agitada.

—Yo sólo soy el mensajero —se defendió Hornsby.

30

Bill Wilkins estaba en el Impala, con la puerta abierta y un pie ya fuera del coche. Fumaba un cigarrillo exhalando el humo lejos de Ramone, que en el asiento del pasajero miraba los papeles que Wilkins le había dado en un sobre marrón.

—¿De dónde dices que has sacado esto? ¿De los archivos del historial del ordenador? —preguntó Ramone.

—Básicamente son las páginas por las que estuvo navegando la semana antes de su muerte. Tenía programado borrar el historial una vez a la semana.

—Esto es...

—Son sólo ejemplos de las páginas de inicio. Si te metes un poco más, la cosa se pone bastante fuerte. Explícito del todo, créeme. Rollo homosexual, básicamente. Primeros planos de pollas, penetración anal, mamadas. También muchas pajas.

—Asa era gay.

—Seguro.

Ramone se acarició el bigote.

—Yo creo que ya me lo imaginaba desde el informe de la autopsia. No sé por qué no me centré más en ello. Supongo que no quería que fuera verdad.

Wilkins tiró el cigarrillo al suelo.

—No quiero quitarle importancia. La verdad es que me llevé un palo al ver los archivos, sabiendo que conoces al chico y todo eso.

—Buen trabajo.

—Ojalá hubiera averiguado más. Quiero decir que no había nada de correspondencia. O tenía mucho cuidado con los e-mails o no utilizaba el correo electrónico. Los adultos pescan a los chicos en los chats, así conectan con ellos. Yo mismo lo he hecho. —Wilkins advirtió la mirada de Ramone—. Con mujeres, Gus. Mujeres casadas, en su mayoría, si quieres saberlo. Son las más fáciles de... conocer. Las maravillas de Internet.

—¿Has hablado con Terrance Johnson?

—Joder, no. De esto no. De todas formas estaba borracho. No hacía más que preguntarme por el caso, si hemos encontrado ya el arma, todo eso. Yo me largué echando chispas con los papeles bajo el brazo.

—Borracho a las nueve de la mañana.

—La verdad es que lo entiendo —comentó Wilkins.

—¿Sabes? A mí también me preguntó si habíamos encontrado el arma.

—¿No creerás...?

—No. ¿Con qué motivo? Terrance Johnson puede ser un auténtico gilipollas, pero es imposible que matara a su hijo. —Ramone miró a través del parabrisas—. Pero eso sí explica lo de la guerra civil.

—¿Cómo?

—Los sitios esos que Asa visitaba sobre los fuertes y cementerios locales.

—Ya. Sitios de encuentro y de ligue.

—Ya me los imagino quedando por Internet. Un adolescente no tiene casa propia, y supongo que muchos de los adultos no quieren que la gente vea a un niño entrando en su casa. Seguro que la mayoría de esos pedófilos están casados.

—Fort Stevens sería un buen sitio. Entre la Trece y Quackenbos, no lejos de la casa de Johnson. Y con todos esos terraplenes y, ¿cómo se llaman?, parapetos para esconderse.

—¿No habrá allí un monumento a Lincoln-Kennedy?

—Que yo sepa no. Aunque bueno, al presidente Lincoln le

dispararon durante la famosa batalla que hubo allí. La única vez que estuvo en un campo de batalla durante toda la guerra civil. Pero no hay ningún monumento, que yo recuerde. Igual en ese cementerio nacional que hay un poco más arriba.

—¿En Georgia Avenue?

—El que da con Venable Place. Es un cementerio pequeño, donde enterraron a los soldados caídos en aquella batalla.

—Bill, eres...

—Ya lo sé. Vosotros pensáis que a mí sólo me interesan las tías y la cerveza. Pues que sepáis que me gusta leer. Te juro que cuando estoy en casa no hago otra cosa.

Ramone ordenó sus pensamientos.

—Tú sabes lo que me preocupa, ¿no?

—¿Qué?

—Vale, Asa era gay. Pero ¿tiene eso algo que ver con su asesinato?

—¿No crees que estamos algo más cerca?

—Sí, pero no lo veo.

—¿Y el sospechoso de Rhonda?

—Ahí está la cosa. La novia de Dominique Lyons lo está acusando del asesinato de Jamal White. Pero dice que Dominique no compró el arma hasta la noche que mató a Jamal. A Asa lo mataron la noche anterior.

—Así que hay que encontrar al tío que le vendió a Lyons la pistola.

—Rhonda está en ello.

—¿Sargento?

—Dime.

—Has dicho que estoy haciendo un buen trabajo.

—Es cierto.

—Estoy haciendo muchas horas extras.

—Vale.

—¿Me firmarás el once-treinta cuando entremos?

—Bésame el culo.

Ramone se miró el reloj. Eran más de las doce.

Ramone y Wilkins entraron en la sala de vídeo. Bo Green y Antonelli miraban, en la pantalla dos, a Rhonda Willis y a Darcia. En la uno estaba Dominique Lyons solo en el box, con la cabeza en la mesa y los ojos cerrados.

—¿Qué pasa? —preguntó Ramone.

—Bo ha dejado al chulo por imposible —contestó Antonelli—. Pero Rhonda ha conseguido que la chica cante.

—¿Y el arma?

—Dominique sacó el tambor del revólver y lo tiró por el puente Douglass. Luego tiró el resto en el Sousa. Así que está en pedazos en el río Anacostia, para siempre. Pero la chica nos ha dado el nombre y dirección del vendedor. Un tal Beano. Eugene está ahora buscando la ficha.

—Mira a Dominique —comentó asqueado Green.

—El hijoputa se está echando la siesta.

—Ya sabéis lo que dice el capitán —apuntó Wilkins—. Si pueden dormir en el box es que son culpables. Porque si no estarían berreando su inocencia a grito pelado.

—Deja que duerma —dijo Green—. El tío se cree que se va a ir de rositas. Pero ése a donde va a ir es al talego. Y yo pienso quedarme aquí sólo para verle la cara cuando se lo digamos.

—¿Y la chica? —preguntó Wilkins—. ¿La van a acusar también?

—Tenemos que hablar con el fiscal —dijo Green—. Pero me imagino que con lo que ha cooperado, y con su testimonio, quedará en libertad condicional. Rhonda le ha prometido protección de testigos. Es un comienzo.

—Parece que la putilla va a quitar el culo de la calle justo a tiempo para el día de la madre —saltó Antonelli.

—¿Tú es que nunca te callas? —le espetó Ramone.

Mientras Rhonda grababa la hora para la cámara, Ramone y Wilkins salieron. Antonelli se volvió hacia Bo Green.

—¿Yo qué coño he hecho?

—Supongo que es que no le gustan los gilipollas. No sé por qué, la verdad.

Ramone y Wilkins se encontraron con Rhonda en su cubículo. Ramone le tocó el brazo.

—Buen trabajo.

—Gracias.

—Tú ya terminas por hoy, ¿no?

—Sí. ¿Y tú, qué tal?

—De momento ha sido un día interesante. A mi hijo lo han echado del colegio, así que me planté allí, le monté un pollo a la directora y luego cuestioné la hombría del subdirector.

—Todo un diplomático.

—Además Bill ha encontrado cosas en el ordenador de Asa Johnson que vienen a demostrar que el chico era gay.

—Seguro que tú ya te lo imaginabas.

—Sí.

—Pero ¿qué tiene eso que ver con su muerte?

—Pues no sé si tendrá algo que ver. Espero que entre los dos podamos localizar al tío que le vendió a Lyons la pistola a ver si averiguamos de una vez qué ha pasado.

Eugene Hornsby se unió al grupo. Había buscado en la base de datos el nombre de Beano. El programa era capaz de localizar el apodo callejero y dar el nombre real, la última dirección conocida y los antecedentes. Hornsby pasó copias de la información. Había encontrado dos Beanos, pero uno estaba en la cárcel.

—Aldan Tinsley. Nuestro hombre tiene antecedentes por haber recibido y vendido propiedades robadas. Además de una detención reciente por conducir borracho.

—Darcia ha dicho que fueron con Dominique a un callejón detrás de una calle perpendicular a Blair Road —informó Rhonda—. No recordaba el cruce.

—Su última dirección conocida está en una manzana de Milmarson —comentó Hornsby.

—Eso está al lado de Fort Slocum, donde encontraron a Jamal.

—Y a tiro de piedra del jardín comunitario de Oglethorpe —dijo Ramone.

—Tengo que llamar a mis hijos, que no se me desmanden —advirtió Rhonda.

—Nos vemos en el parking.

Ramone y Rhonda Willis fueron a la parte alta de la ciudad en el Taurus. Iban por South Dakota Avenue en dirección a North Capitol pasando por Michigan, la mejor ruta hacia el norte a través de Northeast. Rhonda se estaba pintando los labios mirándose en el espejo de cortesía.

—Es una pena lo de Asa —comentó—. Es una pena que los padres, encima, tengan que lidiar con esto.

—Y eso no es lo peor —dijo Ramone—. Una de las muchas cosas que le hizo Terrance Johnson a su hijo fue llamarle maricón. A ver ahora cómo lo asimila.

—¿Tú crees que Johnson lo sabía?

—No. No se enteraba de nada.

Milmarson Place era una manzana de casas coloniales de ladrillo y piedra, bien conservadas, que iba de Blair Road a la calle Primera, entre Nicholson y Madison. Era una calle de dirección única, de manera que tuvieron que entrar desde Kansas Avenue y Nicholson. Un complicado sistema de circulación conectaba una calle con otra. Ramone seguía una de estas calles que trazaba un semicírculo. Pasaron por delante de varios garajes, verjas de madera y metálicas, cubos de basura volcados y varios perros mezcla entre pitbull y pastor alemán, bien ladrando o bien tirados en silencio en pequeños jardines. Aquella parte de la calle salía cerca de Blair. En cuanto llegaron vieron un coche patrulla del Distrito Cuatro mirando hacia el oeste. Ramone aparcó el Taurus detrás. La residencia de los Tinsley estaba en el otro extremo de la calle.

Rhonda se llevó un walkie-talkie. El agente de uniforme salió de su Ford para acercarse a ellos. Era joven y tenía el pelo rubio, muy corto, con un remolino. En la placa del pecho anunciaba su nombre: Conconi. Rhonda había llamado pidiendo asistencia.

—Arturo Conconi —se presentó el agente, tendiendo la mano.

—Detective Ramone. Ésta es la detective Willis.

—¿Qué tenemos?

—Un tal Aldan Tinsley. Creemos que puede haber vendido una pistola que más tarde se usó en un homicidio. No tiene antecedentes violentos.

—No es razón para correr riesgos —dijo el joven.

—Exacto. ¿Cómo andas de la vista?

—Muy bien.

—Pues vigila la casa desde aquí. Si te llama la detective Willis, entra en el callejón.

Conconi se sacó la radio del cinto para ajustar las frecuencias con Rhonda.

—¿Te llaman Art o Arturo? —preguntó ella.

—Turo.

—Muy bien.

Ramone y Rhonda echaron a andar por la calle.

—Un compatriota tuyo.

—No se lo tengas en cuenta —dijo Ramone.

Subieron unos escalones de cemento hasta el patio de una casa de ladrillo al final de Milmarson. Rhonda señaló la puerta con el mentón.

—Dale el toque policial, Gus.

—¿Todavía te duele la mano?

—De contar todo el dinero que tengo.

Ramone golpeó la puerta con el puño, dos veces, hasta que le abrieron.

Apareció un veinteañero de la altura de Ramone, de cabeza grande, brazos largos y estrecho de pecho. Llevaba una camiseta We R One y unos tejanos, y un móvil pegado a la oreja.

—Un momento —dijo al teléfono, antes de dirigirse a Ramone—. ¿Sí?

Ramone y Rhonda se adentraron un paso. Ramone enseñó la placa mientras su compañera echaba un vistazo sobre su hombro queriendo ver si había alguien más en la casa. Le pareció oír movimientos al fondo.

—Soy el detective Ramone y ésta es la detective Willis. ¿Es usted Aldan Tinsley?

—No. Ahora mismo no está.

—¿Y quién es usted?

—Su primo.

Ramone le miró, recordando la fotografía que había visto en la ficha. Parecía Aldan Tinsley, pero también podía haber sido su primo.

—¿Tiene alguna identificación? —preguntó Rhonda.

—Eh, ¿sigues ahí? —dijo el joven al teléfono.

—Le tengo que pedir que termine con esa llamada.

—Te llamo luego, está aquí la policía. Buscan a mi primo.

—¿Podemos ver alguna identificación? —insistió Rhonda.

—¿De qué va todo esto?

—¿Es usted Aldan Tinsley? —repitió Ramone.

—Oigan, ¿tienen una orden? Porque, si no, se han metido en mi casa y eso es allanamiento.

—¿Es usted Aldan Tinsley?

—Que les den por culo. Ya le digo que mi primo no está.

—¿Que nos den por culo? —sonrió Ramone.

—Lo que digo es que no tienen derecho a entrar así y yo no tengo tiempo para estas chorradas, así que tendrán que perdonarme.

El joven intentó cerrar, pero ellos no se movieron, de manera que la puerta le dio a Rhonda en el hombro, haciéndole perder el equilibrio. Ramone abrió de nuevo con una violenta patada y entró del todo en la casa.

—Eso ha sido agresión.

Agarró al hombre por la camiseta y lo puso contra la pared. El otro se debatió intentando liberarse, pero Ramone lo levantó en el aire para tirarlo al suelo, y mientras caía, echó su peso sobre él y lo estampó contra el suelo de madera. Mientras tanto Rhonda llamaba al agente de uniforme por la radio. Ramone sacó las esposas e hizo girarse al tipo, advirtiendo que tenía sangre en los labios y los dientes. Se había dado un golpe en la cara al caerse. Con una rodilla en su espalda, le puso las esposas, mientras el otro mascullaba alguna obscenidad.

—Cierra la boca.

En ese momento entró en la sala una mujer mayor, secando un plato con un trapo, y se quedó mirando al hombre esposado y ensangrentado.

—Beano —dijo, con tono decepcionado—, ¿qué has hecho ahora?

—¿Es éste Aldan Tinsley, señora? —preguntó Ramone.

—Mi hijo.

Ramone miró a Rhonda, que no se había molestado en sacar la Glock. Ella le hizo un gesto con las cejas, indicándole que estaba bien.

Arturo Conconi apareció en la puerta con la mano en el arma.

—Mete a este caballero en el coche y síguenos hasta la VCB.

—¿Por qué me ha tenido que pegar? —se quejó Tinsley—. Me ha partido el labio, joder.

—Deberías habernos dicho tu nombre. Te lo preguntamos muy educadamente.

—Te habrías ahorrado todo esto —dijo Rhonda.

Pidió perdón a la madre por las molestias y se llevaron a Tinsley.

31

T. C. Cook estaba en su oficina con varios expedientes abiertos ante él. Cada víctima de los Asesinatos Palíndromos tenía su propio archivo. Había compilado una biografía bastante completa de sus vidas, con fotos tanto familiares como individuales y del colegio. Sabía que algunos habían llegado a pensar, sobre todo durante sus últimos meses en la policía, que había atravesado la línea entre la diligencia y la obsesión. Pero alguien tenía que encargarse de aquello.

Había seguido en contacto con el caso durante un par de años. Para cuando se cometió el tercer asesinato, la rabia en la comunidad de Southeast se había centrado en la policía, a la que se acusaba de no dar prioridad al caso porque las víctimas eran negras. Cook logró ganarse al final la confianza de los vecinos. Les sugirió crear un grupo de vigilancia en el barrio y les dio varios consejos para proteger a los niños. Al cabo de un tiempo varias muertes relacionadas con las drogas comenzaron a desbancar a los asesinatos de niños, que parecían haber cesado, y en las reuniones se hablaba más de bandas, traficantes, cocaína y crack.

Las familias de las víctimas formaron un grupo llamado Padres Palíndromos y se reunían dos veces por semana, más por terapia que por otra cosa. Cook también asistía a estas reuniones.

Pero al cabo de un año más o menos perdió contacto con ellos. Un matrimonio se separó desde el principio, los padres de Ava Simmons. Otro se divorció poco después del asesinato de su hijo, Otto Williams. El padre de Eve Drake se suicidó en el segundo aniversario de la muerte de su hija. La madre estaba casi catatónica, y el siguiente invierno acabó confinada en un hospital psiquiátrico.

Cook miró las fotografías. Otto Williams, un chico inteligente al que le encantaba construir cosas. Llevaba gafas y a pesar de su aspecto de empollón era popular entre sus compañeros. Ava Simmons, de trece años, con cuerpo de niña, graciosa, llena de desparpajo. No se le daban muy bien los estudios, pero era más que espabilada. Adoraba a su abuela, que vivía con su familia. Y Eve Drake, la chica que saltaba a la comba. Participaba en torneos y ganó premios que exhibía con orgullo en su inmaculada habitación.

Cook sentía la presencia de todos en la estancia.

Cuando sonó el timbre Cook se levantó a abrir a Holiday, que venía con su uniforme de trabajo.

—¿Por qué no me ha llamado?

—No... no daba bien con el número. Me lo tienes que programar en el teléfono. Ahora mismo, si quieres.

—¿Ha hablado con su amigo el teniente?

—Sí, pasa.

Cook le sirvió un café en la cocina mientras Holiday le programaba el número de teléfono.

—Gracias. ¿Qué ha averiguado?

—El agente se llama Grady Dunne. Lleva seis años en el cuerpo. Es blanco, como dijiste.

—¿Trabaja esta noche?

—Hoy tenía el turno de ocho a cuatro. Podemos pillarle cuando salga.

—Genial. Yo tengo una carrera al aeropuerto que me llevará un par de horas —explicó Holiday—. Podría estar en la comisaría a las cuatro sin problemas.

—¿Le vamos a seguir?

—En dos coches. Así le será más difícil despistarnos.

—A ver de qué va el tío.

Holiday se sacó de la chaqueta dos walkie-talkies Motorola profesionales.

—Siempre los llevo cuando trabajo en equipo con mi negocio de seguridad —comentó—. Tienen un alcance de diez kilómetros. Y lo mejor es que se activan por voz. Se pueden utilizar mientras va uno conduciendo.

—Y no tienen números para que yo la cague.

—Es perfecto.

—Llevo en el maletero unos buenos prismáticos. Más vale que los lleves tú, que podrás identificarlo cuando salga de la comisaría.

—Bien. —Holiday miró el reloj de la pared, con sus horas de retraso, y en un impulso lo descolgó y lo puso en hora. Luego volvió a colgarlo del clavo y lo enderezó—. Ya está.

Le había deprimido ver así el reloj, lo había puesto en hora por él mismo, no por el viejo.

—Para mí es igual —dijo Cook—, pero gracias.

—Así la salvadoreña sabrá qué hora es.

—Vale, amigo.

—T. C...

—¿Qué?

—He hablado con Ramone.

—Ya me lo contaste. Que no quería darte el nombre del policía del coche patrulla. Yo en su lugar tampoco te lo habría dado, si quieres saber la verdad.

—No es eso. Es que le noté en la voz que la cosa está que arde. Vaya, que yo creo que anda cerca del asesino de Asa Johnson.

—Tú no crees que el caso de Asa Johnson esté relacionado con los Asesinatos Palíndromos, ¿no?

—Es que no quiero que se lleve una decepción.

—No me la llevaré. Mira, no quiero parecer insensible, pero la verdad es que estos días me lo he pasado bien. Bueno, no es eso exactamente. Digamos que he tenido un objetivo. Estos días, cuando me despertaba abría los ojos de golpe, ¿sabes a qué me refiero?

—Sí.

—Así que vamos a ver adónde nos lleva todo esto, ¿de acuerdo?

—Sí, señor.

—Y deja esa chorrada de «señor». Nunca pasé de sargento, jovencito.

—Ya. —Holiday se bebió el café y dejó la taza en la mesa—. Me tengo que ir.

—Nos vemos a las cuatro.

Cook se quedó en la cocina. Oía las voces provenientes del sitio de la policía en Internet, la radio de los coches patrulla. Y algo más: el lejano sonido de risas de niños. Sabía que no era posible, y sabía también que no estaba solo.

Conrad Gaskins estaba sentado al borde de su cama, frotándose con un dedo en pequeños círculos la cicatriz de la mejilla. Detrás de él, sobre las sábanas, una bolsa contenía casi todas sus posesiones. Era ropa en su mayoría, sobre todo calzoncillos y los pantalones chinos y camisetas que llevaba al trabajo. También había un par de camisas y un par de pantalones de vestir, pero era lo único medio bueno que tenía. Ropa, los útiles de afeitarse, un par de zapatillas deportivas y la Glock que le había dado Romeo. Ya se desharía más tarde de ella, pero no pensaba dejársela allí. Su primo no necesitaba más armas.

Había bebido demasiada cerveza la noche anterior, y por la mañana no oyó el despertador. De manera que no se había presentado a la cita en el punto de encuentro. Era la primera vez desde que había tenido la suerte de encontrar trabajo.

Gaskins llamó al capataz, Paul, el cristiano ex convicto que había querido darle una oportunidad. Y después de disculparse y rogar que le perdonara, le invadió una oleada de emoción y las palabras le salieron solas:

—Estoy metido en un hoyo —confesó—. Si no salgo de aquí, voy a morir o voy a volver al trullo. No quiero morir y no quiero matar a nadie. Lo único que quiero es un trabajo honrado con una paga honrada.

Le contó algo más de su situación, pero nada específico. Le habló de su tía Mina, la madre de Romeo, y de la promesa que le había hecho de cuidar de su hijo.

—Tú has hecho por él todo lo que has podido —contestó Paul—. Coge tus cosas, sal de esa casa y llámame cuando estés listo. Te esperaré al final de tu calle.

—Pero ¿dónde voy a vivir?

—Puedes dormir en mi sofá. Hasta que encuentres otra cosa.

—Me puedes descontar algo del sueldo.

—De eso olvídate, Conrad. Tú llámame, ¿eh?

Gaskins se había pasado casi todo el día dándole vueltas al asunto. Pero ahora ya tenía el equipaje hecho y estaba listo. Pensó en Mina Brock, y en su promesa. Hacía tiempo que Romeo no iba a verla. Él, Conrad Gaskins, sería ahora su hijo. Ella lo entendería, aunque no pudiera expresarlo con palabras. Gaskins lo sabía, y aun así se sentía culpable.

Por fin cerró la bolsa y salió de la habitación.

Romeo Brock, que acababa de despertarse de una siesta, oyó los pasos de su primo. Se sentó en la cama, se desperezó y se acercó a la cómoda, donde tenía la cartera, las llaves y el tabaco. Cada vez que se levantaba comprobaba automáticamente si seguían allí. Al lado estaban las dos maletas Gucci.

En la cómoda tenía también su Gold Cup del 45 y el picador de hielo, con un corcho en la punta. Le gustaba llevarlo atado a la pantorrilla. Cuando lo agarraba del mango para sacarlo, la cinta adhesiva arrancaba el corcho. Tal vez lo había visto en una película, pero con el tiempo se había convencido de que había sido idea suya. Un hombre capaz de inventar un sistema así no podía ser estúpido.

Brock encendió un Kool y tiró la cerilla al cenicero con forma de neumático. Se metió la cartera en el bolsillo de los tejanos y salió descalzo y sin camisa de la habitación. Recorrió el pasillo, pasando de largo el dormitorio de su primo, y llegó al salón. Conrad estaba sentado en el sofá, con su bolsa a los pies.

Brock dio una doble calada al cigarrillo y exhaló una larga columna de humo.

—¿Te vas?

—Yo he terminado aquí, Romeo.

—Ya no tienes cojones.

—Matar y robar es fácil. Son las consecuencias... Ya no quiero seguir con esto, tío.

—Casi hemos logrado lo que queríamos. Lo menos que puedes hacer es quedarte hasta el final. Luego coges tu parte y si quieres te largas.

—Es dinero sucio y no lo quiero. Y tampoco quiero estar aquí para ver cómo te hundes.

—Mierda, ¿yo?

—¿Qué, te crees que no va a pasar nunca? Hasta tu héroe, Red Fury, se pasó de la raya. Cuando le mataban a puñaladas en la cárcel, ¿tú crees que andaba chuleando? ¿Tú crees que estaba orgulloso de su reputación? Ni hablar. Lo más seguro es que estuviera llamando a gritos a su madre. Al final todos acaban así.

—Pero yo acabo de empezar.

—Tú ya estás listo. Un tipo como tú puede triunfar entre niños o entre idiotas, pero hay un límite. Primero das un golpe como el del otro día, empiezas a gastar pasta y te acostumbras a la buena vida, así que tendrás que robar más y más hasta que te tropieces con quien no debías. Esa persona pondrá precio a tu cabeza y fuera, se acabó. Joder, tío, es posible que ya te hayas buscado la ruina. Cometiste un gran error al llevarte a esa chica. El capullo de Broadus sabrá dónde trabaja. Y tal vez hoy no, ni mañana, pero algún día alguien la seguirá hasta su casa. Seguramente el dueño de los cincuenta mil pavos que robaste. Así que sí, primo, estás listo.

—Menos mal que te aprecio, tío, porque no permitiría a nadie más hablarme así.

—Yo también te aprecio, pero no me puedo quedar.

Gaskins se levantó y le dio un abrazo. Luego agarró su bolsa.

—Cuida de mi madre —dijo Brock.

—Ya sabes que lo haré.

Brock se lo quedó mirando por la ventana mientras Gaskins pasaba bajo el tulipero y se encaminaba hacia Hill.

Todavía podría alcanzarle, si echaba a correr. Todavía podía convencerle, impedir que se marchara. Pero Brock se quedó allí, fumando y tirando la ceniza al suelo.

32

Ramone entró en la sala de vídeo de la VCB con un sándwich de pollo y un refresco de lata. Era ya bastante tarde y no había almorzado. Rhonda se había encargado de Aldan Tinsley mientras Ramone terminaba con el papeleo.

Antonelli estaba sentado con los pies sobre la mesa, con la cartuchera de tobillo y la Glock a plena vista. En la pantalla uno, Bo Green interrogaba a Dominique Lyons, al que por lo visto habían informado del testimonio de Darcia Johnson. Tenía la cara congestionada de rabia. Le habían esposado los tobillos a la silla. Bo Green estaba sentado frente a él, con las manos plegadas sobre el vientre, la expresión neutra y la voz serena y suave.

—Bo acaba de decirle a Dominique que tenemos al hombre que le vendió la pistola —informó Antonelli—. Y que esa misma pistola fue utilizada en un homicidio la noche anterior. Mírale. Nuestro hombre ya no está tan gallito.

Dominique, en la pantalla, descargó un puñetazo en la mesa.

—Eso es mentira. No me podéis encasquetar otro asesinato. No soy tan gilipollas como para comprar un arma que ya lleva encima un muerto.

—¿Beano te dijo que estaba limpia? —preguntó Bo Green.

—Eso dijo el hijo de puta.

—¿De dónde había sacado la pistola entonces?

—Yo qué sé. Pregúntaselo al mamón ese, a ver de dónde coño la sacó.

—Ya se lo preguntaremos —aseguró Green.

Antonelli bajó los pies al suelo y señaló la pantalla dos, donde aparecían Rhonda y Aldan Tinsley.

—Vuestro hombre no dice gran cosa.

—Ya hablará —aseguró Ramone.

—¿Rhonda está bien?

—La puerta apenas la tocó. Pero se echó atrás como si la hubiera atropellado un camión.

—Esa mujer es toda una actriz.

—Entre otras muchas cosas.

Rhonda seguía forcejeando verbalmente con Aldan Tinsley sin hacer progresos. Ramone se comió el bocadillo de pollo con la ferocidad de un animal, apuró el refresco y tiró la lata a la basura.

—Creo que voy a entrar.

Antonelli vio en la pantalla que Rhonda volvía la cabeza al oír la puerta. Ramone entró al box, se sentó junto a su compañera y puso las manos sobre la mesa.

Por tercera vez en el día, Ramone se aflojó la corbata. Hacía calor en la sala y percibía su propio olor corporal. Unas horas antes había estado jugando al baloncesto con aquella misma ropa. Había forcejeado con Tinsley. Tenía la sensación de llevar aquel traje desde hacía una semana.

—Hola, Aldan —saludó.

Aldan Tinsley hizo un gesto con la cabeza. Tenía los labios hinchados del golpe que se había dado contra el suelo. Parecía un pato.

—¿Estás cómodo?

—Me duele la boca. Creo que me has aflojado un diente.

—El asalto contra un policía es una acusación muy grave.

—Ya le he pedido disculpas aquí a la agente, ¿no es verdad?

—Verdad —dijo Rhonda.

—No quería darle con la puerta. Es que estaba cabreado. No me dijeron por qué querían verme y últimamente he tenido demasiados encontronazos con la policía. Estoy harto, nada más. Estoy harto de que me acosen también. Pero yo no quería hacer daño a nadie.

—Pues, por muy grave que sea, la acusación de asalto es la menor de tus preocupaciones ahora mismo.

—Quiero un abogado.

—Dominique Lyons, ¿te suena el nombre?

—No me acuerdo.

—Hace cinco minutos Dominique Lyons nos dijo que el miércoles por la noche le vendiste una pistola. Una treinta y ocho Special. La chica que estaba con él cuando la compró nos ha confirmado que el vendedor fuiste tú.

A Tinsley le tembló el labio.

—Esa misma noche Lyons utilizó la pistola para cometer un homicidio.

—¿Es que no me has oído? ¡Quiero un puto abogado!

—Lo entiendo —dijo Ramone—, yo en tu lugar me buscaría a todo un equipo de abogados. Posesión ilegal de armas, cómplice de homicidios...

—Tío, yo no sé nada de ningún puto homicidio, me cago en la hostia. Yo compro y vendo cosas, no soy un asesino.

Ramone sonrió.

—He dicho homicidios, Beano.

—No, ni hablar.

—¿Nos podrías decir dónde estabas este martes por la noche?

—¿El martes por la noche?

—Sí, el martes —repitió Rhonda.

—El martes por la noche fui a ver a una chica. —En la cara se le notaba claramente el alivio por el cambio de tema.

—¿Cómo se llama la chica?

—Flora Tolson. La conozco desde hace tiempo. Ella os lo puede confirmar.

—¿Dónde estuvisteis? —preguntó Ramone.

—Flora vive en Kansas Avenue.

—¿En qué parte de Kansas? —interrogó Rhonda.

—Pues no sé exactamente. Más arriba de Blair Road.

Ramone y Rhonda se miraron.

—¿Y qué hacías allí? —preguntó Rhonda.

—Bailar, no te jode.

—¿Y a qué hora te marchaste de su casa?

—Era ya tarde. Estuve allí mucho tiempo. Pasadas las doce, supongo.

—¿Y luego qué, te fuiste derecho a tu casa en el coche?

—No... —Tinsley se calló de pronto.

—Te fuiste andando —adivinó Ramone.

—Ya hemos visto en tu ficha que te habían detenido por conducir borracho —apuntó Rhonda.

—Ahora no tienes carnet de conducir —le confirmó Ramone.

—Vaya, vaya, un chulito como tú, que tiene que ir andando —le pinchó Rhonda.

—Quiero un abogado.

—Y el camino hacia tu casa por Milmarson —prosiguió Ramone— atraviesa el jardín comunitario de la calle Oglethorpe.

—Que os den por culo a todos. Yo no maté a ese chico.

—¿A qué chico? —preguntó Ramone.

—Acepto la acusación por armas. Pero no un asesinato.

Ramone se inclinó.

—¿A qué chico?

Tinsley relajó los hombros.

—La pistola me la encontré.

—¿Dónde?

—En ese jardín de Oglethorpe. Siempre atajo por ahí cuando vuelvo de casa de Flora. Es el camino más corto a la casa de mi madre.

—Cuéntanos qué pasó.

—Pues nada, que iba yo por el jardín y me tropecé con algo en el camino. Al principio pensé que era un tío durmiendo, pero cuando se me acostumbraron los ojos a la luz vi que era un chico. Tenía los ojos abiertos y sangre en la cabeza. Era evidente que estaba muerto.

—¿Qué llevaba puesto? —Ramone advirtió la emoción en su voz.

—Una chupa North Face. Le vi el logo a la luz de la luna. Y no me acuerdo de más.

—¿No te acuerdas de nada más del chico?

—Bueno, estaba la pistola.

—¿Qué pistola? —preguntó Ramone.

—El revólver del treinta y ocho que tenía el chaval en la mano.

Ramone lanzó una especie de grave gemido. Rhonda no dijo nada. Sólo se oía el rumor del aire que salía del hueco de la ventilación.

—¿La tocaste?

—Me la llevé.

—¿Por qué?

—Para sacar una pasta.

—¿No te diste cuenta de que estabas destruyendo pruebas en el escenario de un crimen?

—Yo sólo veía unos trescientos dólares.

—Así que robaste la pistola.

—Bueno, al negrata ya no le hacía ninguna falta.

Ramone se levantó de la silla con el puño apretado.

—Gus —advirtió Rhonda.

Ramone se marchó precipitadamente. Rhonda se levantó y miró el reloj.

—¿Me pueden traer un refresco o algo? —pidió Tinsley.

Rhonda no contestó. Se limitó a volverse hacia la cámara.

—Dos cuarenta y tres p.m.

Dejó a Tinsley a solas con su miedo y fue a las oficinas. Ramone estaba hablando con Bill Wilkins, junto a la mesa de este último. Rhonda le puso la mano en el hombro.

—Lo siento.

—¿Por qué no me lo imaginé?

—No lo pensó nadie —quiso consolarle Rhonda—. No había ningún arma en la escena. ¿Alguno de vosotros ha trabajado en un suicidio donde no se encontrara el arma?

—Era zurdo. Zurdo, un tiro en la sien izquierda... pólvora en los dedos de la mano izquierda. No llevaba la North Face para presumir, la llevaba para esconder la pistola en el bolsillo. Mi hijo lo vio y me contó que iba sudando. Y también que iba llorando. ¡Tendría que haberlo imaginado, cojones!

—A ver, tendrás que admitir —terció Wilkins— que no es normal que se pegara un tiro.

—Eso no es cierto, Bill —protestó Rhonda.

—Yo lo que digo es que por lo general los chicos negros no se suicidan.

—Ahí te equivocas —dijo Rhonda—. Los adolescentes negros sí se suicidan. El índice de suicidios entre adolescentes negros está subiendo. Es uno de los beneficios de haber sido admitidos entre las clases media y alta. Ya sabes, el precio del dinero. Por no mencionar el acceso fácil a las armas. Y muchos chicos negros homosexuales saben que jamás serán aceptados. Es algo tácito en nuestra cultura. Mi gente te perdonará prácticamente cualquier cosa, excepto una, no sé si me entiendes.

—Pensad en lo que estaría pasando Asa —dijo Ramone—. Viviendo con esa culpa en un entorno de supermachos.

—No podía vivir así.

—En fin. —Ramone se levantó.

—¿Adónde vas?

—Tengo un par de cosas que hacer todavía. Bill, ya te llamo más tarde para ponerte al día.

—¿Y todo el papeleo?

—Es tu caso, lo siento, jefe. Yo hablaré con el padre, si te sirve de consuelo.

—¿De qué acusamos a Tinsley? —preguntó Rhonda.

—Acusa a ese hijo de puta de todo —contestó Ramone—. Ya me inventaré luego cómo justificarlo.

—Hemos hecho un buen trabajo.

—Sí. —Ramone miró a Rhonda con admiración—. Luego hablamos, ¿eh?

Ya en el parking Ramone llamó a Holiday, que le dijo que estaba en el National Airport, dejando a un cliente.

—¿Podemos vernos? Tengo que hablar contigo en privado.

—Tengo que ir a otra parte ahora —contestó Holiday.

—Voy para allá ahora mismo. Quedamos en Gravelly Point, al lado del aeropuerto. En el pequeño solar del carril del sur.

—Date prisa, que no tengo todo el puto día.

33

La zona principal de Gravelly Point, en el río Potomac, accesible desde los carriles del norte del GW Parkway, era un lugar popular para correr, remar, jugar al rugby, montar en bicicleta y observar los aviones, puesto que la pista de despegue del Reagan National estaba a menos de un kilómetro de allí.

En el otro lado del camino, menos pintoresco, había un pequeño aparcamiento utilizado principalmente por los chóferes de limusinas y otros vehículos que esperaban a los clientes del aeropuerto.

Dan Holiday estaba apoyado contra su Town Car cuando el Tahoe de Gus Ramone se detuvo a su lado. Ramone salió del SUV y se acercó. Holiday advirtió su aspecto desaliñado.

—Gracias por venir —dijo Ramone.

—¿Tú has dormido con el traje puesto?

—Hoy me he ganado el sueldo.

Holiday se sacó un paquete de Marlboro de la chaqueta y le ofreció tabaco a Ramone.

—No, gracias, lo he dejado.

Holiday encendió un cigarrillo y exhaló el humo en dirección a Ramone.

—Pero todavía huele bien, ¿eh?

—Necesito un favor, Doc.

—Pues me parece que hoy mismo te he llamado yo para pedirte a ti un favor y no has querido ayudarme.

—Sabes que no podía darte el nombre de ese agente.

—No has querido.

—Para mí no hay diferencia.

—Siempre tan legal.

—De todas maneras, ya no importa. Asa Johnson se suicidó. Su muerte no tiene ninguna relación con los Asesinatos Palíndromos.

Holiday fumó una calada.

—Qué decepción. Pero tampoco me sorprende.

—Cook se lo va a tomar fatal. Sé que pensaba que con esto se volvería a abrir el caso, que este asesinato de alguna manera resolvería los otros.

—Se va a quedar hecho polvo.

—Hablaré con él —se ofreció Ramone.

—No, ya hablaré yo.

—¿Doc?

—¿Qué?

—El agente se llama Grady Dunne.

—Demasiado tarde. Ya lo sabíamos.

—Oye, ya me enteraré de qué hacía por allí aquella noche. A lo mejor sirve de ayuda en el juicio.

—No te olvides del sospechoso del asiento trasero.

—Podría haber sido un menor. O tal vez alguna amiga.

—¿Tú crees?

—Dímelo tú.

—Ya, porque yo tengo experiencia con eso, ¿no? ¿Es eso lo que me estás diciendo? —preguntó Holiday.

Ramone no contestó.

—Nunca me preguntaste por Lacy —insistió Holiday.

—Iba a hablar contigo, pero decidiste entregar la placa.

—La jodiste tú. Tendrías que haberla hecho declarar ante el juez, en lugar de darle tiempo para largarse.

—Ya lo sé.

—El día que tu confidente me vio hablando con ella, antes de que desapareciera, ¿te acuerdas? Pues no estábamos hablando de policías corruptos ni de nada que tuviera que ver con tu caso de Asuntos Internos.

—¿De qué hablabais entonces?

—Que te den por el culo, Gus.

—Me interesa. Además, siempre has querido decírmelo, así que no te cortes y suéltalo de una vez.

—Le di algún dinero. Quinientos dólares. Para que se sacara un billete de autobús y volviera al villorrio del que hubiera salido, y un poco más para ayudarla a empezar de nuevo. Intentaba salvarle la vida, porque su chulo, Mister Morgan, habría encontrado la manera de hacerla picadillo, tanto si declaraba como si no. El hijo de puta era de ésos. Pero claro, tú qué ibas a saber, trabajando desde la oficina. Si hubieras hablado conmigo de hombre a hombre, lo habrías entendido.

—Me jodiste el caso. No pudimos siquiera acusar a los policías corruptos. Y Morgan mató a un tipo seis meses más tarde. Lo único que hiciste fue joderlo todo.

—Estaba ayudando a esa chica.

—Eso no era lo que hacías. Ella misma me lo contó en uno de los interrogatorios. Así que ahora no me vengas con lecciones morales.

—Yo le eché una mano —insistió Holiday. Pero lo dijo sin convicción y sin mirar a Ramone a los ojos.

—Lo siento, Doc. Mira, yo desde luego no me alegré de que te fueras.

El sol se reflejaba en el agua, a la derecha del parking, donde el río formaba un estanque. Holiday dio la última calada al cigarrillo y lo aplastó con el pie.

—Bueno, ¿cuál es el favor? —preguntó.

—Es complicado. Un tal Aldan Tinsley robó la pistola de Asa Johnson después de que el chico se suicidara. Aldan le vendió la pistola a un tipo llamado Dominique Lyons, que a su vez la utilizó en un homicidio la noche siguiente. Tinsley ha confesado, pero yo la cagué. Le di unas cuantas hostias a Tinsley y le negué tres veces el abogado que pedía. Cuando el abogado se entere y cambien las declaraciones, podría tener un problema. Estos tíos son mala gente y los quiero ver encerrados.

—¿Y qué necesitas?

—Que identifiques a Aldan Tinsley, que digas que era el hombre que viste atravesar el jardín aquella noche.

—Ya te dije que yo sólo vi a uno que parecía un semental. Es lo único que recuerdo de él.

—No me importa lo que viste, Doc. Yo te estoy diciendo lo que necesito.

Holiday sonrió.

—Vaya, así que no eres tan legal.

—¿Lo harás?

—Sí.

—Gracias. Ya te llamaré para la identificación.

Ramone dio media vuelta para dirigirse a su coche.

—Gus...

—¿Qué?

—Te pido disculpas por lo que dije de tu mujer. Dicen que es buena gente. Es que estaba borracho.

—No te preocupes.

—Supongo que te tengo envidia.

—Ya...

—Yo no voy a tener una familia. —Holiday entornó los ojos contra el sol—. ¿Sabes? Cuando iba de uniforme me mandaron a ver al loquero del departamento. Mi teniente lo recomendó por mi hábito de beber y lo que él llamaba mi excesiva promiscuidad. Decía que mi estilo de vida interfería con mi trabajo.

—Qué cosas.

—Así que me fui a ver al tuercas, y me puse a hablarle de mi rollo personal. Y el tío me suelta: «Se me ocurre que tiene usted miedo a la separación», o no sé qué chorrada parecida, por lo jodido que estuve cuando murió mi hermana pequeña. Según el loquero, huyo de las relaciones porque tengo miedo de... ¿cómo lo dijo él? De «perder a mi compañera por circunstancias que escapan a mi control». Yo le solté que podría ser eso o también podría ser que me gusta follar con muchas tías. ¿Tú crees que será eso, Gus?

—Y yo que pensaba que me ibas a contar una historia bonita, de esas con moraleja y todo.

—Otro día. —Holiday se miró el reloj—. Ahora me tengo que ir.

Ramone tendió la mano y Holiday se la estrechó.

—Eras un buen policía, Doc. En serio.

—Ya lo sé, Giuseppe. Mucho mejor que tú.

Holiday abrió la puerta de su Lincoln, sacó la gorra y se la puso.

—Gilipollas —masculló Ramone.

Pero sonreía.

Michael Tate y Ernest Henderson, ya bien alimentados, esperaban en el parking del Hair Raisers, en Riggs Road. Por fin salió Chantel Richards y se metió en un Toyota Solara.

—Bonito coche —comentó Tate.

—Para una tía —replicó Henderson—. ¿Qué pasa, quieres uno así tú también?

—Yo sólo digo que tiene clase. Y a ella le pega mucho.

Chantel se dirigió a la salida del parking.

—Le va a costar mucho despistarnos, con lo rojo que es el coche —dijo Tate.

—A menos que tú la dejes.

—¿Eh?

—¿A qué esperas?

—Ya voy.

—¿Todavía no estás en marcha?

La siguieron a Maryland, por Langley Park y New Hampshire Avenue. Chantel entró en el cinturón para atravesar Prince George's County. Nesto Henderson tenía razón. Con el color del Solara era muy fácil seguirlo.

Chantel tomó la salida de Central Avenue y al cabo de un

kilómetro y medio giró a la derecha por Hill Road. Tate dejó un poco más de distancia entre ellos, puesto que el tráfico se había aligerado. Cuando Chantel aparcó detrás de otro coche en el arcén, al final de una cuesta, Tate aminoró y pegó el Maxima a la cuneta cien metros más atrás.

—¿Qué hace ahora, meterse en el bosque?

—No, ¿es que no lo ves? Se ha metido en una especie de camino de grava.

—Hay un coche aparcado delante de ella.

—Un Impala SS.

—Podría ser el coche de nuestro hombre. Igual está en alguna casa ahí detrás.

—Muy bien —declaró Tate—. Pues ya hemos cumplido. La hemos seguido y ya sabemos dónde para. Vamos a decírselo a Raymond.

—Todavía no hemos terminado. —Henderson empezó a marcar un número en el móvil—. Ray querrá venir.

—¿Para qué?

—A por su dinero. Ese Romeo le birló cincuenta de los grandes. —Henderson esperó a la llamada—. Ray Benjamin es un tío tranquilo hasta que se la juegas. Con esto se va a poner muy serio.

A Michael Tate se le quedó la boca seca. Tenía sed y quería salir corriendo. Por lo menos necesitaba salir del coche.

—Mientras hablas con Ray, yo voy hacia los árboles, a ver qué hay.

—Muy bien —dijo Henderson en el mismo momento en que Benjamin contestaba.

Ramone aparcó el Tahoe en la manzana 6000 de Georgia Avenue, al norte de Piney Branch Road. Bajó por la acera, giró a la derecha y avanzó unos pasos hacia la verja de hierro del Battleground National Cementery. Abrió el portón y entró entre dos cañones antiguos.

Bajó por un camino de cemento, por delante de una vieja

casa de piedra que era una residencia, y varias lápidas grandes. Se dirigía hacia la pieza central del cementerio, una bandera americana ondeando en un mástil rodeada de cuarenta y una tumbas. Allí yacían los soldados de la Unión muertos en la batalla de Fort Stevens. En unos puntos fuera del círculo había cuatro poemas en placas de bronce. Ramone se acercó a una de ellas para leer la inscripción:

El triste redoble del sordo tambor
toca la última retreta del soldado;
ya no se encontrarán en el desfile de la vida
los valientes que han caído.

Ramone miró a su alrededor. El lugar era muy tranquilo, una extensión de césped, árboles y diversos monumentos commemorativos en un entorno urbano. A pesar del ambiente de campo, el cementerio era visible desde una transitada calle al oeste, y hacia el este, desde la manzana residencial de Venable Place. Había puntos menos arriesgados para ligar. No le parecía muy probable que Asa fuera por allí buscando sexo. Seguramente era el lugar más cercano a su casa en el que escapar de su familia y su barrio y encontrar algo de paz.

Asa les había dicho a los gemelos Spriggs que se dirigía al monumento de Lincoln-Kennedy. Seguramente querría que lo recordaran. Había querido que alguien encontrara algo que había dejado atrás, y tenía que estar allí.

Ramone volvió a la entrada del cementerio, donde estaban las cuatro grandes lápidas en fila. Y se dio cuenta de que no eran lápidas tradicionales, sino monumentos al Army Corps, la Volunteer Cavalry y las National Guard Units de Ohio, Nueva York y Pensilvania.

Uno de los monumentos, coronado por una gorra de plato, destacaba más alto que los demás. Ramone leyó la inscripción: «A los valientes hijos de Onondaga County, Nueva York, que lucharon en este campo el 12 de julio de 1864 en la defensa de Washington y en presencia de Abraham Lincoln.»

Ramone se acercó al lado del monumento, donde aparecían los nombres de los muertos y heridos. Entre ellos estaba el de John Kennedy.

Miró la tierra alrededor, dio una patada. Fue detrás del monumento y vio que un cuadrado de césped había sido colocado recientemente. Se agachó sobre una rodilla y lo levantó. En la tierra yacía una bolsa de plástico con cierre hermético, del tamaño usado para marinar la carne. Dentro había un libro sin letras en la cubierta ni el lomo.

Ramone sacó de la bolsa el diario de Asa, se sentó a la sombra de un arce en un rincón del cementerio, apoyado contra el tronco, y empezó a leer.

El tiempo fue pasando. Las sombras del cementerio se alargaban, reptando hacia sus pies.

34

Dan Holiday, sentado en su Town Car aparcado en Peabody, vigilaba la entrada y la salida del parking trasero de la
comisaría del Distrito Cuatro. T. C. Cook estaba en Georgia,
con el Marquis aparcado en la cuneta, de cara al norte. Llevaba su desvaído Stetson marrón con la pluma multicolor en la
banda color chocolate. Se había puesto una chaqueta de pata
de gallo y corbata.

Habían sincronizado las frecuencias de los Motorolas, y
tenían las radios encendidas. Llevaban allí casi una hora.

—¿Nada? —preguntó Cook.

—Tendrá que salir pronto.

Holiday, con los prismáticos de Cook, había visto al agente Grady Dunne llegar al aparcamiento en el coche patrulla
número 461 y entrar en la comisaría por la puerta trasera, vestido de uniforme.

Era un tipo de uno ochenta de altura, pálido y delgado, rubio, de rasgos afilados. En su postura erguida y su paso se adi-
vinaba una seguridad experta, militar. No se había detenido a
hablar con otros agentes que rondaban por allí en el cambio de
turno, charlando y disputándose los coches patrulla más codi-
ciados.

—¿Has visto al detective Ramone? —preguntó Cook.

—Sí, he hablado con él.

—¿Te ha puesto al día en el caso Johnson?

—Hablamos del tema, sí. —Holiday vaciló un momento—. Todavía no hay nada en concreto.

Holiday supo, por el silencio en la radio, que Cook había captado la mentira.

Dos jóvenes pasaron junto al coche de Holiday. Llevaban pantalones pirata hasta las pantorrillas, con los bordes deliberadamente deshilachados. Uno de los chicos llevaba una camiseta con las mangas cortadas en tiras trenzadas. Las trenzas acababan en diminutas cuentas. En la camiseta había un personaje pintado. Los dos chicos eran idénticos. Uno de ellos sonrió a Holiday al pasar. Holiday pensó que a pesar del coche y del traje le habían tomado por algún tipo de policía. Eso le gustó.

En el Marquis, T. C. Cook se enjugó el sudor de la frente. Se sentía un poco mareado. No estaba acostumbrado a trabajar, sería eso. La emoción del caso le había acelerado el pulso.

—¿Doc?

—Sí.

—En este coche hace un calor de cojones. Estoy sudando.

—Beba un poco de agua.

Holiday miró por los prismáticos. El rubio salía de la comisaría en dirección a un Ford Explorer último modelo color verde oscuro. Dunne llevaba un polo demasiado grande, tejanos y botas beige. El reglamento del departamento requería que los agentes llevaran el arma en todo momento, incluso no estando de servicio. Por el tamaño del polo Holiday calculó que Dunne llevaba la Glock en la cartuchera a la espalda.

—Esté al tanto, sargento. Se ha metido en el coche y está a punto de salir.

—Bien.

—Si va hacia el norte, le toca a usted. Deje el móvil encendido, por si fallan las radios.

—De acuerdo, chico.

—Está en Peabody. Viene hacia Georgia.

—Entendido.

El Explorer giró en dirección a Georgia Avenue.

—Suyo —dijo Holiday.

Siguieron a Dunne por la avenida. Cook se mantenía varios coches por detrás, pero sin perder de vista el Explorer, saltándose los semáforos en ámbar y alguno que otro en rojo. La misión de Holiday era mantener a la vista el Marquis de Cook confiando en que Dunne no estuviera muy lejos. Cook informó por radio que lo iba siguiendo.

Dunne cruzó la línea District hacia Silver Spring, un desfiladero artificial cada vez más congestionado que consistía en altos edificios, cadenas de restaurantes, farolas nuevas diseñadas para parecer antiguas, una calle de ladrillo y otras afectaciones urbanas. Dunne giró a la derecha en Elsworth y luego a la izquierda para meterse en un parking.

—¿Qué hago? —preguntó Cook, con la radio pegada a la boca.

—Aparque en la calle y relájese. Ya me encargo yo.

Holiday adelantó a Cook y se metió en el parking también. Sacó el ticket en la barrera y subió por la rampa una planta tras otra hasta ver el Explorer, que aparcaba en una de las plantas más altas. Dunne salió del Ford y fue hacia un puente de cemento entre el parking y un hotel de reciente construcción.

Para Holiday, los hoteles eran para ligar y beber. Esperó diez minutos y luego se puso la gorra de chófer y siguió el mismo camino que Dunne.

La entrada al hotel desde el parking daba a un pasillo y a una oficina, y luego a una zona abierta donde estaba la recepción, varios asientos y un bar. Dunne estaba en la barra, con una copa de algo transparente delante. Era evidente que estaba solo, aunque había otras personas sentadas. Dunne le daba la espalda a Holiday, de manera que éste se movió con confianza hacia los sillones y se sentó en una butaca cerca de una mesa con revistas.

No sería raro que un chófer esperase allí a que bajara algún cliente de su habitación. Holiday abrió una revista, pero sin quitar el ojo de encima a Dunne.

Estaba bebiendo vodka, pensó.

«No huele. Pero sí. Y también se te acaba notando. Estás en un hotel anodino porque eres un poli de ésos. No tienes amigos, aparte de tus compañeros, y de ellos no estás muy seguro. No tienes familia, ni un hogar. Un piso, puede ser, pero eso no cuenta. Cuando no estás patrullando por tu distrito, estás solo. No tienes adónde ir. Estás perdido.»

—¿Todo bien, señor? —le preguntó un joven con el nombre en una placa del hotel que llevaba en el pecho. Estaba delante de Holiday, con los dedos entrelazados.

—Estoy esperando a un cliente.

—¿Prefiere llamarle a la habitación desde el mostrador?

—No, ya vendrá.

Dunne terminó deprisa la copa, pidió otra y se la quedó mirando fijamente. No se dio la vuelta. Con excepción del camarero, no había intentado hablar con ninguna otra persona.

Desde el otro lado de la sala, Holiday vigilaba.

—¿Dónde está tu primo? —preguntó Chantel Richards.

—Conrad se ha largado —contestó Romeo Brock—. No va a volver.

—¿Por qué?

Romeo se metió los faldones de la camisa dentro del pantalón.

Al volver del trabajo, Chantel se había encontrado a Romeo en el dormitorio al fondo de la casa. Se estaba abrochando la camisa de rayón rojo. Sobre la cómoda estaba la pistola junto con una caja de balas, un paquete de Kool, cerillas y un móvil. Al lado estaban las dos maletas Gucci. La de la derecha contenía cincuenta mil dólares. La de la izquierda, la ropa de Chantel.

—¿Por qué se ha marchado, Romeo?

—Cree que vamos a tener problemas. Y puede que tenga razón.

—¿Qué clase de problemas?

—Pues de los que implican tiros. Pero, oye, que no va a pasar nada.

—Yo no quería nada de esto —declaró Chantel.

—Desde luego que sí. Cuando te largaste conmigo y dejaste al Gordo Tommy, te metiste en esto hasta las trancas. Pero va a ser un buen viaje, y todavía ni hemos empezado. Tú sabes quiénes eran Red y Coco, ¿no?

—No.

—Bueno, es una historia muy larga. Pero seguro que sí has oído hablar de Bonnie y Clyde.

—Sí.

—La mujer se quedó con su hombre, ¿no? Se dieron una buena vida y no aguantaron tonterías de nadie.

—Pero al final murieron, Romeo.

—El caso es cómo vives, no cómo mueres. —Romeo se acercó a ella y le besó los suaves labios—. Nadie puede matarme, encanto. No hasta que tenga una reputación. Mi nombre va a ser muy famoso antes de que me pase nada.

—Tengo miedo.

—No tengas miedo. —Brock se apartó—. Voy a hacer una llamada, y luego me voy a sentar ahí en el salón. Tú cierra la puerta cuando salga y no te preocupes por nada. ¿Lo has entendido?

—Sí, Romeo.

—Ésa es mi chica. Mi propia Coco.

Se guardó en los bolsillos el tabaco, las cerillas y el móvil. Luego cogió el Colt y la munición y salió del dormitorio.

Chantel echó el pestillo y encendió la radio de la mesilla, sintonizada en la KYS. Si lloraba no quería que Romeo la oyera. Se sentó al borde de la cama, entrelazó los dedos y dio vueltas a los pulgares. Miró por la ventana hacia el pequeño jardín bordeado de arces, robles y pinos. Si hubiera podido hacer acopio de valor, había huido hacia el bosque. Pero no encontró el coraje y se quedó allí sentada, frotándose las manos.

Gus Ramone estaba en el Leo's, bebiendo una Beck con el diario sobre la barra. Era muy raro que no volviera a casa con su familia después del trabajo, pero le gustaba aquel local, con su poco convencional clientela. En parte por eso estaba allí. La otra parte era que no le apetecía volver a casa. Sabía que tendría que hablar con Diego, pero no estaba preparado todavía para contarle lo de Asa.

Detrás de él dos hombres hablaban de la canción que sonaba en la jukebox. Se interrumpieron para cantar el estribillo, y cuando terminó reanudaron la conversación.

—*Closed for the Season* —dijo el primero—. De Brenda Holloway.

—No, es Bettye Swann. Brenda Holloway cantaba aquel tema que hicieron famoso los Blood, Sweat and Tears.

—A mí me da igual que cantara para Pacific Gas and Electric. La que está cantando ahora es Brenda.

—Es Bettye Swann. Y si me equivoco le beso el culo a tu perro.

—¿Por qué no me besas el mío?

Ramone dio un trago a la cerveza. Estaba pensando en el diario de Asa.

Ya no había dudas con respecto a su muerte. La última entrada del diario era de aquel mismo día, una auténtica nota de suicidio. No podía cumplir con las expectativas de su padre. Odiaba a su padre y a la vez le quería. Estaba seguro de que era gay de nacimiento y que su orientación no cambiaría jamás. No podía soportar pensar cómo reaccionaría su padre si se enterase. No quería pensar en enfrentarse a sus amigos. Asa ya no podía vivir consigo mismo. Rezaba para que Dios le diera valor para apretar el gatillo cuando llegara el momento. Sabía de un lugar tranquilo para ello. Sabía dónde conseguir una pistola. La muerte sería un alivio.

Los pasajes en los que contaba sus experiencias homosexuales le resultaron perturbadores. Asa había experimentado primero con el sexo por teléfono, y luego, a través de Internet y anuncios en periódicos locales alternativos, había quedado con varios hombres en distintos puntos cerca de su casa. Al final salía con uno, bastante mayor que él, al que sólo identificaba como RoboMan. Asa escribía que el hombre estaba enamorado de él. El propio Asa no hablaba de sus sentimientos, sino más bien del aspecto físico de su relación. Habían practicado sexo anal y oral. No había indicios de violación o coacción. Ramone tenía que suponer que había sido sexo consentido. Consentido pero no legal, dada la edad de Asa.

Ramone abrió el cuaderno en la barra para leer los comentarios pertinentes que había anotado durante sus interrogatorios.

RoboMan.

Robocop, fue lo primero que le vino a la mente. ¿Podía ser Dunne el amante de Asa, el agente de policía que había visto en la escena del crimen? El mismo agente que Holiday había visto pasar por el jardín la noche que descubrió el cuerpo de Asa.

Luego leyó un comentario que había escrito el día anterior.

—«A la defensiva.» —dijo. La canción de Bettye Swan y su sección de vientos apagaron su voz.

Alzó un dedo para llamar la atención del camarero y pidió otra cerveza. Pensaba quedarse en el Leo's y beber despacio. El siguiente paso era la pistola.

35

Raymond Benjamin aparcó detrás del Maxima en Hill
Road y esperó a que se acercaran Michael Tate y Ernest
Henderson. Había llamado a Henderson para decirle que estaba cerca y que cuando llegara tanto él como Tate tenían que
coger las armas y meterse en el coche. Henderson se acercaba
con paso firme, listo para el trabajo. Tate, en cambio, parecía
un joven a punto de irse de discoteca o asistir a un desfile de
moda.

Benjamin había acertado con el hermano mayor de Tate,
William, de apodo Dink, cuando ambos estaban metidos del
todo en el bisnes. Dink mantuvo el tipo y la boca cerrada en
el juicio, y gracias a ello a Benjamin le cayó una condena corta. Alguien había dado el chivatazo, y todo el peso de la ley
cayó sobre Dink. Su falta de cooperación añadió otro factor
negativo a su sentencia. Benjamin nunca olvidaría lo que
Dink había hecho por él. Le mandaba dinero a su madre re-
gularmente y había puesto en nómina a su hermano Mikey,
aunque el chico no estaba preparado para aquella clase de trabajo. Utilizaba a Tate sobre todo en el negocio de los coches.
Se lo llevaba a las subastas en Jersey y le encargaba dejar los
vehículos listos para la entrega. Nunca lo había utilizado para otra cosa.

Tate y Henderson subieron al asiento trasero del S500 de
Benjamin. Era un Mercedes inmaculado, amplio, negro y ma-

rrón, con dos pantallas de DVD, acabados en madera auténtica y cuero bueno. Benjamin necesitaba un espacio amplio, puesto que era alto y de hombros anchos.

—Contadme —pidió.

—La chica se metió andando por el camino de grava —comenzó Henderson—. Mikey subió entre los árboles, él te puede contar.

—Hay dos casas —explicó Tate—. Una al principio del camino, otra muy al fondo. La chica entró en la última.

—¿Hay alguien en la primera casa?

—Yo no vi a nadie. Tampoco había coches.

—Parece que están todos aparcados aquí —dijo Benjamin.

—Porque el camino no tiene salida. Está cortado.

—El tipo es cauteloso. —Benjamin miraba a Tate por el retrovisor—. ¿Se puede llegar hasta allí entre los árboles?

—Hay árboles a cada lado, hasta la segunda casa. Y detrás también.

—Yo no pienso meterme en el bosque por la noche —declaró Benjamin. No temía a ningún hombre, pero sí le daban miedo las serpientes.

—Podemos esperar —terció Henderson—. Dentro de una hora habrá oscurecido del todo y podremos ir por el camino.

—Tiene que ser ahora —objetó Benjamin—. No quiero quedarme aquí con las armas en el coche. Lleváis la artillería, ¿no?

—Sí, estamos listos. —Henderson se levantó la camisa azul para mostrar la culata de una Beretta de nueve milímetros metida en los tejanos. Tate asintió, pero no vio la necesidad de enseñar su arma.

—Muy bien. —Benjamin seguía mirando a Tate—. Mickey, ve tú, quiero que cubras la parte trasera de la casa.

—Muy bien.

—Si la chica o quien sea sale por detrás, ya sabes lo que hay que hacer.

—No te preocupes, Ray.

—Pues venga. Cuando se acabe todo, echa a correr. Nos reuniremos aquí en los coches.

Benjamin y Henderson se quedaron mirando a Tate, que bajó por Hill Road a paso ligero y se metió entre los árboles.

—No tiene lo que hay que tener —comentó Henderson.

—Pero tú sí.

Henderson se hinchó de orgullo.

—Estoy a tope, Ray. De verdad.

—Esos hijos de puta me la jugaron y le pegaron un tiro a mi sobrino.

—Ya te digo que estoy listo.

—Aguanta ese ánimo diez minutos. Que el chico llegue a su posición. Luego entramos.

Holiday y Cook siguieron a Grady Dunne hasta el distrito en cuanto se marchó del bar del hotel. Esta vez Holiday iba delante. Especularon por radio sobre el punto de destino de Dunne. Se estaba tomando su tiempo en atravesar la ciudad. Había ido hasta Kenilworth Avenue y luego tomó Minnesota hasta Southeast.

—Va a salir de la ciudad —dijo Holiday, cuando Dunne salió de Minnesota Avenue y tomó East Capitol hacia la línea Maryland.

East Capitol se convertía en Central Avenue ya en el cinturón en Prince George's County. Estaban en la frontera entre Seat Pleasant y Capitol Heights. Atravesaron nuevas urbanizaciones, casas viejas, centros comerciales, jóvenes andando por la acera. No era tanto un barrio residencial como una extensión de Southeast D.C.

Holiday aminoró la marcha. Dunne sacó el intermitente y giró a la izquierda en una gasolinera.

—Joder —exclamó Holiday en la radio.

—¿Qué pasa?

—Métase en el carril derecho y sígame hasta el parking de la zona comercial.

Cuando Cook se acercó vio el supermercado de la gasolinera y el Explorer de Dunne, parado ante un surtidor.

—Joder —exclamó Cook, también—. Ahí es donde trabaja Reginald Wilson.

—Dese prisa.

Cook aparcó junto a Holiday, de cara a Central Avenue. Holiday salió del Town Car con los prismáticos en la mano y se metió en el Marquis de Cook. El ex sargento sudaba y tenía los ojos brillantes.

—Lo sabía —dijo.

—Todavía no sabemos nada —objetó Holiday, mirando a Dunne, que echaba gasolina al Ford.

—Wilson está ahí dentro. Su Buick está aparcado al lado del supermercado.

—Vale, está ahí. Eso no significa que los dos tengan ninguna relación. Lo único que sabemos es que Dunne ha parado a echar gasolina.

—Ya, ¿y qué vamos a hacer, nada?

—No. —Holiday dejó los prismáticos en el asiento del coche, junto a Cook—. Úselos, no aparte la vista del supermercado.

—¿Adónde vas?

—A pegarme a Dunne. A inventarme la manera de hablar con él. Tendrá la guardia baja, es el mejor momento.

—¿Y yo me tengo que quedar aquí de brazos cruzados?

—Asegúrese de que Wilson no se va a ningún lado. —Holiday no quería que Cook lo retrasara—. Si se marcha, sígale.

—¿Seguimos en contacto por radio?

—Si consigo abordar a Dunne voy a apagar el walkie. No quiero que sepa que estoy trabajando con alguien. Ya le informaré cuando termine.

—Muy bien.

Holiday miró a Cook, que tenía la camisa empapada en sudor.

—¿Por qué no se quita la chaqueta, sargento?

—Estoy trabajando, jovencito.

—Bueno, bueno, como quiera.

—¿Doc? —Cook tendió la mano, Holiday se la estrechó—. Gracias.

—No me dé las gracias. —Holiday salió del Marquis y se metió en su Lincoln. Condujo hasta la salida del parking y se quedó esperando.

Dunne había entrado en el supermercado. Unos minutos más tarde salió por la puerta principal hablando por el móvil. Se metió en su Ford y se dirigió a la salida. Holiday aguardó pacientemente y por fin salió tras él por Central Avenue.

Cook apoyó el brazo en la ventana y se llevó los prismáticos a los ojos. Luego se quedó mirando el Buick del parking. Sabía que Holiday no le había dicho la verdad sobre la investigación de Ramone. Lo más seguro era que Ramone hubiera resuelto ya el caso Johnson. Y ahora Holiday andaba siguiendo a Grady Dunne porque le parecía que él, Cook, era un viejo. Demasiado viejo para hacer de policía. Una carga. Pero Cook no pensaba quedarse allí sentado vigilando un coche parado. Reginald Wilson no iba a ir a ninguna parte. Desde luego le faltaba mucho para terminar el turno y volver a su casa. Por eso Cook necesitaba ir a casa de Wilson. Tenía que hacer algo ahora, demostrar a esos jovencitos que todavía no estaba acabado.

Apagó la radio y el móvil. No quería hablar con Holiday ni con nadie más. Ya había tenido tecnología suficiente por un día. Puso en marcha el Marquis y salió del parking.

Holiday seguía a Dunne por Central Avenue, a cuatro coches de distancia. Dunne permaneció en el carril derecho, con el SUV quince kilómetros por encima del límite de velocidad. Seguía hablando por el móvil, concentrado en la conversación. Holiday estaba seguro de que no se daría cuenta de que le seguían hasta que llegara a su punto de destino. Pero ya había decidido que no le permitiría llegar tan lejos.

Aceleró mientras Dunne aminoraba ante un semáforo en rojo. Holiday se puso a su lado, en el carril izquierdo y bajó la ventanilla, dando un breve bocinazo.

Dunne le miró inexpresivo desde su coche.

—¿Qué pasa?

—Tienes la rueda trasera deshinchada, te lo quería advertir.

Dunne no le agradeció la información. Dijo algo al móvil, colgó y lo dejó en el compartimento a su derecha.

Cuando el semáforo se puso en verde, arrancó para detenerse más adelante en la cuneta, donde habían montado un quiosco de pescado. Holiday aparcó el Town Car detrás de él y apagó la radio y el móvil. Dunne ya había salido para echar un vistazo a la rueda. Holiday se acercó a él, buscando con la mano su cartera. Cuando Dunne vio el gesto, tocó instintivamente la pistola que llevaba a la espalda.

Pero no la sacó. Se quedó esperando con los pies separados. Era delgado y unos cinco centímetros más alto que Holiday. Llevaba el pelo rubio cortado a cepillo y tenía unos ojos azules muy claros.

—Eh —saludó Holiday, con la cartera abierta en la mano—. No hay problema. Sólo quería enseñarte mi identificación.

—¿Por qué?

—Déjame explicar...

—A la rueda no le pasa nada. ¿Por qué me has dicho que estaba deshinchada?

—Me llamo Dan Holiday. —Le enseñó el carnet de conducir, asegurándose de que la vieja tarjeta de la policía se viera bien—. Policía retirado. Tú también eres poli, ¿no?

Dunne miró al hombre de origen hispano que trabajaba en el quiosco y que en ese momento servía a un cliente a través del mostrador. Luego se volvió de nuevo hacia Holiday.

—¿Qué quieres?

—Oglethorpe Street, Northeast. El jardín comunitario. Yo estaba allí después de medianoche, en la madrugada del miércoles. Te vi en tu coche patrulla. Llevabas a alguien detrás.

Dunne lo reconoció entonces.

—¿Y?

—Supongo que ya sabes que esa mañana se encontró en el jardín el cadáver de un chico.

—¿Qué has hecho, seguirme hasta aquí?

—Justo, te he seguido.

Dunne estiró los labios en algo parecido a una sonrisa.

—El chófer borracho que estaba durmiendo la mona. Me acuerdo.

—Y yo me acuerdo de ti.

—¿Qué es esto, chantaje? Porque antes de darte un puto duro voy a mis superiores a contarles que estuve allí.

—No quiero dinero.

—Entonces, ¿qué coño te pasa?

—Han matado a un chico. Busco respuestas.

—¿Tú qué eres, uno de esos pringados que se pasa el día escuchando la radio de la policía?

—¿Sabías lo del chico cuando estabas de patrulla esa noche?

Dunne negó con la cabeza.

—No, me enteré al día siguiente.

—¿Y por qué no fuiste a declarar?

—¿Para qué?

—Porque eres policía.

—Te lo acabo de decir. En aquel momento yo no sabía nada, así que no tenía ninguna información pertinente al caso.

—Si me viste allí aparcado y pensaste que estaba borracho, ¿por qué no te paraste a echar un vistazo?

—Estaba ocupado.

—¿Qué hacías en una calle sin salida con un pasajero en el coche?

—Pero ¿tú quién coño eres?

—Un ciudadano preocupado.

—Que te den por culo.

—¿Qué hacías en esa calle?

—Correrme en la boca de una puta, ¿contento?

—Tú no eres policía —le espetó Holiday asqueado.

Dunne se echó a reír y dio un paso hacia él. Holiday detectó el triste y familiar olor del caramelo de menta por encima del vodka.

—¿Algo más? —preguntó Dunne.

—¿Conoces a Reginald Wilson?

Holiday le miró a los ojos. No leyó nada en ellos, ninguna chispa de reconocimiento.

—¿A quién?

—El tipo que trabaja en la gasolinera donde acabas de parar. ¿No lo conoces?

—Oye, gilipollas, no tengo ni zorra idea de qué hablas. Entré en una gasolinera cualquiera a echar gasolina.

—¿Cómo era el empleado?

—Pues un negro, supongo. ¿Quién si no trabaja en esos sitios? Ni siquiera le miré la cara.

Holiday le creyó y notó que se quedaba sin energía.

—Te van a llamar para interrogarte sobre lo de Oglethorpe —advirtió.

—¿Y?

—Ya nos veremos.

Dunne le dio con el dedo en el pecho.

—Ya me estás viendo ahora.

Holiday no contestó.

Dunne sonrió con los dientes apretados.

—¿Me quieres poner a prueba?

Holiday mantuvo las manos en los costados.

—Ya me lo imaginaba —dijo Dunne.

Volvió a meterse en el Ford y se marchó. Holiday se quedó mirando las luces traseras hasta que se desvanecieron de su vista. Luego se encaminó a su propio vehículo para volver a la gasolinera.

Dunne era una manzana podrida, pero no estaba involucrado en el caso de Asa Johnson y no conocía a Reginald Wilson.

Se había terminado. Tenía que decírselo al viejo.

36

Michael Tate avanzaba por la arboleda. Empezaba a anochecer y árboles y ramas habían perdido su color y eran me-
ras siluetas contra el cielo gris. El bosque no era muy denso, y
desde allí se veía la casa. Caminaba con paciencia y cuidado,
sin hacer ruido apenas.

Llevaba a la espalda una pistola barata, una Taurus del nueve que le había vendido Nesto. No sabía lo que haría cuando se
colocara detrás de la casa, pero sí sabía que no pensaba matar a
ninguna chica.

Raymond Benjamin estaba convencido de que Michael
Tate estaba en deuda con él. Benjamin le mandaba dinero a su
madre todos los meses, le había dado a Tate un trabajo, aunque
Tate no era necesario y hacía poco más que sacar brillo a las
ruedas de los coches recién comprados. Tate estaba en deuda y
ya era hora de que se lanzara del todo y cumpliera con el rito
de paso definitivo: tomar una vida con una pistola.

Pero Tate no creía deberle nada a Benjamin. Su hermano
mayor, Dink, se había negado a testificar en el juicio de Benjamin, y gracias a eso pasaría en la cárcel los siguientes veinte
años y saldría ya convertido en un hombre de mediana edad
sin ninguna perspectiva. El dinero que Benjamin enviaba todos los meses a su madre, unos doscientos dólares, no llegaba
ni para pagar la cesta de la compra. Y además, por mucho que
le mandara, jamás la compensaría por la pérdida de su hijo.

Ahora Benjamin estaba a punto de meterle a él hasta las cejas en aquella vida, como había hecho con Dink hacía mucho tiempo.

Y Michael había visto las consecuencias de ello, tanto en su familia como en muchas otras, en el barrio donde se crio. No pensaba saltar a ese abismo. Además, él no creía que matar te convirtiera en un hombre. Eso eran leyendas de la calle, que en su mayoría eran una idiotez. El juego de la violencia le había roto a su madre el corazón y había robado la juventud a su hermano. Era todo lo que necesitaba saber. A él no le iba a pasar.

Tate se encontró en la línea de árboles detrás de la casa. Había luz en una de las ventanas y se veía el torso de una mujer. Tenía el pelo rizado sobre los hombros. Estaba sentada, frotándose las manos. Era la oscura silueta de una mujer en una habitación, enmarcada en la ventana, atrapada en aquel cuadrado. El perfil recortado de una criatura tensa y hermosa atrapada en una habitación.

Tate salió despacio de entre los árboles para encaminarse hacia la casa.

Chantel Richards notó una presencia y alzó la vista. Una figura avanzaba hacia la ventana. Volvió la vista a la puerta cerrada del dormitorio. Sabía que debería abrirla para avisar a Romeo. Porque seguramente era uno de los hombres que venían a por él. Pero no hizo nada. Se quedó mirando la cara del joven, que se acercaba cada vez más, hasta pegar la cara al cristal. Chantel vio en sus ojos castaños que no había ido a hacerle daño, de manera que abrió la ventana para poder hablar.

—¿Chantel?

—No hables tan alto.

—Tú eres Chantel —susurró Tate.

—Sí.

—Yo me llamo Michael.

—¿Has venido a matarnos?

—Si te quedas aquí, sí.

—Entonces, ¿por qué no estás disparando?

—Te estoy dando la oportunidad de salir antes de que se líe.

Chantel miró hacia la puerta de la habitación. Tate vio que le temblaba la mano, y se la tomó a través de la ventana.

—Venga, mujer —la apremió—. Lo que tenga que pasar pasará tanto si te quedas como si no. Pero si te quedas, morirás.

—Necesito mi maleta.

—Y la llave del coche —sugirió Tate.

Chantel se acercó a la cómoda en el otro extremo de la habitación. Allí miró algo en el suelo, vaciló y por fin se inclinó para recoger una maleta. Volvió hacia la ventana, y Tate se hizo cargo del equipaje y luego la ayudó a salir, tomándola en brazos y bajándola suavemente hasta que sus pies tocaron el suelo.

Tate le miró los pies. Llevaba unas sandalias de leopardo con tacones de diez centímetros. Había visto una fotografía de aquel mismo modelo en una revista.

—Vamos hacia el bosque —indicó—. ¿No llevas en la maleta otros zapatos? Esas Donald Pliner deben costar unos doscientos cincuenta dólares.

—No tengo más zapatos, no. —Chantel le miró interesada—. ¿Cómo sabes que son unas Pliner?

—Bueno, es que me interesa la moda. No te preocupes, que no soy un bicho raro ni nada de eso.

—No me lo parecía.

—Vámonos —dijo Tate tirándole del codo y guiándola hacia la línea de árboles.

—Espero que tengas un plan.

El plan de Michael Tate era internarse en el bosque y quedarse allí esperando a que estallara el infierno. Luego bajarían a Hill Road y se marcharían en el Solara de Chantel. Aunque no sabía adónde.

—Confía en mí.

Chantel le apretaba la mano cuando se internaron en el bosque.

El agente Grady Dunne subía despacio por Hill Road. Al acercarse a la bocacalle hacia la casa de Brock, advirtió los muchos coches. Estaba el SS de Brock, y el Toyota rojo que según Brock pertenecía a la chica. Y mucho más atrás, un Mercedes de la serie S y un Maxima último modelo. Dunne apagó el motor. Pensó en llamar a Brock al móvil, pero al final no lo hizo. Si los dueños de los coches eran los que habían venido a reclamar su dinero, como Brock había predicho, era posible que ya estuvieran en la casa. Dunne prefería mantener el efecto sorpresa.

Sacó su Glock del diecisiete oficial y la metió bajo el asiento del Explorer. Allí tenía su última adquisición, una Heckler & Koch del cuarenta y cinco, de diez disparos, que le había confiscado a un sospechoso en Park View. Tenía el número de serie borrado. Se la enfundó donde antes llevaba la Glock y salió del SUV.

Recorrió el camino de grava, furioso y cargado de adrenalina. Aquel tipo que decía ser ex policía, el chófer que pretendía extorsionarlo, le había sacado de quicio. No, Dunne no tenía de qué preocuparse. No había mentido acerca de la noche en Oglethorpe. Llevaba en el coche a una confidente, una bailarina prostituta que conocía, y ella le había hecho una mamada junto a las vías del metro. Los de Asuntos Internos podían buscarle las cosquillas si les apetecía, pero la chica jamás testificaría. Dunne ignoraba aquella noche que hubiera un cadáver en el jardín. Cuando se enteró, fue al escenario del crimen, habló con los agentes de Homicidios y comprobó que nadie sabía de su presencia en el lugar la noche anterior. En cuanto al tipo de la gasolinera sobre el que el chófer le había preguntado, Dunne no sabía quién era.

La rabia era buena, le mantendría a punto para la tarea que le esperaba.

Romeo Brock había sido un problema, aunque no era culpa de Dunne. Él había tenido cuidado en sus tratos con Brock y su primo Gaskins. El confidente de Dunne, Lewis *Cara de Pez*, le había hablado de un tal Romeo Brock, un joven de grandes ambiciones que se jactaba de ellas a voces en el Hannibal's, un bar de Florida Avenue. A través de Cara de Pez Dunne le pasaba información a Brock con respecto a los traficantes independientes y sin protección a los que se podía atracar sin demasiado miedo a las consecuencias. Dunne no se encargaba personalmente de estos traficantes, ni dejaba que le vieran con Brock o Gaskins. Lo había aprendido de aquellos dos policías de Baltimore, a los que habían empapelado ese mismo año precisamente por cometer aquel error. Deberían haber sabido que al final alguien acabaría traicionándoles y poniendo fin a la fiesta. Dunne era más listo. Después de los robos pasaba con el coche por la zona para asegurarse de que todo estaba tranquilo. Pero jamás participaba en el crimen, sólo de los beneficios.

Ahora Brock, ansioso por crearse una reputación, le había pegado un tiro a un tipo sin razón alguna y se había llevado a la mujer de otro. Dunne pensaba ir a ver a Brock y a Gaskins esa tarde para llevarse su parte de los cincuenta mil dólares. No era común que se viera con ellos cara a cara, pero Dunne no confiaba en Cara de Pez con esa cantidad de dinero. Luego Brock le llamó para decirle que Gaskins se había largado y que podía haber problemas. De manera que Dunne se vio obligado a ir a la casa, donde no quería estar, forzado a una situación de violencia potencial y directamente involucrado. Esperaba poder resolver la situación mediante intimidación, más que mediante la fuerza. Había sido un error asociarse con Brock, pero era un error que tenía solución.

Dunne había descubierto que detrás de la placa y la pistola podía hacer cualquier cosa. Por eso se había hecho policía.

Giró y entró en el camino de grava. Sacó la cuarenta y cinco para meter una bala en la recámara. Pensaba entrar directamente. No era un criminal. Era la policía.

Romeo Brock estaba en el porche de su casa fumándose un pitillo. Tenía agarrotado el estómago y las manos le sudaban. Era consciente de su miedo, y lo aborrecía. Un hombre como él, la clase de hombre que imaginaba ser, no tenía que sentir miedo. Y a pesar de todo, tenía las manos húmedas.

Miró hacia la oscuridad. La noche había caído. Esperaba ver a Conrad volver a casa por el camino de grava. Conrad, que era fuerte de cuerpo y voluntad, sabría qué hacer. Pero Conrad no apareció.

Brock había llamado de nuevo a Dunne después de haber hablado con él anteriormente, pero esta vez le saltó el buzón de voz.

Creyó oír algo en la parte trasera de la casa. Pero serían los nervios, seguramente. O sería Chantel, que había subido el volumen de la radio. Mejor sería ir a comprobarlo.

Apagó el Kool en la baranda del porche y entró en la casa sin cerrar la puerta. El estómago le enviaba mensajes. Quiso girar el pomo del dormitorio pero estaba bloqueado, de manera que llamó a la puerta. No hubo respuesta. Terminó aporreándola con el puño.

—¡Chantel! ¡Abre!

Brock pegó la oreja a la puerta. No se oían los pasos de Chantel, ni ninguna otra cosa excepto la radio. La canción que sonaba era una que había oído muchas veces, aquella de *Been around the World*. Solía gustarle, pero ahora el tema parecía burlarse de él, hablándole de lugares que jamás vería.

—Chantel —llamó con voz débil, apoyando la frente en la puerta.

Notó el cañón de la pistola en la nuca.

—No te muevas si no quieres que te salte la tapa de los sesos.

Brock no se movió. El hombre de su espalda le sacó el Colt del cinto.

—Date la vuelta, despacio.

Era un joven con una gorra azul de los Nationals ligeramente ladeada. Llevaba una automática en una mano y la Gold Cup de Brock en la otra. Se le notaba en los ojos que no vacilaría en matar.

—Por aquí —indicó Ernest Henderson, metiéndose la Gold Cup en los tejanos. Retrocedió por el pasillo sin dejar de apuntar a Brock con la Beretta. Al llegar al salón, Henderson le indicó que se sentara de frente a la puerta abierta—. Las manos en los brazos de la butaca.

Cuando Brock obedeció, Henderson le dio varias veces al interruptor de la luz. Enseguida entró en la casa un hombre guapo y alto con una Desert Eagle del cuarenta y cuatro Magnum, que miró ceñudo a Brock.

—¿Eres Romeo?

Brock asintió.

—¿Dónde está mi dinero?

—Está aquí —dijo Brock.

—He dicho dónde.

—En el dormitorio, en la parte de atrás. Hay dos maletas...

—¿Hay alguien más en la casa?

—La mujer del gordo está en el dormitorio.

—¿Y tu compañero?

—Se ha ido.

—Vamos, Nesto. —Benjamin alzó la pistola con indiferencia, apuntando a Brock—. Y comprueba todas las habitaciones. A ver si este cabrón hijo de puta nos la está jugando.

Henderson salió al pasillo y Benjamin se quedó mirando a Brock, que apartó la vista. Ambos escucharon los ruidos de Henderson mientras inspeccionaba la cocina y la habitación donde dormía Conrad Gaskins.

—El dormitorio está cerrado —informó.

—Dale una patada —repuso Benjamin.

Henderson lo intentó varias veces, gruñendo con el esfuerzo. Por fin la puerta cedió y Henderson volvió al salón con una maleta Gucci.

—Sólo hay una. Y tampoco había ninguna chica. La ventana estaba abierta, así que, si es que estaba, se ha marchado.

—Abre la maleta —ordenó Benjamin a Brock—. Dale la vuelta para que la veamos, y ábrela.

Henderson le dejó la maleta a los pies y se apartó. Romeo se inclinó para abrir la cremallera y todos se quedaron mirando la ropa de mujer que había dentro. Por un momento nadie dijo nada.

Mikey tenía el dinero, pensó Benjamin. Tenía el dinero y a la chica y estaría esperando en los coches. No se le ocurriría robarle, no después de todo lo que había hecho por Dink y por su madre.

—Chantel —dijo Brock. No estaba enfadado, sino orgulloso de ella. Esa mujer era puro fuego, y él allí, haciendo el gilipollas. Miró a Benjamin con una chispa de desafío en los ojos.

—Sí, Chantel —repitió Benjamin. Luego se volvió hacia Henderson—. No pierdas de vista a este imbécil.

A continuación se sacó el móvil del bolsillo y pulsó la tecla 3, el número de marcación rápida de Michael Tate.

Cuando oyó pasos pensó que sería él, pero al volverse vio a un hombre blanco que salía de la oscuridad del porche y entraba deprisa en la casa. Llevaba una pistola en la mano, y el brazo tenso.

—¡Policía! —exclamó Grady Dunne—. ¡Policía! —Tenía la cara fiera, congestionada, y movía la pistola de Benjamin a Henderson—. ¡Soy policía! ¡Soltad las armas ahora mismo!

Benjamin no se movió. No tiró el arma. Miró la H&K que llevaba Dunne en la mano. No era una pistola de la policía.

—¡He dicho que tires la puta pistola ahora mismo!

Ernest Henderson seguía apuntando a Brock con la Beretta. Giró la cabeza para mirar al que decía ser policía. Era rubio, y tenía hinchada la vena del cuello. Henderson esperó a que Benjamin dijera algo, cualquier cosa. Pero el jefe no le dijo qué hacer.

—¡Tirad las armas!

Brock miró el cuello de Henderson, fijándose en el punto en el que se unía a los hombros. Y pensó: «Ahí es donde le voy a clavar el picahielos. Directamente en la columna. Hablarán de mí hasta el fin de los días, dirán mi nombre, contarán lo que hice. Que me enfrenté a dos pistolas con un trasto para cortar hielo. Yo, Romeo Brock.»

Brock se sacó el picahielos de la pantorrilla. Tal como esperaba, al sacarlo saltó el corcho de la punta. Se puso en pie, con el brazo alzado y se acercó a Henderson.

—Detrás de ti, Nesto —advirtió Benjamin con calma.

Henderson se volvió y disparó a Brock en mitad del pecho. La pistola le brincó en la mano. Brock retrocedió contra la silla y cayó braceando a través de una bruma escarlata.

Dunne disparó dos veces en dirección a Benjamin. La primera bala le atravesó el hombro y le abrió un agujero del tamaño de un puño en la espalda. La segunda, más alta por el retroceso, le tocó la arteria carótida al atravesarle el cuello.

Benjamin disparó su cuarenta y cuatro entre una nube de humo y una rociada de sangre al perfil del hombre que decía ser policía. Luego cayó, todavía disparando. Vio al hombre estrellarse contra la pared, y cerró los ojos.

Grady Dunne trastabilló hacia la puerta. Volvió la vista hacia el tipo con la gorra de béisbol, que seguía en mitad de la habitación, todavía armado. El joven sacudía la cabeza como para librarse de lo que había pasado.

Dunne intentó alzar la pistola, pero se le abrió la mano y se le cayó.

—Dios —masculló, llevándose la mano al estómago, que estaba empapado en sangre que ahora le rezumaba entre los dedos. El dolor era extremo. Atravesó la puerta y salió al porche a trompicones. Notaba aire a la espalda. Se dio la vuelta como si estuviera bailando o borracho, perdió el equilibrio y cayó de espaldas al camino de grava.

Miró las ramas de un tulipero, y más allá las estrellas.

—Agente abatido —susurró, en un hilo de voz tan débil que no se oyó ni él mismo. Tenía en la boca un regusto a sangre. Tragó y respiró deprisa, y abrió los ojos con expresión de miedo. En su campo de visión había entrado el tipo que parecía un semental. El hombre se acercó a Dunne y le apuntó al pecho. Las lágrimas le corrían por la cara.

—Nueve-uno-uno —dijo Dunne. Sintió que la sangre caliente le salía por la boca y le chorreaba por la barbilla.

El joven bajó el arma, se la metió en el cinto y la tapó con la camisa.

Dunne oyó sus pasos en la grava y luego el ruido que hacía al correr.

Se quedó oyendo los grillos, mirando las ramas y las estrellas. «No puedo morir», pensó. Pero pronto la vista y el sonido se desvanecieron, y Grady Dunne se unió a Raymond Benjamin y a Romeo Brock en la muerte.

37

Cuando Dan Holiday volvió al parking de la gasolinera de Central Avenue vio que T. C. Cook había desaparecido. Intentó llamarle por la radio Motorola y luego por el móvil, sin resultado. Advirtió que el Buick de Reginald Wilson seguía aparcado detrás del edificio. Cook se habría cansado de la vigilancia, o estaría fatigado después de un día de trabajo y habría vuelto a su casa. Holiday pensó en acercarse allá para comprobarlo y quedarse tranquilo.

Pero el Marquis de Cook tampoco estaba junto a la casa amarilla de Dolphin Road. Holiday, sentado en el Town Car, llamó al teléfono de Cook, pero le saltó el contestador. La luz del porche estaba encendida, aunque seguramente la habría activado un sensor. La casa se hallaba a oscuras.

Entonces llamó al número de Ramone.

—¿Sí?

—Soy Holiday.

—Hola, Doc.

—¿Dónde estás? Parece una fiesta.

—En el Leo's, tomando una cerveza. ¿Qué quieres?

—El sargento Cook y yo hemos hablado con nuestro amigo el poli, el del coche cuatro sesenta y uno. No está involucrado.

—Menuda sorpresa.

—Pero he perdido a Cook. Tuve que dejarle por un momento, y cuando volví ya no estaba. He ido a su casa y tampoco está ahí. Estoy pensando que igual estaba confuso o algo. Ni siquiera sé si puede leer los nombres de las calles.

—Ha tenido un derrame, no Alzheimer. Ya aparecerá.

—Estoy preocupado. —Holiday esperó respuesta, pero sólo oía el ruido del bar—. ¿Gus?

—Mantenme informado. Yo me voy a quedar aquí todavía un rato.

Holiday se quedó sentado en el Lincoln, pensando en el viejo. ¿Adónde podía haber ido? Sólo se le ocurría un sitio.

T. C. Cook se hallaba sentado al volante de su Marquis, aparcado en una calle lateral de Good Luck Estates, una comunidad de Good Luck Road, en New Carrollton. Miraba la casa de Reginald Wilson. Estaba a oscuras, de hecho en todo el barrio sólo había unas cuantas luces y la calle estaba tranquila y en penumbra.

Cook llevaba ya allí un rato, pensando.

Cuando Reginald Wilson salió de la cárcel, se instaló en aquella casa, donde antes vivían sus padres, ahora muertos. Tenía que haber guardado en algún sitio sus posesiones, antes de entrar en prisión, tal vez en la misma casa de sus padres. Cook sabía que Wilson jamás habría abandonado su querida colección de álbumes de jazz eléctrico. Tal vez entre todo aquel vinilo habría alguna pista. Además, suponía que Wilson habría guardado las muestras de pelo, sus trofeos de los Asesinatos Palíndromos, puesto que cuadraba con el comportamiento habitual de esa clase de asesino. T. C. Cook se veía forzado a creer que aquellos mechones de pelo, tomados veinte años atrás de Otto Williams, Ava Simmons y Eve Drake, estaban en esa misma casa que ahora tenía delante, y estaba convencido de que aquél era un buen momento para comprobar su hipótesis.

Sabía que estaba a punto de cometer un delito, pero se le agotaba el tiempo. Había muchas posibilidades de que las muestras no estuvieran en la casa. Pero tal vez sí encontrara algo, cualquier cosa que pudiera relacionar a Reginald Wilson con las muertes de aquellos chicos, algo con lo que volver a abrir el caso. Cook buscaba alguna prueba irrefutable que incitara al detective Ramone a pedir al juez una prueba de ADN de Wilson. Estaba seguro, como ya lo estaba en 1985, de que Wilson era el asesino.

Sacó la minigrabadora de la guantera y habló en el micrófono:

—Soy el sargento T. C. Cook. Estoy a punto de entrar en casa de Reginald Wilson, en Good Luck Estates. Tengo razones para creer que en la casa hay pruebas que relacionarán al señor Wilson con los llamados Asesinatos Palíndromos, sucedidos en Washington D.C. en 1985. Busco muestras de pelo, concretamente las que se to... tomaron de las víctimas. No tengo orden judicial. Ya no soy agente en activo de la policía. Trabajo con un joven llamado Dan Holiday, que es un buen policía. Pero quiero declarar que él no tiene nada que ver con la acción que estoy a punto de emprender. Hago esto por propia voluntad, esperando proporcionar algo de paz a las familias. Y también a los niños que fueron asesinados.

Cook grabó la fecha y la hora y apagó la máquina. Quería que quedara constancia de todo, por si le tomaban por un ladrón y le pegaban un tiro cuando entrara en la casa. No quería que su legado fuera el de un viejo loco asaltador de domicilios, de la misma categoría de esos chiflados que salen a la calle en pijama. Quería que la gente conociera sus intenciones.

Hacía fresco esa noche, pero Cook estaba sudando bajo la chaqueta. Se la quitó y la dejó doblada en el suelo del coche. También se quitó el Stetson y miró las marcas de sudor que había dejado por dentro. Lo colocó en el asiento, junto a la grabadora. Abrió y cerró la mano izquierda. La tenía agarrotada.

Por fin salió del coche y se acercó al maletero trastabillando un poco. Desenroscó la bombilla porque no quería llamar la atención y no necesitaba la luz. Sabía dónde estaba todo.

Se puso unos guantes de látex y tomó su linterna Stinger

y la barra de hierro. Le resultaba difícil sostener la linterna, porque tenía el brazo entumecido. Oía su propia respiración pesada y el sudor le corría por la espalda. Esperó un momento a que se le calmara el corazón antes de cerrar el maletero y encaminarse hacia la casa.

Primero recorrió un costado. Su plan era forzar la puerta trasera con la palanca, pero se sentía mal y tuvo que detenerse. Estaba mareado, necesitaba tumbarse, de manera que volvió al coche.

El asiento trasero era tentador. Se tumbó en él, dejando caer al suelo la palanca y la linterna, y cerró la puerta. Tenía la mejilla derecha sobre la fría tapicería de vinilo. El brazo izquierdo le dolía mucho, y ahora el dolor le había pasado al cuello, provocándole una terrible presión en la cabeza.

Ya se le pasaría, pensó.

Cerró los ojos. Estaba babeando sobre el asiento.

Cuando T. C. Cook abrió los ojos era de día. Había dormido toda la noche en el coche. Se sentía mejor.

Se incorporó. Estaba de nuevo en Dolphin Road, aparcado delante de su casa. El revestimiento amarillo estaba tan limpio como el día que lo había instalado, muchos años atrás. En el ventanal de la fachada una mujer miraba a través de las cortinas entreabiertas. Se parecía a su mujer. En la acera un niño y una niña daban a la comba, y otra niña saltaba entre ellos.

Cook cogió su Stetson, que parecía nuevo. Se lo puso y bajó del coche.

El sol era agradable en su cara y el aire olía a lilas. Su mujer cuidaba amorosamente del árbol que florecía en el jardín. Debía de ser abril, pensó, porque era cuando salían las lilas.

Se acercó a los niños que jugaban en la calle. El chico tenía unos doce años. Era larguirucho y usaba gafas muy gruesas. La niña que sostenía el otro extremo de la cuerda también era muy joven, pero ya se le adivinaban curvas de mujer. En sus ojos se veía una chispa traviesa.

La que saltaba a la comba ágilmente era de piel oscura y

tenía unos preciosos ojos castaños. La luz se reflejaba en las cuentas de colores que llevaba en la trenza. Salió de la comba con soltura y se quedó mirando a Cook, sonriendo.

Él le devolvió la sonrisa.

—Hola, jovencita.

—¿Sargento Cook?

—Soy yo.

—Creíamos que se había olvidado de nosotros.

—No, cariño. Nunca os he olvidado.

—¿Quiere jugar?

—Soy demasiado viejo. Si no te importa, me quedo aquí mirando.

Eve Drake hizo un gesto con la mano y los niños reanudaron su juego. T. C. Cook caminó hacia ellos bajo la brillante y cálida luz.

38

Holiday puso los dedos en el cuello de T. C. Cook y no encontró pulso. El viejo tenía la cara cerúlea bajo la luz del Mercury. Holiday había visto bastantes cadáveres para saber que estaba muerto.

Cerró la puerta y volvió a su Lincoln, desde donde llamó a Gus Ramone para contarle lo que había pasado. Ramone prometió acudir enseguida.

Holiday volvió al Marquis y se quedó mirando a Cook.

«Lo he matado —pensó—. Ya no tenía fuerzas para este trabajo.»

Por los guantes de látex que llevaba puestos y la linterna y la palanca en el suelo, Holiday supo que Cook tenía intenciones de entrar en la casa de Reginald Wilson.

En el asiento delantero encontró la grabadora junto al Stetson. Rebobinó y escuchó la grabación. Se le agolparon las emociones al oír al viejo mencionar su nombre y alabarle. Cuando terminó se guardó la cinta en el bolsillo y también los guantes que llevaba Cook. Luego metió en el maletero de su Town Car la grabadora, la palanca y la linterna. Y ya que estaba, pasó algunos objetos del maletero de Cook al suyo, entre otras cosas varias herramientas policiales y un trapo que utilizaría más tarde para limpiar sus huellas en el coche de Cook.

Todo estaba muy tranquilo. No había salido nadie de ninguna casa, no había pasado ningún coche. Holiday se sentó en la cuneta a fumarse un Marlboro. Cuando encendía el segundo apareció el Tahoe de Ramone, que se detuvo detrás del Town Car.

Ramone iba hablando con Regina por el móvil mientras entraba en P.G. County. Cuando terminó de contarle lo de Asa Johnson y los eventos del día, incluida la muerte de Cook, le prometió que no llegaría tarde a casa y le pidió que Diego le esperara levantado si podía. Quería hablar con él antes de que el chico se fuera a dormir.

Por fin apagó el motor y salió del SUV. Holiday se levantó para recibirlo. Se saludaron con un gesto, pero sin palabras. Luego Ramone se acercó al Marquis para examinar a Cook y volvió con Holiday, que estaba apoyado en el Lincoln.

—¿Qué hacía aquí? —preguntó.

—Ésa es la casa de Reginald Wilson.

—El guardia de seguridad.

—Sí.

—¿Y qué hacía, vigilarlo?

—Hacía lo que lleva haciendo los últimos veinte años. Buscando la solución del caso.

—Es mucho tiempo para seguir una corazonada.

—Cook no se equivocaba mucho cuando estaba en Homicidios. Si pudieras hacerle a Wilson una prueba de ADN...

—No hay causa probable.

—Que le den por culo a la causa probable.

—Estaría bien que las cosas funcionaran así.

Holiday encendió otro cigarrillo. Le temblaba la mano.

—¿Has informado de esto? —preguntó Ramone.

—Todavía no.

—¿Y cuándo pensabas llamar?

—Cuando lo saque de esta calle. Me lo voy a llevar a Good Luck Road y aparcaré su coche en un centro comercial. Luego borraré mis huellas y haré una llamada anónima.

—Se está convirtiendo en una costumbre para ti.

—No quiero que lo encuentren aquí.

—¿Por qué no?

—Hace mucho tiempo el *Post* sacó un artículo sobre Cook —explicó Holiday—. Y el titular era algo como: «Los Asesinatos Palíndromos, obsesión del detective jubilado.» En el artículo citaban a Cook diciendo que sospechaba de un tal Reginald Wilson que por aquel entonces había sido encarcelado con otros cargos. Presentaban a Cook como si estuviera medio chiflado. Es posible que a algún periodista se le ocurra repasar el material de la morgue y relacionar a Cook con Wilson y con esta calle. Y el viejo no debería irse así, no se lo merece.

—Puede que no, pero tú estás cometiendo un delito.

—No debería haber dejado que viniera conmigo, así que le debo al menos un poco de dignidad en la muerte.

—El hombre estaba enfermo, Danny. Le había llegado su hora. No parece que sufriera mucho en el momento.

—Murió sin saber.

—Es posible que nunca se sepa qué pasó. Lo más probable es que el caso de los Palíndromos no se resuelva nunca, y tú lo sabes. No siempre ganamos, no siempre hay un final feliz.

—Cook no buscaba la gloria, quería resolver el caso por aquellos niños.

—¿Y cómo se resuelve un asesinato? Dímelo porque de verdad me gustaría saberlo.

—¿De qué me estás hablando?

—¿Acaso si encontramos al asesino les devolveremos la vida a esos niños? ¿Ayudaría a las familias a superarlo? ¿Qué se «resolvería», exactamente? —Ramone movió la cabeza con amargura—. Yo hace ya tiempo que abandoné la idea de que estaba consiguiendo algo. De vez en cuando logro que encierren de por vida a algún hijo de puta, que ya no puede volver a matar. Así es como yo defiendo a los caídos. Pero ¿resolver? Yo no resuelvo una mierda. Voy al trabajo todos los días e intento proteger a mi mujer y a mis hijos de todo lo malo que hay por ahí. Ésa es mi misión. Eso es lo único que puedo hacer.

—No me lo creo.

—Bueno, tú siempre fuiste mejor policía que yo.

—Eso no es verdad. Tú dices que era bueno, y el viejo también lo decía. Pero no es verdad.

—Eso es ya historia.

—No. Esta noche he estado hablando un momento con el agente al que seguía, Grady Dunne. El tío no tenía nada que ver con Asa Johnson o Reginald Wilson, pero estaba sucio. Vamos, que era una auténtica manzana podrida. —Holiday dio una calada y exhaló el humo hacia sus pies—. Así era yo antes de que me largaran. Joder, el hijo de puta hasta se parecía a mí.

—Pobrecillo.

—Hablo en serio. Le miraba y veía en lo que me habría convertido si me hubiera quedado en el cuerpo. En eso me habría convertido. Es innegable que lo mío iba a acabar mal. Hiciste bien al ir a por mí, y yo tuve suerte de poder largarme sin más.

—Las malas hierbas como él acaban eliminándose solas.

—A veces —replicó Holiday—. Y a veces necesitan un empujoncito.

Holiday tiró el cigarrillo a la calle.

—¿Sigues pensando en mover al viejo? —preguntó Ramone.

—Estoy decidido.

—Llámame cuando termines, y te recojo.

Así lo hicieron. Ramone fue a buscarlo y lo devolvió a su Lincoln. Oyeron a lo lejos las sirenas de los coches patrulla, que llegaban antes que la ambulancia, y se dieron la mano.

—Adiós, Doc. Tengo que volver a casa.

Nada más poner el coche en marcha Ramone llamó a Regina a casa.

—¿Gus?

—Ese mismo. ¿Todo bien?

—Diego todavía está levantado. Alana está en su cuarto, hablando con sus muñecas. Te estamos esperando.

—Vuelvo a la nave nodriza. Te quiero.

Ramone entró en su casa de Rittenhouse y guardó la pistola y la placa en su cajón. La planta baja estaba en silencio. Se acercó a la mesita del salón donde tenía los licores y se sirvió un Jameson. Le sentó bien, podía haber terminado toda la botella. De no ser por su familia, se podría haber convertido fácilmente en esa clase de hombre.

Comprobó las cerraduras de las puertas de la casa y subió al piso de arriba.

En el pasillo vio la luz debajo de la puerta de su dormitorio. Entró en la habitación de Alana y se la encontró dormida en la cama, con las Barbies, Kens y Groovy Girls alineadas sobre la manta de espaldas a la pared, en una ordenada fila. Se inclinó para darle un beso en la mejilla y le apartó un mechón de pelo rizado y húmedo de la frente. Luego se la quedó mirando un momento antes de apagarle la luz de la mesilla.

A continuación fue al dormitorio de Diego, llamó a la puerta y entró. Diego estaba sobre las sábanas, escuchando un disco de los Backyard con el volumen bajo. Hojeaba un ejemplar de la revista *Don Diva*, pero no parecía hacerle mucho caso. Tenía los ojos hinchados y parecía que había llorado. Su mundo se había vuelto del revés. Ya se enderezaría, pero jamás sería tan acogedor como antes.

—¿Estás bien?

—Estoy hecho polvo, papá.

—Vamos a hablar un rato. —Ramone acercó una silla a la cama—. Y luego tienes que dormir.

Poco después Ramone cerraba la puerta de Diego y se dirigía a su dormitorio. Regina estaba leyendo en la cama, con la cabeza sobre dos almohadas. Se miraron un largo momento y luego Ramone se desnudó y entró al baño, donde se lavó a conciencia, intentando quitarse el aliento a cerveza y licor. Se metió en la cama en calzoncillos. Regina se volvió hacia él para abrazarlo. Ramone le besó los labios una y otra vez, hasta excitarse y besarla con la boca abierta. Ella le apartó con suavidad.

—¿Qué te crees que estás haciendo? Te estás volviendo muy ansioso. Dos seguidos.

—Bueno, soñar es gratis, ¿no?

—Pues más te vale dormirte antes de empezar a soñar. Ya llevas dos noches volviendo a casa apestando a alcohol.

—Es el colutorio, que lleva un poco.

—Sí, ya, el colutorio ese de Dublín, ¿no?

—Venga ya, Regina.

—Tú y tu nuevo amigote de borracheras, Doc Holiday.

—Doc es un buen tío.

—¿Qué pinta tiene ahora?

—Pues tiene un poco de barriga. La llaman la Curva Holiday.

Volvieron a abrazarse. Regina encajaba perfectamente en él. Era como si fuesen una sola persona, dividida cada día, unida de nuevo a la noche. Ramone no se imaginaba estar separado de ella, ni siquiera en la muerte.

—Hueles a alcohol y tabaco, como cuando empezábamos a salir, cuando aparecías por mi casa después de que cerraran los bares. ¿Cómo se llamaba aquel local que te gustaba tanto, donde iban siempre aquellas chicas blancas tan modernas? ¿El Constipado?

—El Constable. Pero ése no era yo. O por lo menos ahora no me lo parece.

—Y ahora tenemos esto, y todas las dificultades que implica.

—Y lo bueno también.

Regina apagó la lámpara. Los ojos se les fueron acostumbrando poco a poco a la oscuridad. Ramone le acarició el brazo con los dedos.

—¿Qué vamos a hacer con Diego? —preguntó Regina.

—He hablado con él. Puede terminar el curso en su antiguo colegio. Es lo más conveniente. Y el año que viene podemos meterlo en uno de esos institutos católicos para trabajadores. El Carroll, el De-Matha... cualquiera sería bueno para él.

—¿Y cómo lo vamos a pagar?

—Tampoco es una fortuna. Venderé la casa de Silver

Spring. No queda otra. Joder, sólo el terreno ya vale un pico. Nos irá bien.

—¿Le has contado lo de Asa?

—Sí.

—¿Cómo se lo ha tomado?

—Pues se le ha venido el mundo encima. Seguramente ahora estará pensando en todas las veces que llamó nenaza o maricón a su amigo, sin saber lo que el chico estaba pasando.

—¿Te imaginas lo que es ser así en este ambiente? Oír todo el rato que no te quieren, que no hay sitio para ti en este nuevo y compasivo mundo. Con el odio que impera, y los políticos echando gasolina al fuego. No sé qué Biblia leerá esa gente, pero con ésa no me criaron a mí.

—Olvídate de esos gilipollas. ¿Y la gente de la calle, que no sienten el odio y aun así lo extienden? Diego no quería decir nada con esas palabras, pero ahora pensará mucho en lo que sale de su boca. Yo mismo lo he estado pensando.

—Tú y todos tus amigos.

—Es verdad. En la oficina nos pasamos el día con esas chorradas: un vestido te quedaría estupendo, tienes radar para detectar gais, esas cosas.

—Así que ahora vas a cambiar, ¿eh?

—Probablemente no —contestó Ramone—. Soy un tío normal, no mejor que cualquier otro. Pero sí me lo voy a pensar dos veces antes de decir esas gilipolleces. Y espero que Diego haga lo mismo.

—¿De qué más habéis hablado? Te has pasado un buen rato en su cuarto.

—Quería completar el puzle de la muerte de Asa. Estaba ya bastante seguro, pero Diego me lo ha confirmado.

—¿El qué?

—Ya sabes que siempre le he dicho que esté al tanto de cualquier arma de fuego en casa de sus amigos.

—Sí, es tu peor miedo.

—Es que he visto demasiados accidentes ya, Regina. Chicos que encuentran las armas de sus padres y las prueban...

—Vale.

—Diego y sus amigos saben de esas cosas. Leen las revistas de armas porque son chicos y les interesan. Los gemelos Spriggs saben que tengo una Glock y que la guardo bajo llave en casa. Los chicos siempre saben esas cosas.

—Ay, Gus...

—Diego dice que el padre de Asa tenía un revólver en casa. No sabía si era un treinta y ocho, pero estoy seguro de que sí.

—Dios.

—Va a ser la puntilla para ese hombre. Asa se mató con la pistola de su padre.

Regina le abrazó con fuerza. En la oscuridad ninguno de los dos podía dormir.

—¿Vendrás con nosotros a la iglesia el domingo? —preguntó Regina.

Ramone dijo que sí.

39

Después de la iglesia Ramone se llevó a la familia a comer a un restaurante en la línea District. Era un lugar familiar que había sobrevivido a pesar de la invasión de las cadenas y franquicias en Silver Spring. Diego pidió filete vietnamita, su plato favorito, y Alana bebió limonada fresca y se dedicó a atravesar una y otra vez la cortina de cuentas que daba a los servicios. Les había ido bien asistir a la iglesia, y aquélla era una manera agradable de continuar el día. Además, Ramone estaba posponiendo lo ineludible.

Ya de vuelta en casa, no se cambió el traje. Le dijo a Regina que no tardaría y dejó a Diego, ahora con unos pantalones cortos, unas Nike y una camiseta de diseño Ronald Spriggs, en las pistas de baloncesto de la Tercera, donde le esperaba Shaka. Le pidió que tuviera el móvil encendido y que llamara, a él o a Regina, si iba a algún otro sitio.

Luego se dirigió en el coche a casa de Johnson. Aparcó pero no salió de inmediato. Le había dicho a Bill Wilkins que informaría a Terrance Johnson de lo que habían averiguado, y ahora casi se arrepentía de no haber dejado que fuera Garloo quien se encargara de ello. Iba a decirle a Johnson que su hijo se había suicidado, y además con la pistola de su padre. Y encima tenía que contarle que Asa era gay. No había manera de predecir cómo reaccionaría Terrance. Pero era una tarea ineludible.

Terrance debía de haberse dado cuenta de que le faltaba la pistola, y seguramente sospecharía que se la había llevado Asa. Pero su miedo sería que le hubieran robado el arma y le hubieran disparado con ella. La muerte de su hijo, junto con una extrema sensación de culpa, le había destrozado. Pero ni siquiera así se podía haber imaginado que Asa se había pegado un tiro.

Ramone no había mencionado el arma ante Wilkins ni ninguno de sus compañeros. Si llegaba a aparecer en los papeles, podrían acusar a Terrance Johnson por posesión ilegal de armas. Sólo los agentes de policía, agentes federales y miembros de seguridad especial podían tener pistolas en D.C. Johnson habría comprado la treinta y ocho en el mercado negro o a través de intermediarios en Virginia o Maryland. Legalmente había cometido un delito. Pero Ramone no pensaba denunciarlo. Johnson ya llevaba bastante carga encima. No tenía ningún sentido seguir creando sufrimientos para él, su mujer y la única hija que les quedaba.

Tampoco pensaba contárselo todo. Ramone había deducido la identidad del amante de Asa, al que en el diario llamaba RoboMan. El profesor de matemáticas del chico sostenía que Asa había ido a verle el día de su muerte buscando deberes extras para subir nota. Pero esos papeles no se habían encontrado en su taquilla, ni en su cartera ni en su cuarto. RoboMan tenía que ser un apodo de Robert Bolton. Cuando hablaron, a Ramone le había dado la impresión de que Bolton se exaltaba demasiado con el tema de encasillar a los chicos negros. Pero a quien había estado defendiendo era a Asa. Bolton estaba enamorado de él.

Ramone mencionaría sus sospechas a los agentes de Delitos Sexuales. Esas cosas estaban fuera de su dominio. Sencillamente no sabía qué hacer con lo que había averiguado. Sólo quería librarse de ello.

Pretendía ocultar información a sus compañeros de la policía así como al padre del chico. Tal como había dicho Holiday, no era un tío tan legal.

Salió del Tahoe y llamó a la puerta de Johnson. Al oír los pasos de Terrance, sintió el impulso de volver a su coche. Pero la puerta se abrió y Ramone saludó a Johnson con un apretón de manos y entró en la casa.

Dan Holiday encendió un cigarrillo y tiró la cerilla al cenicero. Estaba sentado en la barra, con un vodka con tónica delante. El grupo que le rodeaba, Jerry Fink, Bob Bonano y Bradley West, hacía el paripé bebiendo Bloody Marys. Holiday no quería engañarse. Necesitaba una copa de verdad.

El Leo's estaba vacío, con excepción de Leo Vazoulis y ellos cuatro. Fink acababa de volver de la jukebox. Se oyó una fuerte intro de metales y una voz de chica, y luego una aterciopelada voz masculina.

—*It isn't what you got, it's what you give* —cantó Fink, haciendo la parte de la chica.

—The Jimmy Castor Bunch —dijo Bradley West, el escritor.

—Qué va, ésta es de antes de los Bunch y esa mierda de los Troglodyte. Jimmy Castor era cantante de soul antes de meterse en esas cosas modernas.

—Vale, me he equivocado con los Bunch, pero ahí va una pregunta, por cinco dólares. ¿A qué cantante sustituyó Jimmy Castor en un grupo famoso, muy al principio de su carrera?

—A Clyde McPhatter —contestó Fink—. De los Drifters.

—No.

Fink sonrió tontamente.

—¿Bo Donaldson, de los Heywoods? —aventuró.

—Sustituyó a Frankie Lymon. Con los Teenagers.

—El pequeño yonqui —saltó Bonano. Su móvil sonaba con el tema más famoso de Ennio Morricone, pero Bonano no le hizo ni caso.

—Me debes cinco pavos —declaró West.

—Aceptas tarjetas de crédito, ¿no? —se burló Fink.

—Leo sí, así que invitas a la siguiente ronda.

—¿No vas a contestar la llamada, Bobby? —preguntó Fink.

—Bah, será algún cliente.

—Otro cliente satisfecho de Desastres del Hogar.

—Es la imbécil esa de Potomac. No le gusta cómo le he colgado los armarios. Ya le enseñaré yo algo que cuelga bien.

—Eso porque eres italiano —comentó West.

—Antes había un puente natural de Italia a África —dijo Bonano—. ¿No os lo había dicho?

—Como su apellido acaba en vocal, se cree Milton Berle —saltó Fink.

—Berle era judío. Como tú, Jerry —dijo Bonano.

—Y su apellido termina en vocal. —Fink se limpió el mentón de vodka y zumo de tomate—. El tío Milty la tenía más grande que un burro, es lo que estoy diciendo.

Interrumpieron la conversación para cantar con Jimmy Castor, encender unos pitillos y beber.

Fink se volvió hacia Holiday.

—¿Cómo es que estás tan callado, Doc?

—Por nada. Aunque estoy un poco acomplejado, la verdad. Al escucharos a vosotros, que sois unos Einsteins, me siento algo inferior.

—Cuéntanos un cuento de cama —pidió West.

—No tengo ninguno.

—Está muy serio por la ola de violencia que hemos tenido este fin de semana en la zona —dijo Fink.

—Sí, como el poli ese fuera de servicio que la palmó en P.G. —terció Bonano—. ¿Lo habéis leído?

—Salía en el *Post* —apuntó Fink—. Tú lo viste, ¿no, Doc?

Holiday asintió. Había leído la noticia de Grady Dunne el día anterior. Según el artículo, un agente de la policía del distrito había muerto en un tiroteo en P.G. County, junto con otros dos hombres. Uno de ellos era un conocido ex delincuente con antecedentes de tráfico de drogas. Al otro sólo lo identificaban como de raza negra. Romero o algo así. Holiday no recordaba el nombre.

La policía buscaba a un tercer sospechoso, al que creían

autor de los disparos que mataron al agente. Era bastante revelador que no se hubiera ofrecido explicación de la presencia del agente Dunne en el lugar.

—Igual iba de infiltrado o algo así —aventuró Fink—, o estaba liado con esos tíos. Vaya, que estaba más sucio que los palominos de mis gayumbos. ¿Tú qué dices, Doc?

—No lo sé —contestó Holiday.

—Ward 9 —dijo Bonano—. Aquello es peor que Tombstone.

Holiday también había buscado en el *Post* alguna noticia sobre Cook, y sólo encontró un párrafo en las noticias breves de la sección Metro. Únicamente mencionaban su nombre y decían que lo habían encontrado en un coche en New Carrollton y que parecía haber muerto por causas naturales. Más tarde ya saldría la historia completa, cuando algún periodista averiguara quién era: el viejo detective obsesionado por el caso de los Asesinatos Palíndromos.

West hizo una señal a Leo para que sirviera otra ronda.

—¿Te apuntas, Doc? —preguntó Bonano.

—No. —Holiday apuró su copa y dejó diez dólares en la barra—. Tengo trabajo.

—¿En domingo?

—La gente también necesita transporte en domingo. —Holiday se metió el tabaco y las cerillas en el bolsillo de la chaqueta—. Chicos...

Fink, Bonano y West le vieron salir del bar, escucharon la intro de *Just a Little Overcome* de los Nightingales e inclinaron la cabeza con respeto hacia la belleza de la canción mientras esperaban a que Leo les preparara y sirviera las copas.

Media hora más tarde Holiday se encontraba al volante de su coche en una calle lateral de Good Luck Estates. Junto a él tenía los prismáticos de T. C. Cook, un par de barritas de granola y una botella de agua. En el suelo había un vaso grande para orinar si le hacía falta. En el maletero llevaba la palanca, una linterna de acero Streamlight Stinger, que podía servir de arma, una porra expansible, unas esposas, cinta adhesiva, una cinta métrica de tres metros, una cámara digital que no sabía usar y otras herramientas.

A varias casas de distancia se alzaba la de Reginald Wilson. Su Buick estaba aparcado en el camino particular.

Holiday no tenía ningún plan concreto. Esperar a que Wilson cometiera algún error. O entrar en su casa a buscar pruebas cuando se marchara a trabajar. Ponerlo todo patas arriba hasta dar con algo. O plantar pruebas si hacía falta. Cualquier cosa que abriera la puerta a las pruebas de ADN que relacionarían a Wilson con los asesinatos. Cook estaba seguro de su culpabilidad, y para Holiday eso era suficiente.

Estaba dispuesto a pasarse allí todo el día, y si fuera necesario el día siguiente. Había llamado a Jerome Belton, su único empleado, para decirle que se tomaba unos días libres, de manera que ahora no tenía ningún compromiso urgente, ni familia, ni amigos de verdad, ni una mujer que lo esperara en casa. Sólo tenía aquello. En su vida lo había jodido casi todo, pero tal vez pudiera hacer algo bien. Todavía le quedaba tiempo.

Diego Ramone y Shaka Brown caminaban hacia el sur por la calle Tercera. Habían terminado de jugar al baloncesto. Ninguno de los dos se había concentrado mucho en el juego y solamente se habían empleado a fondo en un partido. Luego se sentaron contra la alambrada y estuvieron charlando de su amigo, del secreto con el que había vivido y la manera en que había elegido morir. Diego había prometido a su padre que jamás mencionaría lo de la pistola, y cumplió su palabra. Pero sobre todo los chicos se quedaron mirando el día, o a los latinos que jugaban en el campo de fútbol, o a algún vecino al que conocían que paseaba por el parque o por la calle, porque no sabían muy bien qué decir.

—Bueno, mejor me voy a casa —comentó Diego.

—¿Por qué? Si no tienes deberes.

—La semana que viene empiezo en mi antiguo colegio.

—Pero eso es la semana que viene. Ahora mismo no tienes nada.

—Pues he estado leyendo un libro, aunque no te lo creas. Se llama *Valor de ley*, y me lo dio mi padre. Es bastante bueno.

—Venga ya, Dago. Sabes que en cuanto llegues a casa te vas a tirar en el sofá a ver a los Redskins. Es el día Dallas, chaval.

—Es verdad.

Pasaron junto a las tiendas y al llegar a la barbería entrechocaron sus puños.

—Hasta luego, colega.

—Hasta luego.

Shaka se dirigió hacia el oeste, en dirección a casa de su madre, botando el balón con la mano izquierda y la mano derecha a la espalda, como le había dicho el entrenador. Diego subió por Rittenhouse hacia la casa amarilla de estilo colonial que siempre había sido su hogar.

Su madre estaría en la cocina, empezando a preparar la cena o echándose una siesta en el sofá del salón, lo que ella llamaba descansar los ojos. Alana estaría leyendo su libro infantil de conejos, o haciendo las voces de todas sus muñecas en su habitación. Y Diego esperaba que su padre hubiera llegado ya a casa. Estaría ahora en su butaca, viendo el partido de los Skins contra los Cowboys, dando puñetazos en el reposabrazos acolchado y chillándoles a los jugadores, apartándose el pelo de la frente y acariciándose el bigote.

Diego se detuvo de pronto. El Tahoe de su padre estaba en la calle, y el Volvo de su madre, en el camino particular. La bicicleta de Alana, con los flecos en el manillar, estaba en el porche.

Todo estaba donde debía estar. Diego se acercó a la casa y tocó el pomo de la puerta, cálido bajo el sol de la tarde.

1985

40

El sargento T. C. Cook miró de nuevo a la niña muerta que yacía en un jardín comunitario cerca de la calle E, al borde de Fort Dupont Park. En los ojos inmóviles de la chiquilla se reflejaban las luces estroboscópicas rojas y azules de los coches patrulla. Cook examinó de cerca sus trenzas, adornadas con cuentas de colores, y vio que una era más corta que las otras. Ya no había duda: la víctima era uno de ellos.

—Lo encontraré, preciosa —dijo Cook, en un susurro para que nadie lo oyera.

El sargento se levantó. Ahora casi siempre era un esfuerzo. Ya tenía una edad, y después de pasar años agachándose junto a las víctimas, las rodillas empezaban a traicionarle. Encendió un cigarrillo Viceroy y notó la satisfacción de la nicotina en los pulmones. Hizo un gesto al forense y se apartó para no contaminar la escena con la ceniza.

Advirtió que el superintendente y el capitán Bellows habían vuelto a sus despachos. Se relajó al ver que no tendría que lidiar con los jefes. Él los llamaba Gorras de Espagueti, por esos estúpidos cabos de cuerda náutica que decoraban las alas de sus sombreros. Cook no tenía tiempo para esa clase de gente.

Junto a la cinta policial que rodeaba la escena del crimen había dos agentes para impedir que se acercaran mirones, periodistas y cámaras. Uno era alto, rubio y flaco, el otro de media altura y de piel y pelo más oscuros. Cook había sido duro con ellos, pero no había razón para disculparse. Les había llamado la atención por un motivo fundado, y ahora hacían bien su trabajo.

—Que no se acerque nadie —le dijo al agente rubio—. Sobre todo periodistas, ¿entendido?

—Sí, señor —contestó Dan Holiday.

—No me llames «señor», hijo. Soy sargento.

—Muy bien, sargento Cook.

—Hablo en serio. Antes habéis dejado que se acercara esa chica que ha acabado vomitando a menos de dos metros de la víctima.

—No volverá a pasar —aseguró Gus Ramone.

—Si hacéis bien vuestro trabajo, algún día llegaréis a ser los policías que creéis ser ahora.

—De acuerdo.

Cook se volvió hacia los curiosos. Había varios chicos del barrio, un par de ellos en bicicleta, y adultos que vivían cerca del jardín comunitario; una anciana con un vestido de andar por casa y un abrigo desabrochado, con las tetas caídas hasta la barriga; un veinteañero, con uniforme de guardia de seguridad, un cinturón Sam Browne y un parche de Red Company en la manga, con una mano en el bolsillo del pantalón azul. Cook dio una honda calada al cigarrillo antes de tirarlo al suelo húmedo y aplastarlo con el pie.

—Seguid así —dijo.

Volvió a acercarse al cadáver de Eve Drake, con el Stetson ladeado sobre la calva.

Una joven pasó por delante de Holiday, mirándolo coqueta. Meneaba un culo prieto embutido en sus tejanos lavados al ácido. Él siguió erguido, y las comisuras de los ojos azules se le arrugaron al sonreír.

—Menudo polvazo tiene ésa —comentó.

—Es un poco joven, Doc.

—Ya conoces el dicho: si es bastante mayor para sentarse a la mesa, es bastante mayor para comer.

Ramone no hizo más comentarios. Ya había oído otras muchas perlas de sabiduría de Holiday.

Holiday se imaginó a la joven desnuda en su cama. Luego su mente derivó, como solía ocurrir, hacia sus aspiraciones. Lo que más deseaba en el mundo era ganarse el respeto de un hombre como T. C. Cook. Quería ser un buen policía. Solía fantasear sobre el futuro de su carrera. Veía menciones de honor, medallas, ascensos. Y los despojos de guerra para el vencedor.

Ramone no tenía esas ambiciones. Él se limitaba a cumplir con su trabajo, evitando que los civiles se acercaran a la cinta policial. Mantenía su postura con los pies separados y pensaba en una mujer que había visto en la piscina de la academia con un bañador azul. Su cuerpo y su cálida sonrisa le obsesionaban desde que le estrechó la mano. Pensaba llamarla muy pronto.

Mientras Holiday y Ramone trabajaban y soñaban en Ward 6, los ciudadanos al otro lado de la ciudad se gastaban el sueldo en bares y restaurantes, comiendo carne de primera y bebiendo whisky de malta, los hombres en imponentes trajes negros con corbata roja, las mujeres con vestidos de hombros acolchados, tacones de aguja y los cardados que veían en Krystle Carrington. En los servicios de esos bares y restaurantes republicanos y demócratas dejaban de lado sus diferencias unidos en las muchas rayas de cocaína. *Money for Nothing* sonaba en todas las radios, y los Simple Minds iban a tocar a la ciudad. Se rumoreaba que ese fin de semana Prince iría de compras a Georgetown, y los niños ricos «punk» se anticipaban a su llegada en la tienda de ropa Commander Salamander. Los dados al arte vieron una doble sesión de *Pasaje a la India* y *Oriente y Occidente* en el Circle Theatre. En el Capital Centre, los aficionados al baloncesto veían a Jeff Ruland, Jeff Malone y Manute Bol dar una paliza a los Detroit Pistons. Los aplausos en el estadio y las risas en los bares eran ensordecedores, y también estridentes. En las fiestas se contaban chistes sobre el sida, y se hablaba de una droga nueva que llegaba a la ciudad, como la cocaína sólo que se fumaba y era una droga de negros. Fuera de las salas de prensa y entre los profesionales de las fuerzas de la ley, las violentas muertes de tres adolescentes negros en Southeast apenas se comentaban.

Y mientras los de la generación Reagan se entretenían al oeste de Rock Creek Park y en las zonas residenciales, detectives y técnicos trabajaban en el escenario del crimen entre la calle Treinta y tres y E, en el barrio de Greenway, en Southeast D.C. Esa noche húmeda y fría de diciembre de 1985, dos jóvenes agentes de policía y un detective de Homicidios de mediana edad estaban en la escena del crimen.

Cerca de la cinta policial un guardia de seguridad toqueteaba la trenza de pelo adornada con cuentas de colores que llevaba en el bolsillo como un amuleto. Luego volvería a su casa, metería la trenza en una bolsa de plástico y la guardaría en uno de los discos de su amplia colección de jazz eléctrico, junto con el pelo que había tomado de Otto Williams y Ava Simmons. El título del álbum, *Live Evil*, se escribía igual al derecho que al revés. Era el disco de Miles Davis que sonaba en el salón de su tío la primera vez que abusaron sexualmente de él cuando era pequeño.

Empezó a lloviznar por segunda vez esa noche. Las gotas caían con más fuerza y se veían bajo los faros de los coches. Algunos policías decían que Dios estaba llorando por la niña del jardín. Para otros era simplemente lluvia.

IN MEMORIAM

Carole Denise Spinks, 13
Darlenia Denise Johnson, 16
Angela Denise Barnes, 14
Brenda Fay Crockett, 10
Nenomoshia Yates, 12
Brenda Denise Woodward, 18
Diane Williams, 17

AGRADECIMIENTOS

Quisiera dar las gracias a los agentes de la Brigada de Delitos Violentos del Departamento de Policía Metropolitana de Washington, D.C., que me dieron acceso a su mundo y ayudaron a que este libro fuera posible. Les agradezco enormemente su amabilidad, su generosidad y su gran labor.